레이디 맥베스

옮긴이 **강승현**

고려대학교 노어노문학과를 졸업하고, 러시아의 모스크바 국립 대학교에서 20세기 러시아 단편 소설 장르 연구로 박사학위를 받았다. 현재는 한국산업기술대학교 내의 '트리즈혁신연구소'에서 러시아에서 개발된 창의적 문제해결 이론(TRIZ)의 창의적 상상력 계발 이론과 단편 소설의 장르적 특성을 결합한 스토리텔링 기반의 문화 콘텐츠 개발 연구를 중점적으로 하고 있다. 공저로《창의성의 기술》, 역서로《창의쟁이 어대순의 미션임파서블》등이 있다.

레이디 맥베스

펴 낸 날  |  2020년 1월 21일 초판 1쇄

지 은 이  |  니콜라이 레스코프
옮 긴 이  |  강승현
펴 낸 이  |  박지민
책임미술  |  디자인온
일러스트 |  gachi

펴 낸 곳  |  모모북스
              서울특별시 동대문구 왕산로81.203-1호(두산베어스타운)
              전화 | 010-5297-8303     팩스 | 02-6013-8303
              등록번호 | 2019년 03월 21일 제2019-000010호
              e-mail | pj1419@naver.com

ISBN       979-11-9040-02-8  03890

이 도서의 국립중앙도서관 출판시도서목록(CIP2019053399)은 서지정보유통지원시스템 홈페이지 (http://seoji.nl.go.kr)와 국가자료공동목록시스템(http://www.nl.go.kr/kolisnet)에서 이용하실 수 있습니다.

- 책값은 뒤표지에 있습니다.
- 잘못된 책은 구입하신 곳에서 교환해드립니다.

# 레이디 맥베스

니콜라이 레스코프 지음 | 강승현 옮김

모모
북스

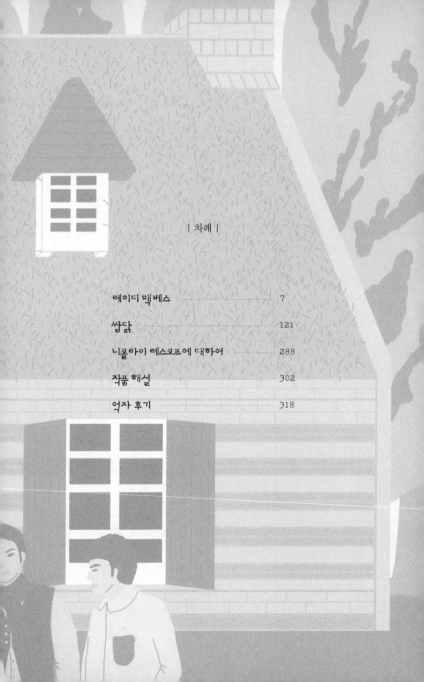

| 차례 |

# 레이디 맥베스

# 1

우리 지방에선 오랜 시간이 흘렀음에도 떠올릴 때마다 영혼의 전율을 느끼게 하는 인물들이 간혹 나온다. 상인의 부인이었던 카테리나 리보브나 이즈마일로프도 바로 그런 인물에 속하는데, 언젠가 그녀가 일으켰던 끔찍한 사건 이후 우리 귀족들 사이에서 그녀는 간단히 므첸스크 군의 맥베스 부인으로 불리게 되었다.

카테리나 리보브나는 타고난 미녀는 아니었지만 매우 매력적인 외모를 지니고 있었다. 당시 그녀는 스물네 살밖에 되지 않았다. 그녀는 키가 큰 편은 아니었으나 균형 잡힌 몸매에 그야말로 대리석을 깎아놓은 것 같은 목, 둥근 어깨, 탄탄한 가슴, 섬세하고 오똑한 코, 검고 활기 있는 눈동자, 희고 높은 이마와 푸른빛이 감도는 검은 머리칼을 지니고 있었다. 그녀는 쿠르스크 현의 투스카르 지방에서 우리 지방의 상인인 이즈마일로프에게 시집왔는데 그것은 사랑이나 매력 때문이 아니었다. 단지 이즈마일로프가 그녀에게 청혼을 했고 가난했던 그녀로선 신랑을 고를 처지가 아니었기 때문이었다. 이즈마일로프 집안은 제법 산다는 축에 속했다. 군내에 큰 제분소를 빌려 밀가루를 생산했고, 시 근교엔 수입 좋은 채소밭, 시내에는 훌륭한 저택까지 소유하고 있었다. 하지만 가족은 정말 몇 명 되지 않았다. 오래전에 홀아비가 된 아흔 살에 가까운 시아버지 보리스 치모페이치 이즈마일로프와 그녀의 남편인 쉰 살이 넘은 지노비 보리스이치뿐이었다. 게다가 결혼한 지 5년이 지났지만 그녀에게는 아이도 없었다. 지노비 보리스이치는 카테리나 리보브나와 결혼하기 전, 20년을 함께 살았던 전 부인에게서도 아이를 얻지 못했다. 상처한 후 치러진 두 번째 결혼에서는 가업과 재산을 물려줄 상속자를 얻기 위해 그는 하느님께 빌었다. 그러나 카테리나 리보브나와의 결혼에도 운이 따라 주지 않았다.

자식이 없다는 사실은 지노비 보리스이치에게 몹시 괴로운 일이었는데, 그것은 노인 보리스 치모페이치에게도 마찬가지였고, 당사자인 카테리나 리보브나에게는 이루 말할 수 없이 슬픈 일이었다. 밖에서는 사슬에 매인 개들이 껑충거리고 있었지만 높은 울타리로 폐쇄된 별당에서 엄청난 권태에 사로잡힌 상인의 젊은 아내는 멍하니 애수에 잠기곤 했다. 그때 그녀에게 정성을 기울일 아이라도 있었다면 그녀가 얼마나 기뻐했을지는 하느님만이 알 것이다. 게다가 그녀는 계속되는 비난에 질려 있었다. "도대체 뭐 하러 결혼한 거야? 애도 못 낳으면서." 마치 그녀가 남편과 시아버지에게, 그리고 기품이 넘치는 그들 집안에 무슨 큰 죄라도 저지른 듯이 말이다.

모든 것이 갖추어져 있고 부족한 것도 없었지만 그래도 시아버지 집에서 보내는 카테리나 리보브나의 삶은 몹시 권태로웠다. 그녀는 다른 집을 방문하는 일이 거의 없었다. 혹시 남편과 함께 아는 상인 집을 다니는 일이 있어도 기쁘지 않기는 마찬가지였다. 모두들 엄하기만 했다. 그들은 그녀가 어떻게 앉고 걷는지, 또 어떻게 일어나는지 살펴보았다. 원래 카테리나 리보브나는 성격이 불같았다. 가난한 처녀 시절, 그녀는 꾸밈없이 자유분방하게 행동하곤 했다. 양동이를 들고 강에 나가 나룻가에서 셔츠만 입고 목욕하는 것을 좋아했고, 쪽문 밖으로 지나가는 청년에게 해바라기씨 껍질을 뿌리며 농을 걸곤 했다. 그런데 여기선 모든 것이 달랐다. 시아버지와 남편은 새벽 여섯 시면 일어나 차를 마시고 일을 시작했다. 그러면 그녀는 혼자 하는 일 없이 이 방 저 방을 어슬렁거렸다. 어느 곳이나 깨끗하고, 어느 곳이나 조용하고, 비어 있었다. 성화 앞에 켜진 램프들이 밝게 빛나고 있을 뿐, 집안 어느 곳에서도 살아 있는 숨소리, 사람 목

소리 하나 들을 수 없었다.

카테리나 리보브나는 빈 방들을 돌아다니며 지루함에 지쳐 하품하기 시작한다. 그러고는 계단으로 이어진, 그다지 크지 않은 다락의 부부 침실로 올라간다. 여기서도 잠깐 앉아 사람들이 광 앞에서 삼의 무게를 달거나 밀가루 담는 모습을 내려다본다. 다시 하품이 나온다. 나른한 기분에 젖어 한두 시간 누워 잠을 잔다. 깨어나면 또다시 러시아의 권태, 상인 집의 권태가 찾아온다. 그걸 견디느니 차라리 목을 매고 죽는 게 낫다고 말할 정도다. 카테리나 리보브나는 책을 좋아하지 않았다. 게다가 집에는 책이라고 해봤자 키예프의 교부전(유명한 성직자들의 전기를 기록한 책. 불교의 고승열전과 비슷함—옮긴이)이 전부였다.

애정 없는 남편과 결혼해서 보낸 5년 동안 카테리나 리보브나는 부유한 시아버지 집에서 지루한 삶을 살았다. 그러나 언제나처럼 그녀의 이러한 권태에 관심을 기울이는 사람은 아무도 없었다.

# 2

카테리나 리보브나가 이즈마일로프 집안에 시집온 지 6년이 되던 봄, 제분소를 둘러싼 둑이 터졌다. 공교롭게도 제분소 일이 한창 많을 때 그만 둑이 무너지고 만 것이다. 속이 빈 방수구의 마지막 받침목까지 물이 차올랐고, 물길을 잡기 위해 손쓸 재간도 없었다. 지노비 보리스이치는 주변의 모든 사람들을 다 제분소로 불러 모았고, 그 역시 쉬지 못하고 그곳에 남았다. 그러는 동안 시내의 일들은 시아버지가 혼자 처리했고, 카테리나 리보브나는 혼자 하루 종일 집에서 외톨이 신세가 되어 끙끙거렸다. 처음에 그녀는 남편이 없어서 더 심심해했지만, 이내 남편이 없는 시간이 오히려 더 편하게 느껴졌다. 혼자 있는 것이 훨씬 자연스러웠던 것이다. 한 번도 그에게 마음을 둔 적이 없었으니, 남편이 없다는 것은 그녀에게 명령하는 사람이 하나 줄어든 셈이었다.

어느 날 카테리나 리보브나는 아무 생각 없이 다락방 창문 곁에 앉아 연신 하품만 하다가 급기야 그것조차 부끄럽다는 생각이 들었다. 바깥 날씨는 참으로 매혹적이었다. 따뜻하고, 밝고, 쾌청했으며 정원의 초록의 나무 울타리를 통해 온갖 새들이 나뭇가지들 사이사이를 날아다녔다.

카테리나 리보브나는 생각했다. '도대체 어쩌자고 하품만 하고 있는 걸까? 마당에 나가 산책을 하든지 정원을 둘러보자.'

카테리나 리보브나는 오래된 털외투를 걸치고 밖으로 나갔다.

마당은 밝고 활기찬 기운이 넘치고 있었다. 헛간 앞에서 명랑한 웃음소리가 울렸다.

"무슨 일로 그렇게 즐거워하느냐?"

카테리나 리보브나가 하인들에게 물었다.

"여기 살아 있는 돼지 한 마리를 매달았습니다요, 카테리나 리보브나 마님."

늙은 하인이 대답했다.

"돼지라고?"

"아, 여기 아들 바실리를 낳고도 세례식에 우리를 부르지도 않은 악시냐라는 돼지 말입니다."

칠흑같이 검은 곱슬머리에 채 자라지 않은 턱수염이 듬성듬

성 난, 빤빤하고 잘생긴 얼굴의 젊은이 하나가 대답하고 경쾌하
게 대답했다.

이때 큰 저울대에 달린 밀가루 통에서 하녀 악시냐의 빨갛고
퉁퉁한 낯짝이 튀어나왔다.

"못된 놈들, 에라 이 마귀 같은 놈들아."

악시냐는 저울대를 붙잡고, 욕을 해 대며 심하게 흔들거리는
통에서 기어 나오려고 애썼다.

"점심 전만 해도 8푸드(옛 러시아의 중량 단위. 1푸드는 16.38킬
로그램─옮긴이)밖에 안 나갔는데, 건초 한 광주리를 먹더니 그
만 저울추가 모자랍니다."

잘생긴 젊은이가 다시 대답하고는 통을 뒤집어 악시냐를 구
석에 놓여 있는 가마니 위로 휙 내던졌다.

악시냐는 농조로 욕을 해대며 옷을 추스르기 시작했다.

"그래, 그러면 나는 얼마나 나갈 것 같지?"

카테리나 리보브나가 농담을 던지며 줄을 잡고 판 위로 올라
섰다.

"3푸드 7푼트(옛 러시아의 중량 단위. 1푼트는 0.41킬로그램─옮긴
이)입니다."

젊고 잘생긴 세르게이가 추를 저울판에 던지며 대답했다.

"놀랍군요!"

"뭐가 그렇게 놀랍다는 거지?"

"카테리나 일보브나(리보브나의 오룔 사투리―옮긴이) 마님께서 3푸드나 나가시다니요. 제 생각에 마님 같은 분은 하루 종일 손에 들고 다녀도 될 것 같은데 말입니다. 그래도 전혀 힘들지 않고 신이 날 것만 같은데요."

"아니 나를 뭐로 보는 거야? 금방 지치고 말 걸."

오랫동안 이런 농지거리를 하지 않아 어색했던 카테리나 리보브나는 약간 얼굴을 붉히며 대답했다. 그러면서도 갑작스레 마음껏 수다를 떨며 농담을 하고 싶은 마음이 강하게 밀려왔다.

"하느님께 맹세하지만 절대 그럴 일은 없을 겁니다. 행복한 나라 아라비아까지라도 마님을 들고 갈 수 있을 것 같은데요."

그녀의 말에 세르게이가 응수했다.

"잘못 생각한 걸세, 젊은이."

그때까지 삽질을 하고 있던 농부가 말했다.

"여보게, 우리 몸에서 무게가 나가는 것이 무엇인지 아나? 덩치가 크다고 무게가 더 나가겠나? 저울 위에서 우리 덩치는 아무것도 아닐세. 무게는 우리 기운에 달렸지, 덩치가 아니야!"

"맞아, 나는 처녀 때 아주 힘이 셌거든."

참을성 없이 카테리나 리보브나가 말했다.

"제아무리 남자라고 해도 아무나 나를 이기지 못했을 정도였다니까."

"그것이 사실이라면 어디 손 한번 줘 보시죠."

잘생긴 젊은이가 청했다.

카테리나 리보브나는 당황스러웠지만 손을 내밀었다.

"아야, 반지 좀 놓아줘. 아프단 말이다."

세르게이가 손을 잡자 카테리나 리보브나는 소리를 질렀다. 그러고는 다른 손으로 그의 가슴을 밀었다.

그러자 젊은이는 그녀의 손을 놓치면서 두 걸음 옆으로 밀려났다.

"흠, 이제야 여자가 어떤지 본때를 보겠구먼."

농부가 놀라며 말했다.

"그렇게는 안 되죠. 팔을 이렇게 잡아도 될까요?"

세르게이는 곱슬머리를 넘기며 물었다.

"마음대로."

점점 재미있어진 카테리나 리보브나는 팔꿈치를 위로 쳐들었다.

세르게이는 젊은 마님을 안아 그녀의 탄력 있는 젖가슴을 그의 빨간 셔츠에 밀착시켰다. 카테리나 리보브나는 가까스로 어깨를 흔들어보았다. 하지만 세르게이는 그녀를 바닥에서 들어 올려 잠깐 붙들고 있더니 힘을 주어 꽉 안은 채 널브러져 있는 말통 위에 살짝 올려놓았다.

카테리나 리보브나는 자기가 그렇게 자랑하던 기운을 전혀 써볼 틈이 없었다. 얼굴이 새빨개진 그녀는 말통 위에 앉은 채로 어깨에서 흘러내린 외투를 추스른 뒤 서둘러 헛간을 떠났다.

세르게이는 큰소리로 기침을 하고 소리쳤다.

"나 참, 여보세요들, 멍청하기는! 정신 차리고 퍼 넣어요. 너무 평평하게 고르지 말라고요, 남는 건 우리 차지니까."

그는 방금 벌어진 일에 전혀 개의하지 않는 것 같았다.

"저 못된 세르게이란 놈은 처녀 잡아먹는 색마예요!"

악시냐가 카테리나 리보브나의 뒤를 느릿느릿 따라오며 말했다.

"도둑놈이 갖출 것은 다 갖췄다니까요. 키며, 얼굴이며. 어떤 여자든지 원하기만 하면 저 비열한 놈은 금방 꾀어내어 결국 일을 치르고 말죠. 게다가 비열한 변덕쟁이라니까요."

"악시냐, 너……."

앞서 가면서 젊은 주인마님이 말했다.

"네 아들인가 뭔가 하는 애는 살아 있긴 있는 거냐?"

"살아 있죠. 마님, 무슨 일이 있겠어요. 원치 않는 것은 항상 목숨이 붙어 있기 마련입죠."

"그런데 그 애는 어디서 생긴 거지?"

"그게, 그러니까…… 사람들과 함께 지내면서 어찌하다 보니 생기게 되었죠."

"우리 집에 온 지 오래되었나? 그 젊은이 말이야."

"누구요? 세르게이 말씀이에요?"

"그래."

"한 달쯤 될 거예요. 코프쵸프네 집에서 일하다가 그 집 주인에게 쫓겨났대요."

악시냐는 목소리를 낮추더니 덧붙여 말했다.

"사람들이 그러는데, 그 집 주인마님하고 정을 통했대요. 정말 못된 놈이에요. 배짱도 좋지!"

# 3

도시 위로 따듯한 우윳빛의 어스름이 깔려 있었다. 지노비 보리스이치는 아직 댐 공사장에서 돌아오질 않았다. 시아버지 보리스 치모페이치도 집에 없었다. 오랜 친구의 생일잔치에 가면서 기다리지 말고 저녁을 먹으라고 했다. 카테리나 리보브나는 일찌감치 저녁을 먹고 자기 방 창문을 열어 놓고는 문설주에 기대어 해바라기씨를 까고 있었다. 사람들이 부엌에서 저녁을 먹고 잠자리에 들기 위해 마당을 지나 여기저기로 흩어졌다. 어떤 이는 헛간으로, 어떤 이는 창고로, 또 어떤 이는 냄새가 풀풀 나는 높은 건초더미 위로 올라갔다. 제일 늦게 세르게이가 부엌에서 나왔다. 그는 마당을 가로질러 가다가 묶인 개들을 풀어 주고는 휘파람을 불었다. 그리고 카테리나 리보브나의 창 밑을 지나가다가 그녀를 올려다보며 가볍게 고개 숙여 인사했다.

"안녕."

카테리나 리보브나가 그에게 작은 목소리로 대답했다. 마당은 마치 황야처럼 정적에 휩싸였다.

"주인마님!"

2분 후, 카테리나 리보브나의 방문 밖에서 누군가의 목소리가 들려왔다.

"누구세요?"

카테리나 리보브나가 놀라며 물었다.

"놀라지 마십시오. 세르게이입니다."

하인이 대답했다.

"무슨 일이지? 세르게이."

"일이 있어 왔습니다. 마님, 작은 부탁 하나 드리려고요. 잠깐만 들어가게 해 주십시오."

카테리나 리보브나는 열쇠를 돌려 문을 열었다.

"무슨 일이지?"

창문으로 물러서며 그녀가 물었다.

"혹시 아무거나 읽을 만한 책이 없는지 여쭈어보려고 왔습니다, 마님. 너무 지루해서요."

"내게는 아무 책도 없어. 세르게이. 나는 책 같은 거 안 읽어."

카테리나 리보브나가 대답했다.

"너무 심심하군요."

세르게이가 투덜거렸다.

"네가 심심할 게 뭐가 있어!"

"어떻게 심심하지 않을 수가 있겠어요? 나같이 젊은 사람이 이런 절간 같은 곳에 살고 있으니 말입니다. 앞날을 생각하면 보이는 건 관 속에 들어갈 때까지 외롭게 지내는 것뿐인데요. 이따금 절망에 빠지기도 합니다."

"왜 결혼은 하지 않는 거지?"

"결혼이요? 마님, 말은 쉽죠. 도대체 누구에게 장가가란 말입니까? 저같이 보잘것없는 사람이. 부잣집 딸은 제게 시집오지 않을 거고, 카테리나 일보브나 마님도 아시겠지만, 우리 같은 사람들은 모두 가난 때문에 배우지도 못했습니다. 무지렁이들이 사랑에 관해 무얼 알겠습니까? 그렇다고 당신네 부자들이라고 별 다를 것은 없어 보이는군요! 마님은 감정이 있는 사람이라면 누구에게나 큰 위안이 될 분이지만 지금은 이곳에서 마치 새장 속의 카나리아처럼 지내고 있지 않습니까."

"맞아, 나도 지루해."

카테리나 리보브나가 무심결에 말했다.

"이런 생활이 어떻게 지루하지 않을 수 있겠어요! 마님, 혹시나 남들처럼 당신에게 애인이 있다고 해도, 그를 만나기조차 불가능할 것 같군요."

"너, 무슨……. 그런 건 아니야. 애라도 있었더라면 좋았을 텐데."

"아기만 해도 그렇죠. 한 말씀만 더 드리겠습니다. 마님, 아기는 그냥 저절로 생기는 게 아닙니다. 머슴살이도 할 만큼 했고, 부잣집 마나님들 생활이 어떤지 보아온 저희가 정말 모를 줄 아십니까? 이런 노랫말도 있지요. '사랑하는 이가 없으면 슬픔과 애수에 사로잡힌다.' 바로 그 애수가 말이죠, 제 마음속에도 너무나 커서 날카로운 칼로 베어 내어 당신 발 앞에 던져 버리고 싶을 정도입니다. 그러면 정말 제 마음이 백배나 더 편해질 것 같습니다……."

세르게이의 목소리가 떨렸다.

"왜 나한테 네 마음에 대해 말하는 거지? 그런 건 나하곤 상관없는 일이니 돌아가."

"아닙니다, 주인마님."

세르게이는 온몸을 떨면서 카테리나 리보브나에게 다가섰다.

"저는 당신 역시 나만큼 힘들어한다는 것을 알고 있고, 또 당신을 아주 잘 이해하고 있습니다. 그러나 지금은, 지금, 이 순간에는 모든 것이 당신의 손에, 당신의 결정에 달려 있습니다." 그가 단숨에 말했다.

"너, 왜 이래? 왜 이러는 거야? 왜 내게 다가오는 거야? 창문으로 뛰어내릴 거야."

카테리나 리보브나는 공포에 사로잡혀 손으로 창틀을 꼭 잡았다.

"한없이 귀중한 나의 생명이여! 어디로 뛰어내리려고 하지요?"

젊은 여주인을 창문에서 떼어내며 세르게이가 거침없이 속삭였다. 그리고 그녀를 힘껏 껴안았다.

"아, 아, 이거 놔."

세르게이의 뜨거운 입맞춤에 힘이 빠지면서 카테리나 리보브나가 조용히 신음소리를 냈다. 그녀는 어느새 그의 몸에 바짝 달라붙어 있었다.

세르게이는 여주인을 마치 어린아이처럼 들어 올리더니 어두운 구석으로 안고 갔다.

방 안에는 정적이 감돌았다. 카테리나 리보브나의 침대 머리맡에 달려 있는 남편의 주머니 시계가 규칙적으로 째깍거리면서 정적을 깨뜨릴 뿐이었다. 그러나 그것은 아무런 방해도 되지 않았다.

"가."

반 시간이 흐른 후, 카테리나 리보브나는 세르게이를 쳐다보지도 않고, 작은 거울 앞에서 흐트러진 머리카락을 가다듬으며 말했다.

"왜 지금 가야 되지요?"

세르게이는 행복에 젖은 목소리로 대꾸했다.

"시아버지가 문을 모두 잠글 시간이야."

"어이구, 귀여운 사람! 문으로만 여인네를 찾아가는 남자들만 알고 있었나 보죠? 당신에게 올 때나 갈 때는 사방이 문이랍니다."

통로를 받치고 있는 기둥을 가리키며 세르게이가 대답했다.

# 4

지노비 보리스이치가 집에 오지 않은 지 벌써 일주일이 되었다. 그동안 그의 아내는 매일 밤 동틀 녘까지 세르게이와 즐겼다.

밤마다 지노비 보리스이치의 침실에서는 지하실에서 가져온 포도주에 달콤한 음식과 감미로운 입맞춤이 더해졌으며, 편안한 침대에서의 유희가 계속되었다. 그러나 평탄한 길은 없는 법, 장애는 있기 마련이다.

어느 날 보리스 치모페이치는 잠이 오지 않아 사라사로 만든 화려한 루바슈카(러시아의 전통 상의—옮긴이)를 입은 채 고요한 집안을 돌아다녔다. 그는 이쪽 창문 앞에 섰다가 또 다른 창문 앞에 섰다. 그러다 문득 며느리 방 창문 아래로 기둥을 타고

살금살금 내려오는 젊은 세르게이의 빨간 셔츠가 눈에 띄었다. 세상에 이럴 수가! 보리스 치모페이치는 냉큼 달려가 젊은이의 다리를 덥석 잡았다. 세르게이는 노인의 뺨을 내리치려다가 소동이 벌어질 것 같아 그만두었다.

"말해."

보리스 치모페이치가 말했다.

"너 이 도둑놈, 어디 있었어?"

"제가 어디 있었는지 알면 어쩌시려고요, 어르신?"

세르게이가 대답했다.

"며느리 방에서 밤을 새웠으렸다?"

"어디서 밤을 샜는지는, 어르신, 저도 잘 알고 있습니다. 그렇지만, 보리스 치모페이치, 잘 들으시죠. 어차피 엎질러진 물입니다. 그렇지만 상인 나리 체통에 흠을 내서야 되겠습니까? 제게 원하는 것을 말씀하십시오. 어떤 대가를 원하십니까?"

"간악한 네 놈에게 채찍질 500번을 해야겠다."

보리스 치모페이치가 대답했다.

"죄를 지었으니 원하는 대로 하시죠. 어디로 갈까요? 가서 마음껏 피가 나도록 때리시죠."

보리스 치모페이치는 세르게이를 돌로 된 광으로 끌고 가, 가죽 채찍으로 자신의 힘이 다할 때까지 때렸다. 세르게이는 아무런 신음소리도 내지 않았다. 대신 자신의 루바슈카 소매를 이로 물어뜯었을 뿐이다.

보리스 치모페이치는 채찍에 맞아 피투성이가 된 등이 다 나을 때까지 세르게이를 광에 가두었다. 그는 세르게이에게 흙으로 빚은 물 단지를 넣어 주고 커다란 자물쇠로 문을 채웠다. 그리고 아들을 부르러 사람을 보냈다.

그러나 오늘날에도 그렇지만 러시아 시골길로 100베르스타(미터법 시행 이전 러시아의 거리 단위. 1베르스타는 1,067킬로미터―옮긴이)는 금방 다녀올 수 있는 거리가 아니다. 한편 카테리나 리보브나는 이제 세르게이 없이는 단 한 시간도 견딜 수 없는 지경이 되어 버렸다. 갑자기 눈을 뜨게 된 천성이 더 이상 주체할 수 없을 정도로 강력하게 그녀를 사로잡은 것이다. 세르게이가 어디에 있는지 알아 낸 그녀는 철문을 통해 그와 이야기를 나눈 후 열쇠를 찾으러 달려갔다.

"아버님, 세르게이를 풀어 주세요."

카테리나 리보브나가 시아버지에게 말했다.

노인은 얼굴이 파래졌다. 그는 부정을 저지르긴 했지만, 이제까지 순종만 하던 며느리가 그렇게까지 뻔뻔할 줄은 몰랐다.

"네 이년, 무슨 말을 하는 게냐."

그는 카테리나 리보브나에게 욕을 퍼부었다.

"풀어 주세요. 양심을 걸고 맹세하지만 우리 사이에는 아무 일도 없었어요."

"아무 일도 없었다고!"

그는 이를 갈며 말했다.

"밤마다 그놈과 무슨 짓을 했지? 남편 베개를 잡고 늘어졌더냐?"

그래도 그녀는 그를 놓아달라고 계속 버텼다.

"정 그렇다면, 잘 들어라."

보리스 치모페이치는 말했다.

"잘못한 것이 없다는 네년은 네 남편이 돌아오면 마구간에서 우리 손으로 직접 족치겠지만, 그 비열한 놈은 내일 당장 감옥으로 보내겠다."

그러나 그의 이런 결심은 이루어지지 않았다.

# 5

밤에 버섯죽을 먹은 보리스 치모페이치는 위통에 시달렸다. 갑자기 명치가 쑤셔왔고, 심한 구토 증세를 보이다가 아침 무렵 죽고 말았다. 마치 헛간의 쥐처럼 죽어 버린 것이다. 평상시 카테리나 리보브나는 쥐를 없애라고 그녀에게 맡겨 두었던 위험한 하얀 가루로 특별한 쥐약을 만들곤 했었다.

카테리나 리보브나는 시아버지의 석광에서 세르게이를 꺼내어, 사람들이 보든 말든 아무런 수치심도 없이 남편의 침대에서 매 맞은 상처를 치료하게 했다. 그리고 전혀 주저함 없이 그리스도교식으로 시아버지 보리스 치모페이치의 장례를 치렀다. 신기하게도 아무도 의심하는 사람이 없었다. 버섯을 잘못 먹고 죽은 다른 많은 사람들처럼 보리스 치모페이치도 죽었을 뿐이라고 생각했다. 보리스 치모페이치의 장례는 아들이 오기 전에 신속히 치러졌다. 날씨가 더운데다 지노비 보리스이치를 부르러 간 사람이 제분소에서 그를 만나지 못했기 때문이었다. 지노비 보리스이치는 아무에게도 말하지 않고 100베르스타나 떨어진 곳에 싸게 나온 땅을 보러 떠났던 것이다.

일이 이렇게 풀려나가자 카테리나 리보브나는 거침없이 행동했다. 그녀는 두려움을 모르는 여자였기에 그녀가 무슨 생각을 하는지 아무도 추측할 수 없었다. 그녀는 당당하게 집안사람 모두에게 지시를 내렸고, 세르게이를 곁에서 놔주지 않았다. 처음엔 이상하게 여기던 사람들도 카테리나 리보브나가 통 큰 씀씀이로 환심을 사자, '주인마님과 세르게이 사이에 무슨 일이 있는 것 같긴 한데, 신경 쓸 필요 없지. 본인들 일이니까 알아서 하겠지'라고 생각할 뿐이었다.

그 사이 세르게이는 완쾌되어 기운을 되찾았고, 다시 젊고 생기 있는 사냥매가 되어 카테리나 리보브나의 곁을 지켰다. 다시 연인들의 생활이 시작된 것이다. 그러나 시간은 그들만을 위해 흐르지는 않았다. 배신당한 남편 지노비 보리스이치가 오랜 외출을 끝내고 집으로 급히 발걸음을 옮기고 있었기 때문이다.

# 6

찌는 듯한 무더운 오후였다. 파리가 여기저기 잽싸게 날아다니며 참을 수 없을 정도로 성가시게 굴었다. 카테리나 리보브나는 침실 창의 덧문들을 잠그고 또 그 안쪽에 모직으로 된 수건을 쳐 놓고는 세르게이와 함께 높다란 남편의 침대에 누워 쉬고 있었다. 자는 둥 마는 둥 카테리나 리보브나는 더워서 어쩔 줄을 몰랐고, 얼굴은 땀에 흠뻑 젖어 숨쉬기조차 괴로웠다. 카테리나 리보브나는 일어날 시간이 됐다고 느꼈다. 정원에 나가 차를 마실 시간이 되었는데 도저히 일어날 수가 없었다. 마침내 하녀가 와서 문을 두드렸다.

"사과나무 밑에 준비해 둔 사모바르(차를 끓이는 러시아의 전통 기구─옮긴이)가 꺼져 갑니다요."

카테리나 리보브나는 억지로 몸을 뒤척이면서 고양이를 쓰다듬었다. 그 고양이는 그녀와 세르게이 사이를 비집고 들어와 있었다. 아주 화려한 잿빛에 덩치가 크고 몹시 살이 찐 고양이는 꼭 마름과 같은 수염을 하고 있었다. 카테리나 리보브나는 고양이의 복슬복슬한 털에 파묻혀 몸을 뒤척였고 녀석도 그녀의 품으로 파고들었다. 그놈은 뭉툭한 상판대기를 그녀의 탄탄한 가슴에 파묻고는 마치 사랑을 노래하듯이 조용히 그르렁거렸다.

'이 고양이가 어떻게 들어왔을까? 창문에 생크림을 얹어 놓았지. 틀림없이 이 나쁜 놈이 그것을 훔쳐 먹으려고 왔을 거야. 쫓아 버려야겠다.'

그녀는 고양이를 잡아 집어던지려고 했다. 그러자 녀석은 마치 안개처럼 손가락 사이로 사라져버렸다.

'그런데 고양이가 어디에서 왔을까?' 카테리나 리보브나는 악몽 속에서 생각해보았다. '침실에는 고양이가 없었는데, 몰래 들어왔구나!' 그녀는 다시 한번 손으로 고양이를 잡으려 했다. 그러나 녀석은 다시 사라졌다. '이게 어떻게 된 일이지? 이게 정말 고양이일까?' 카테리나 리보브나는 생각했다. 그녀는 갑자기 멍해졌고, 그와 함께 꿈과 졸음이 일시에 사라졌다. 카테리나 리보브나는 방을 둘러보았다. 고양이는 없었고, 단지 잘생긴 세르게이가 옆에 누워 힘센 손아귀로 그녀의 가슴을 잡아 뜨거운 자기 얼굴에 누르고 있었다.

카테리나 리보브나는 일어나 앉아 세르게이에게 한참동안 키스와 애무를 하고는 구겨진 이불을 정돈한 후, 차를 마시러 정원으로 갔다. 벌써 해가 서산으로 완전히 기울었고, 뜨겁게 달아오른 대지에 마술같이 매혹적인 저녁이 깃들고 있었다.

"늦잠을 자 버렸네."

카테리나 리보브나는 차를 마시려고 흐드러지게 꽃이 핀 사과나무 아래 펼쳐 놓은 양탄자 위에 앉았다.

"악시냐, 이게 무슨 뜻일까?"

그녀는 냅킨으로 차받침을 닦으며 물었다.

"뭔데요, 마님?"

"고양이 한 마리가 기어 들어왔는데, 꿈이 아니라 생시 같았거든."

"그게 무슨 말씀이에요?"

"그래, 고양이가 기어 들어왔었어."

카테리나 리보브나는 고양이가 어떻게 그녀에게 기어 들어왔는지 설명해 주었다.

"그런데 왜 그놈을 쓰다듬어 주었지요?"

"무슨 말을 하는 거야? 왜 쓰다듬어 주었는지 내가 어떻게 알아?"

"정말 이상한 일이네요!"

악시냐가 큰소리로 말했다.

"정말이지 나도 잘 모르겠어."

"이것은 분명히 누군가 마님을 쫓아오거나 혹은 그 비슷한 일일 거예요."

"그게 도대체 뭘까?"

"그게 뭔지는 아무도 모르죠, 마님. 단지 무엇인가 그 비슷한 일이 생길 수 있다는 거죠."

"꿈에서 계속 달이 보이더니 그 다음에 고양이가 나타났어."

카테리나 리보브나가 말했다.

"달은 아기를 뜻하는데요."

카테리나 리보브나는 얼굴을 붉혔다.

"세르게이를 불러올까요?"

내심 그녀의 신뢰를 받고 있다고 믿는 악시냐가 물었다.

"그럴까."

카테리나 리보브나가 대답했다.

"그래, 가서 그 사람 좀 오라고 해. 여기서 차를 마시자고."

"예, 오라고 전할게요."

악시냐는 오리처럼 뒤뚱거리며 정원의 문 쪽으로 갔다.

카테리나 리보브나는 세르게이에게도 고양이에 관해 이야기했다.

"꿈일 뿐이에요."

세르게이가 대답했다.

"그런데 왜 전에는 이런 꿈을 한 번도 꾼 적이 없을까, 세료자 (세르게이의 애칭—옮긴이)?"

"전에 없었던 일이 어디 그것뿐인가요? 이전에 나는 당신을 바라만 보고 애간장을 태웠지만 지금은 어때요! 당신의 흰 육체 전부를 소유하고 있잖아요."

세르게이는 카테리나 리보브나를 안아서 몇 번 돌리더니 그녀를 부드러운 양탄자 위로 던졌다.

"아유, 어지러워."

카테리나 리보브나가 말했다.

"세료자! 이리 와서 여기 내 옆에 앉아 봐."

그녀는 응석을 부리고 교태 섞인 모습으로 기지개를 켜면서 그를 불렀다.

젊은이는 몸을 숙여, 하얀 꽃이 흐드러지게 핀 나지막한 사과나무 아래로 들어와 카테리나 리보브나 발치에 앉았다.

"세료자, 나 때문에 애간장이 다 말라 버렸다고?"

"애를 태우지 않을 재간이 없었지요."

"어떻게 애를 태웠는데? 이야기해 봐."

"그걸 어떻게 말로 할 수 있겠어요? 얼마나 애를 태웠는지. 정말 그리움에 사무쳤지요."

"네가 나 때문에 죽을 정도였다는 걸 나는 왜 느낄 수 없었을까, 세료자? 그런 것은 느낄 수 있다고들 하던데."

세르게이는 침묵했다.

"네가 나 때문에 울적했다면, 어떻게 노래를 부를 수 있었을까? 회랑에서 네 노랫소리가 들리던걸."

카테리나 리보브나는 애무를 하며 계속 물었다.

"노래 부르는 것이 뭐 어때서요? 모기도 죽을 때까지 노래하지만 기뻐서 그러는 것은 아니잖습니까."

세르게이는 별 감정 없이 대답했다.

잠시 침묵이 흘렀다. 카테리나 리보브나는 세르게이의 이런 고백을 듣고 너무나 행복했다.

그녀는 더 말하려고 했지만, 세르게이는 얼굴을 찡그리면서 잠자코 있었다.

"저것 봐 세료자, 정말 낙원 같아."

머리 위로 꽃이 만개한 사과나무 가지 사이에 걸린 청명한 보름달과 구름 한 점 없이 파랗게 펼쳐진 하늘을 바라보며 카테리나 리보브나가 탄성을 질렀다.

사과나무 잎사귀와 꽃잎 사이로 스며든 달빛이 고개를 위로 젖히고 누워 있는 카테리나 리보브나의 얼굴과 온몸에 기묘한 빛의 반점들로 흩어져 이리저리 움직였다. 사방이 고요했다. 가볍고 따스한 미풍이 졸린 듯한 나뭇잎들을 가볍게 흔들면서 만개한 풀과 나무의 연한 향기를 사방으로 퍼뜨렸다. 무언가 사람을 지치게 하면서 나른하고 몽롱하게 만들고 또 어두운 욕망으로 이끄는 기운이 느껴졌다.

세르게이가 아무런 반응이 없자 카테리나 리보브나는 연분홍빛이 감도는 사과나무 꽃들 사이로 하늘을 계속 응시했다. 세르게이도 잠자코 있었다. 그러나 그는 하늘에는 관심이 없었다. 양팔로 무릎을 감싸 안은 채 그는 자기 장화만 뚫어지게 바라보고 있었다.

황금 같은 밤이었다! 고요하고 청명했으며 향기가 넘쳐났고, 상쾌하면서 생기를 주는 따스함이 배어 있었다. 정원 뒤 골짜기 너머 먼 곳에서 누군가 낭랑하게 노래를 부르기 시작했다. 울타리 아래 무성한 벚나무 잎사귀 사이에선 꾀꼬리가 지절대며 나뭇가지를 흔들어 대기 시작했다. 높은 장대 위 새장 속에서 잠에 취한 메추라기가 잠꼬대를 시작했고, 마구간 담장 뒤에서 살찐 말 한 마리가 괴로운 듯 숨을 몰아쉬었다. 정원 울타리 너머로는 신바람이 난 듯 소리 없이 질주하던 개떼가 폐허가 된 낡은 소금 상가의 흉측하고 시커먼 그림자 속으로 사라졌다.

카테리나 리보브나는 팔꿈치를 괴고 몸을 약간 일으켜 높게 자란 정원의 풀을 바라보았다. 풀들도 꽃과 나뭇잎에 부딪혀 부서지는 달빛과 유희라도 하듯 반짝였다. 아무렇게나 움직이는 빛의 반점들이 풀들을 완전히 금빛으로 뒤덮은 채 마치 살아 있는 불나비처럼 아른거리며 요동치고 있었다. 흡사 풀들이 달의 그물에 걸려 이리저리 몰려다니는 것 같기도 했다.

"아, 세료자, 정말 매혹적이야!"

카테리나 리보브나는 주위를 둘러보고 탄성을 질렀다.

세르게이는 무관심하게 대충 둘러보았다.

"왜 그러지, 세료자? 기분이 안 좋아? 아니면 벌써 내 사랑이 지겨워졌어?"

"무슨 그런 쓸데없는 말을 해요!"

세르게이는 건조하게 대답하고는 카테리나 리보브나에게 몸을 숙여 마지못해 키스를 했다.

"바람둥이, 세료자, 나쁜 사람 같으니."

카테리나 리보브나가 뾰로통해져서 말했다.

"그런 말은 참을 수 없군요."

세르게이가 담담한 어조로 말했다.

"무슨 키스가 그래?"

세르게이는 말이 없었다.

카테리나 리보브나는 그의 곱슬머리로 장난을 치며 계속 말했다.

"그런 것은 남편과 부인이 서로 입술에 묻은 먼지를 닦아 낼 때나 하는 거지. 그런 거 말고 저 사과나무에서 싱싱한 꽃들이 땅으로 떨어지듯이 그렇게 키스해 줘. 이렇게, 이렇게 말이야."

카테리나 리보브나는 애인을 껴안고 정열적으로 키스를 하며 속삭였다.

"세료자, 내가 하는 말 잘 들어."

잠시 후 카테리나 리보브나가 말했다.

"왜 모두들 이구동성으로 너를 바람둥이라고 하지?"

"누가 그런 거짓말을 해요?"

"사람들이 그러던걸."

"별 볼일 없는 여자들을 배반한 적은 있었겠지요."

"왜 바보같이 그런 별 볼일 없는 여자들과 관계를 맺었지? 가치 없는 여자들은 사랑할 필요가 없어."

"그런 일이 어디 생각대로 되나요? 유혹하는 대로 되는 거지요. 그건 아주 간단해요. 전혀 그럴 생각이 없더라도 한번 그 선을 넘어 버리면 여자가 매달려 떨어지지 않지요. 사랑이란 그런 거죠."

"잘 들어, 세료자! 다른 여자들이 어땠는지 나는 알 바 없고, 알고 싶지도 않아. 단지 우리가 지금 이렇게 사랑에 빠지게 된 것은, 물론 내가 너를 원하기도 했지만, 네가 나를 유혹했기 때문이고, 또 네 술수 때문이란 사실은 너도 알고 있겠지. 그래서 하는 말이지만 만약에, 세료자 네가 나를 배신하거나, 내 대신 다른 여자를 택한다면, 나는, 결코 살아서는 너와 헤어지지 않을 거야."

세르게이는 움찔 놀랐다.

"아, 카테리나 일보브나, 당신은 나의 밝은 빛입니다."

그가 말했다.

"우리 일이 어떻게 될지 한번 잘 생각해 보세요. 당신은 지금 내가 심각하다고 말하면서, 내가 왜 그런지는 생각을 하지 않는군요. 내 심장이 말라비틀어질 정도가 되었는데."

"말해 봐, 세료자, 무슨 걱정거리가 있는지."

"말해서 뭐합니까! 이제 곧 당신의 남편이 돌아올 테고, 그렇게 되면 나, 세르게이 필리프이치는 저만치 물러나 뒷마당에서 음악을 연주하는 악사들에게나 가게 될 것이고, 헛간에 숨어서 당신이 침실의 촛불을 밝히고, 이불을 정돈하고 남편과 잠자리에 눕는 것을 훔쳐보는 신세가 될 텐데요."

"그런 일은 없을 거야!"

카테리나 리보브나는 즐거운 표정으로 손을 흔들었다.

"어떻게 장담하죠? 아무리 당신이라도 별수 없다는 것을 나도 잘 알고 있어요. 카테리나 일보브나, 나도 감정이 있고 아픔을 느낄 수 있다고요."

"이제 됐으니까 그만해."

카테리나 리보브나는 세르게이의 질투심에 기분이 좋아져서, 한바탕 웃음을 터뜨리고 세르게이에게 키스를 했다.

"다시 한번……."

어깨까지 맨살이 드러난 카테리나 리보브나의 팔에서 조용

히 머리를 빼내면서 세르게이는 말을 이었다.

"다시 한번 말하지만 현재 나의 비천한 상황에서 한 번 아니 열 번이라도 이리저리 재 보지 않을 수 없습니다. 만약 내가 당신과 같은 위치라면, 그러니까 주인이나 상인이라면 말입니다. 카테리나 일보브나, 나는 살아 있는 한 당신과 헤어지지 않을 것입니다. 그런데 과연 내가 당신에게 어떤 존재인지 생각해봐요. 나는 벌써 사람들이 당신의 하얀 손을 잡고 당신을 부부 침실로 데리고 가는 것을 눈앞에 보는 듯합니다. 그리고 나는 이 모든 것을 참고 견뎌야겠지요. 그리고 그 때문에 나는 평생을 멸시받는 사람으로 지내게 될 것입니다. 카테리나 일보브나! 나는 여자들에게서 쾌락만 맛보면 만족하는 그런 부류의 사람이 아닙니다. 나도 사랑이 어떤 것인지, 그리고 어떻게 사랑이 검은 뱀이 되어 내 심장의 피를 빨아먹는지 느낄 줄 안단 말입니다."

"왜 자꾸 그런 말을 하고 그래?"

카테리나 리보브나가 그의 말을 가로막았다. 그녀는 세르게이가 가엾게 느껴졌다.

"카테리나 일보브나! 어떻게 잠자코 있을 수 있겠습니까? 어떻게 잠자코 있을 수 있냐고요. 어쩌면 벌써 모든 일이 그에게 알려졌는지도 모릅니다. 그러면 먼 장래가 아니라 당장 내일이라도 나는 이 바닥에서 흔적도 없이 사라지겠지요."

"아니, 안 돼. 그런 말 하지 마, 세료자! 내가 너 없이 혼자 남는 일은 없을 거야."

카테리나 리보브나는 끊임없이 애무를 하여 그를 진정시켰다.

"만약 어떤 일이 벌어져 그 사람 아니면 내가 죽는 경우가 있더라도 너는 나와 함께 있게 될 거야."

"어떻게 그럴 수 있겠어요? 카테리나 일보브나."

세르게이는 고개를 흔들며 서글프게 대답했다.

"당신과의 사랑 때문에 내 인생에서 기쁨은 사라졌어요. 신분이 나보다 높지 않은 여자를 사랑했다면 만족할 수 있었을 텐데 말입니다. 당신과의 사랑이 계속될 수 있을까요? 나는 성스럽고 영원한 교회 앞에서 당신의 남편이 되고 싶습니다. 그렇게 된다면, 비록 내가 언제까지나 당신보다 비천하다고 할지라도 적어도 남들에게는 내가 아내에 대한 존경심으로 남편의 자격이 있다는 것을 보여줄 수 있을 텐데 말이에요."

세르게이의 말과 질투심, 그녀와 결혼하고 싶다는 바람, 아니면 아주 잠깐 만나다 헤어질지라도 영원히 그녀의 마음에 드는 사람이 되고 싶다는 그의 바람을 듣고 카테리나 리보브나는 정신이 몽롱해졌다. 이제 카테리나 리보브나는 세르게이를 위해서라면 물불 가리지 않고, 감옥이라도, 심지어 십자가라도 질 준비가 되었다. 그는 그녀가 모든 것을 다 바쳐 그를 사랑하게 만들어 버리고 만 것이다. 그녀는 행복에 겨워 미칠 것만 같았다. 피가 끓어올라 그녀는 아무것도 들을 수가 없었다. 그녀는 재빨리 손바닥으로 세르게이의 입술을 누르고는 그의 머리를 자기 가슴에 꽉 대며 말했다.

"너를 상인으로 만들어서 보란 듯이 살 수 있는 방법을 이미 다 생각해 두었어. 그러니까 적당한 때가 올 때까지 쓸데없는 근심거리나 만들지 말고."

그러고는 다시 키스와 애무가 시작되었다.

헛간에서 자고 있는 늙은 집사의 깊은 잠을 타고 한밤중의 고요 속에서, 마치 짓궂은 아이들이 병약한 노인을 어떻게 골려 줄지 모의할 때처럼, 몰래 웃는 소리와 소곤거리는 소리가 들려왔다. 그런가 하면 마치 호수의 요정이 간질이기라도 하듯 낭랑하고 쾌활하게 깔깔대는 소리도 들려왔다. 이것은 모두 카테리나 리보브나와 젊은 하인이 달빛 속에서 부드러운 양탄자 위를 뒹굴며 소란하게 유희하는 소리였다. 그들 위로 무성한 사과나무에서 떨어진 신선하고 하얀 꽃잎들이 계속 쌓이더니, 어느 순간 꽃잎도 더 이상 떨어지지 않았다. 그러는 사이에 짧은 여름밤이 지나갔고, 달은 높은 창고들의 경사진 지붕 너머로 숨어들며 비스듬히 대지를 비추더니 점점 흐려져 갔다. 부엌 지붕에서 고양이들의 이중창이 날카롭게 울려 퍼졌다. 가래 끓는 소리와 성이 난 듯 쉭쉭거리는 소리가 들린 후에 수고양이 두세 마리가 갑자기 멈칫하더니, 지붕에 걸쳐 놓은 널빤지 묶음을 타고 우르

르 미끄러져 내려왔다.

"자러 가자."

카테리나 리보브나는 녹초가 된 듯 느릿느릿 양탄자에서 일
어나, 루바슈카와 하얀 속치마 차림 그대로, 쥐 죽은 듯 고요한
마당을 조용히 가로질러 갔다. 세르게이는 양탄자와 그녀가 정
신없이 벗어 던져 놓은 블라우스를 들고 그 뒤를 따라갔다.

# 7

촛불을 끄고 실오라기 하나 걸치지 않은 몸을 부드러운 털 이
불에 눕히자마자 카테리나 리보브나는 몰려오는 잠을 주체할
수 없었다. 마음껏 놀고 즐긴 뒤라 카테리나 리보브나는 팔다리
가 마비된 것처럼 깊은 잠에 빠져들었다. 꿈결에 문이 다시 열
리고, 이전에 봤던 수고양이가 무거운 신발처럼 침대 위로 떨어
지는 소리가 들렸다.

'도대체 이놈의 고양이는 왜 이렇게 사람을 못살게 구는 거
야?' 피곤에 젖은 카테리나 리보브나가 생각했다. '분명히 방금
전에 내 손으로 직접 자물쇠로 문을 잠그고 창문을 닫았는데 이
녀석이 또 와 있네. 당장 내쫓아야지.' 카테리나 리보브나는 일
어나려고 했지만 잠에 절은 손발이 움직여 주질 않았다. 고양이

는 그녀 위를 돌아다니면서 마치 말이라도 하는 듯이 묘하게 그르렁거렸다. 카테리나 리보브나는 온몸을 타고 전율이 흐르는 느낌이 들었다.

'아니야. 내일은 반드시 성수를 가져와 침대에 뿌려야겠어. 그 방법밖에 없어. 이 고양이가 나를 찾아오는 게 너무 불길해.'

고양이가 그녀의 귀에 주둥이를 바짝 대고 말을 했다.

'내가 고양이라고? 말도 안 되는 소리! 카테리나 리보브나, 너는 정말 영특하구나. 나는 고양이가 아니라, 명망 있는 상인 보리스 치모페이치라고. 내가 지금 이렇게 형편없어 보이는 것은, 며느리가 만들어 준 음식을 먹고 내장이 전부 녹아 버렸기 때문이야.'

고양이는 으르렁거렸다.

'그래서 나는 이렇게 쭈그러진 모습으로 고양이가 되어서, 내가 실제로 무슨 일을 당했는지 전혀 감도 못 잡는 사람들에게 나타나고 있지. 그런데 너는 지금 우리 집에서 어떻게 지내고 있지, 카테리나 리보브나? 혼인서약은 잘 지키고 있나? 나는 네가 어떻게 세르게이 필리프이치와 네 남편의 침대를 뜨겁게 달구는지 보려고 일부러 무덤에서 나왔지. 야옹야옹. 그런데 아무것도 보이지가 않아. 나를 무서워할 것 없어. 보다시피 네가 해준 음식 때문에 눈알이 다 빠져 나왔거든. 내 눈 좀 보렴, 며늘아가야. 무서워할 것 없어!'

카테리나 리보브나는 사력을 다해 소리를 질렀다. 그녀와 세르게이 사이에 다시 고양이가 자리 잡고 있었다. 그런데 그 고양이는 죽은 보리스 치모페이치의 머리와 똑같은 크기의 머리를 달고 있었고, 눈 대신에 소용돌이 불꽃이 빙빙 돌고 있었다!

세르게이가 잠에서 깬 카테리나 리보브나를 진정시키고는 다시 잠이 들었다. 그러나 그녀는 완전히 잠에서 깨고 말았다. 다행이었다.

그녀가 눈을 뜨고 누워 있는데, 갑자기 누군가 대문을 넘어 마당으로 들어오는 소리가 들렸다. 개들이 덤벼드는가 싶더니 금방 조용해지는 것이 누군가 개들을 얼렀음이 분명했다. 그리고 몇 분이 지난 후 철로 된 빗장이 덜거덕거리고 문이 열리는 소리가 났다. '내가 뭘 잘못 들은 걸까, 아니면 지노비 보리스이치가 돌아와 비상용 열쇠로 문을 여는 걸까?' 카테리나 리보브나는 잠시 생각해 보고 급히 세르게이를 깨웠다.

'잘 들어봐, 세료자.'

그녀는 몸을 일으키면서 귀를 기울였다.

누군가 한 걸음 한 걸음 조심스럽게 발길을 옮기며 조용히 계단을 올라와 닫혀 있는 침실 문 쪽으로 다가왔다.

카테리나 리보브나는 재빨리 루바슈카만 걸치고 침대에서 뛰어내려 창문을 열었다. 이와 동시에 세르게이는 맨발로 베란다로 뛰어나가, 이전에도 몇 번 타고 내려간 적이 있던 기둥을 다리로 감싸 안았다.

"아니, 그럴 필요, 그럴 필요 없어! 멀리 가지 말고 거기 있어."

카테리나 리보브나는 이렇게 속삭이고 창문 너머로 세르게이의 신발과 옷을 던져 주고 다시 이불 속으로 뛰어 들어갔다.

세르게이는 카테리나 리보브나의 말대로 기둥을 타고 내려가는 대신 베란다에 걸린 광주리 밑에 앉아 있었다. 그동안 카테리나 리보브나는 남편이 문에 다가와 숨을 죽인 채 귀를 기울이고 있는 것을 느꼈다. 그녀는 심지어 질투에 찬 남편의 심장이 점점 빠르게 뛰고 있는 것까지 느껴졌다. 그러나 카테리나 리보브나의 마음에는 연민이 아닌 악의에 찬 조소가 일어났다.

'어제까지만 해도 좋았지.' 그녀는 마치 갓 태어난 아기 같은 미소를 지으며 생각했다.

이렇게 10초쯤 흘렀을까. 마침내 지노비 보리스이치가 문 밖에서 엿듣는 것에 싫증이 났는지 문을 두드렸다.

"누구세요?"

카테리나 리보브나는 약간 뜸을 들인 후 잠이 덜 깬 듯한 목소리로 물었다.

"나요."

지노비 보리스이치가 대답했다.

"당신이세요? 지노비 보리스이치?"

"나라니까. 목소리가 들리지 않소!"

카테리나 리보브나는 루바슈카만 걸친 채 뛰어 내려가 문을 열어 주고는 재빨리 다시 따뜻한 침대로 파고들었다.

"새벽녘엔 아직 이렇게 춥네요."

그녀는 이불로 몸을 감싸면서 말했다.

이리저리 둘러보면서 방으로 들어온 지노비 보리스이치는 성상 앞에서 기도를 하고, 촛불을 켠 뒤 다시 주위를 살펴보았다.

"어떻게 지냈소?"

그는 아내에게 물었다.

"별일 없었어요."

카테리나 리보브나는 대답했다. 그리고 일어나면서 앞이 터진 모직 블라우스를 입기 시작했다.

"사모바르를 갖다 드릴까요?"

그녀가 물었다.

"악시냐를 깨워서 그녀에게 시키시오."

카테리나 리보브나는 맨발에 신을 신고 뛰어나갔다. 그녀는 반시간가량 돌아오지 않았다. 이 시간 동안 그녀는 직접 사모바르를 데웠고, 조용히 베란다에 있는 세르게이에게 들렀다.

"여기 앉아 있어."

그녀가 속삭였다.

"언제까지 여기 앉아 있으란 말이에요?"

세르게이도 작은 목소리로 물었다.

"이런, 멍청하기는! 내가 부를 때까지."

베란다에서 세르게이는 침실에서 무슨 말을 나누는지 모두 들을 수 있었다. 문소리가 나더니 카테리나 리보브나가 들어와 남편과 말을 나누었다.

"뭘 그렇게 꾸물거렸소?"

지노비 보리스이치가 물었다.

"사모바르를 올려놨어요."

그녀가 조용히 대답했다.

잠시 침묵이 흐른 후 세르게이는 지노비 보리스이치가 프록코트를 옷걸이에 거는 소리를 들었다. 곧이어 그가 세수를 하면서, 사방에 물을 튀기는 소리가 들렸다. 수건을 달라는 소리와 함께 다시 대화가 시작되었다.

"어떻게 아버님 장례를 치르게 됐지?"

남편이 물었다.

"돌아가셨으니 장례를 치렀지요."

아내가 말했다.

"정말 뜻밖의 일이군."

"글쎄 말이에요."

그렇게 대답하며 카테리나 리보브나는 찻잔을 두드렸다.

지노비 보리스이치는 침통한 얼굴로 방안을 서성이다가 다시 아내에게 캐물었다.

"그래, 당신은 뭘 하면서 시간을 보냈소?"

"우리가 좋아하는 일이야 뭐, 뻔하지요. 무도회도 별로 가질 않고 또 연극도 그렇고."

"남편이 왔는데도 별로 좋아하는 것 같지 않구려."

그녀를 흘겨보면서 지노비 보리스이치가 말했다.

"당신이나 나나 더 이상 서로를 볼 때마다 정신없이 좋아할 만큼 젊지는 않잖아요. 기뻐할 일이 뭐 있겠어요? 이제 또다시 나는 당신 좋으라고 동분서주하며 뛰어다녀야 될 텐데요."

카테리나 리보브나는 다시 사모바르를 가지러 나갔다가 세르게이에게 들렀다.

"졸지 마, 세료자!"

세르게이는 무슨 상황이 벌어질지 모른 채 기다리고 있었다.

카테리나 리보브나가 돌아왔을 때, 지노비 보리스이치는 침대 위에 무릎을 꿇고서 유리구슬 줄이 달린 자기 은시계를 머리맡 벽에 매달고 있었다.

"카테리나 리보브나, 혼자 자면서 이부자리는 왜 두 사람 것을 펼쳐놓았소?"

그는 갑자기 수상한 듯 아내에게 물었다.

"항상 당신을 기다리고 있었죠."

침착하게 그를 바라보면서 카테리나 리보브나가 대답했다.

"그것 참 고마운 일이군…… 그런데 이불 위에 놓인 이 물건은 어디에서 난 거지?"

지노비 보리스이치는 침대 시트에서 세르게이의 가느다란 모직 허리띠를 들어 올려 아내의 눈앞에 들이밀었다.

카테리나 리보브나는 생각나는 대로 말했다.

"정원에서 주운 건데 치마를 올려 묶는 데 사용했어요."

"그래!"

지노비 보리스이치가 독특한 악센트를 섞어가며 말했다.

"나도 당신에 관해, 그리고 당신의 치마에 대해 들은 게 있지."

"무얼 들었는데요?"

"그냥, 당신이 좋아할 만한 일들에 관해서."

"그럴 만한 일이 전혀 없는데요."

"그래, 곧 밝혀지겠지, 모든 게 밝혀질 거야."

다 마신 찻잔을 내려놓으며 지노비 보리스이치가 대답했다.

카테리나 리보브나는 침묵했다.

"당신의 모든 행위를 낱낱이 밝혀낼 거야. 카테리나 리보브나."

한참이 흐른 뒤 지노비 보리스이치는 눈썹을 찌푸리며 아내에게 말했다.

"당신의 카테리나 리보브나는 겁쟁이가 아니랍니다. 나는 그런 거 두려워하지 않아요."

그녀가 대답했다.

"뭐! 뭐라고!"

목소리를 높이며 지노비 보리스이치가 소리를 질렀다.

"별 말 아니에요. 잊어버리세요."

아내가 대답했다.

"당신 내 앞에서 말조심해! 그동안 아주 말이 많아졌군."

"왜, 내가 말이 많으면 안 되나요?"

카테리나 리보브나가 되물었다.

"좀 더 주의하는 게 좋겠어."

"내가 왜 주의를 해야 되죠. 누군가 남 얘기하기 좋아하는 사람이 당신에게 온갖 소리를 다 늘어놓았겠죠. 그런데 나는 참으라고요! 도대체 그런 법이 어디 있어요!"

"내가 괜한 이야기를 하는 줄 알아? 당신의 부정에 관해서는 나도 알고 있어."

"내가 무슨 부정을 저질렀다는 거예요?"

카테리나 리보브나는 지지 않고 화를 내며 소리를 질렀다.

"그렇고 그런 일이 있었다는 것은 나도 알고 있어."

"무슨 일이 있었는지 알고 있다면 어디 한번 자세히 말해 봐요!"

지노비 보리스이치는 잠시 침묵한 후에 다시 빈 찻잔을 아내에게 내밀었다.

"보세요. 아무 말도 못하면서."

흥분한 카테리나 리보브나는 찻숟가락을 남편의 차 접시에 던지면서 경멸에 찬 목소리로 말했다.

"사람들이 당신에게 무얼 일러 바쳤는지 한번 말해 봐요. 당신 보기에는 도대체 누가 나의 정부죠?"

"알게 될 테니, 그렇게 서두를 필요 없어."

"사람들이 당신에게 세르게이에 관해 무슨 말이라도 하던가요?"

"알게 될 거요, 알게 될 거라고. 카테리나 리보브나. 당신을 어떻게 할지 정하는 건 내 권한이고, 어느 누구도 그 권한을 빼앗을 수 없소. 곧 당신 입으로 자백하게 될 거야……."

"정말이지, 더 이상은 못 참겠어요."

카테리나 리보브나는 이를 갈면서 소리를 질렀다. 그리고 아마포처럼 창백해진 그녀는 갑자기 문 뒤쪽으로 뛰어나갔다.

"여기 그 사람이 있어요."

그녀는 몇 초 후에 세르게이의 팔을 잡고 방으로 들어왔다.

"어디 나하고 이 사람을 심문해 보시죠. 어쩌면 당신이 원하는 것, 그리고 그 이상을 알게 될지도 모르니까."

지노비 보리스이치는 혼비백산하고 말았다. 그는 문지방에 서 있는 세르게이를 한번 바라보고 또 태연히 팔짱을 끼고 침대 끝에 걸터앉아 있는 자기 부인을 한번 바라보고는 무슨 일이 일어날지 전혀 감을 잡지 못하고 있었다.

"무슨 짓을 하는 거야? 너, 이 뱀 같은 년!"

그는 안락의자에서 일어나지도 못한 채 가까스로 말했다.

"어디 한번 뭘 그렇게 잘 알고 있는지 심문해 보라니까요."

카테리나 리보브나가 뻔뻔하게 대답했다.

"당신, 나를 때려서 겁줄 심산이었지."

그녀는 의미심장한 눈짓을 하고 계속 말했다.

"결코 그렇게 되지는 않을걸. 당신이 손쓰기 전에 미리 조치를 해 두었지."

"뭐라고? 당장 꺼져!"

지노비 보리스이치는 세르게이에게 소리쳤다.

"천만의 말씀!"

카테리나 리보브나는 그의 말투를 흉내 내며 약을 올렸다.

그녀는 재빨리 문을 잠근 뒤 주머니에 열쇠를 집어넣고는 앞섶을 풀어헤친 채 침대에 누웠다.

"세료자, 이리와, 이리로. 나의 사랑."

그녀는 손짓하며 세르게이를 불렀다.

세르게이는 곱슬머리를 쓸어 넘기며 대담하게 주인마님 옆에 앉았다.

"하느님 맙소사! 이게 무슨 짓이야? 너희들 뭐 하는 거야, 이 불한당 같은 놈들!?"

분노로 온몸이 시뻘게진 지노비 보리스이치가 의자에 일어나면서 소리를 질렀다.

"왜? 마음에 안 드시나? 한번 보라니까, 내 사랑하는 양반아, 얼마나 좋은지!"

카테리나 리보브나는 차갑게 웃고는 남편 앞에서 세르게이에게 정열적으로 키스를 했다.

순간 지노비 보리스이치는 귀가 먹먹해질 정도로 세게 그녀의 따귀를 올려붙이고는, 열려 있는 창문 쪽으로 몸을 날렸다.

# 8

"어, 이것 봐라! 이렇게 고마울 수가. 내 이렇게 되기를 학수 고대했는데! 그럼 이제는 당신 방식이 아니라 내 방식대로 해 볼까……."

카테리나 리보브나가 소리쳤다.

순식간에 그녀는 세르게이를 밀어내고, 지노비 보리스이치 가 창문에 미처 다다르기 전에, 잽싸게 남편을 덮쳐 그녀의 가 느다란 손가락으로 목을 졸랐다. 그러자 축축한 대마 묶음처럼 그가 바닥에 쓰러졌다.

육중하게 쿵 소리를 내면서 뒤통수를 바닥에 부딪치는 바람 에 지노비 보리스이치는 거의 정신을 차릴 수 없었다. 그는 사 태가 이렇게 급속도로 진행될 줄은 몰랐다. 아내가 이렇게 반항

하는 것은 처음이었다. 그는 그녀가 자신에게서 벗어나기 위해 모든 것을 걸었고, 자신이 극도로 위험한 상황에 처해 있다는 사실을 느꼈다. 쓰러지는 순간 지노비 보리스이치는 자신의 목소리가 그 누구의 귀에도 미치지 못할 것을 알고는 아무 소리도 지르지 않았다. 그는 묵묵히 눈을 굴리다가, 가느다란 손가락으로 힘껏 자신의 목을 조르고 있는 부인을 분노와 원망과 고통이 섞인 표정으로 노려보았다.

지노비 보리스이치는 자신을 방어하지 않았다. 주먹을 꽉 쥔 그의 팔이 길게 늘어진 채로 경련을 일으키며 바르르 떨리고 있었다. 그의 한 팔은 풀려 있었지만, 다른 팔은 카테리나 리보브나가 무릎으로 누르고 있었다.

"이 사람 좀 잡아."

그녀는 남편을 누르며 태연히 세르게이에게 말했다.

세르게이는 주인 위에 걸터앉아 그의 양팔을 무릎으로 누르고는 카테리나 리보브나의 팔 아래로 자신의 팔을 뻗어 그의 목을 조르려고 했다. 그러나 그 순간 지노비 보리스이치는 고통스럽게 소리를 질렀다. 자기에게 다가오는 세르게이를 보고 지노비 보리스이치가 피 끓는 복수심으로 몸속에 남은 마지막 힘을 분출한 것이다. 그는 무섭게 몸부림을 쳐 세르게이의 무릎에 깔린 팔을 빼내더니 세르게이의 검은 곱슬머리를 움켜잡고는 짐승처럼 이빨로 그의 목을 물어뜯었다. 그러나 그것은 오래가지 못했다. 지노비 보리스이치는 곧 무거운 신음소리를 내뱉고는 고개를 떨어뜨렸다.

카테리나 리보브나가 창백한 얼굴로 거의 숨도 쉬지 않고 서 있었다. 그녀의 오른손에는 무거운 주물 촛대가 들려 있었다. 그녀는 촛대의 위쪽 끝을 잡고 있었고 무거운 쪽이 아래로 향해 있었다. 지노비 보리스이치의 관자놀이와 뺨을 타고 선홍빛 피가 가느다란 실 모양으로 흘렀다.

"사제를……."

지노비 보리스이치는 혐오스런 얼굴로 자신의 몸을 타고 앉아 있는 세르게이에게서 고개를 돌리며 희미하게 신음소리를 냈다.

"참회를 해야……."

머리카락 밑에서 따뜻한 피가 굳어가는 동안 그는 벌벌 떨며 분명치 않은 소리를 냈다.

"그냥 그렇게 가도 괜찮아."

카테리나 리보브나가 속삭였다.

"더 이상 우물쭈물할 시간 없어."

그녀는 세르게이에게 말했다.

"숨통을 완전히 끊어버려."

지노비 보리스이치는 색색거리는 소리를 냈다.

카테리나 리보브나는 몸을 숙여, 남편의 목을 잡고 있는 세르게이의 손 위에 자신의 손을 얹고 눌렀다. 그러고는 그의 가슴에 귀를 대어 보았다. 쥐 죽은 듯이 5분이 지난 후 그녀는 몸을 일으키면서 말했다.

"그 정도면 충분해."

세르게이도 숨을 헐떡이며 일어났다. 지노비 보리스이치는 목이 짓눌리고 관자놀이가 터진 채로 죽어 널브러져 있었다. 왼쪽 머리 밑에 피로 얼룩진 반점이 보였으나, 머리카락에 엉겨 붙은 상처에서 피는 더 이상 흐르지 않았다.

세르게이는, 바로 얼마 전 지금은 고인이 된 보리스 치모페이치가 자신을 가두었던 돌창고 지하에 지노비 보리스이치를 끌어다 놓고 다락방으로 돌아왔다. 그동안 카테리나 리보브나는 잠옷의 소매를 바짝 걷어붙이고는 수세미를 비누에 묻혀 지노비 보리스이치가 침실 바닥에 남겨놓은 핏자국을 닦아 내고 있었다. 아내가 독을 탄 것도 모르고 몸을 데우기 위해 사모바르를 마셨던 지노비 보리스이치. 그 찻잔의 온기가 채 가시기도 전에 핏자국은 아무런 흔적도 없이 지워졌다.

카테리나 리보브나는 세제가 담긴 청동접시와 비누가 잔뜩 묻은 수세미를 들었다.

"불 좀 비춰 봐."

그녀는 문 쪽으로 가면서 세르게이에게 말했다.

"더 낮게, 더 낮게 비춰 봐."

그녀는 이렇게 말하면서 세르게이가 지노비 보리스이치를 광까지 끌고 가면서 흔적을 남기지 않았는지 마루청을 주의 깊게 살펴보았다.

색칠을 한 바닥에서 버찌 크기만 한 아주 작은 얼룩 두 개가 발견되었다. 카테리나 리보브나는 그것들을 수세미로 닦아 지워 버렸다.

"다시는 도둑처럼 몰래 기어 들어와 엿보지 않겠지."

똑바로 서서 광이 있는 쪽을 바라보며 카테리나 리보브나가 말했다.

"이제 됐어요."

세르게이는 울려 퍼지는 자기 목소리에 움찔 놀랐다.

그들이 침실로 돌아온 것은 새벽빛이 가느다란 붉은 줄을 그으며 동쪽 하늘을 헤치고 나올 때였다. 꽃으로 살짝 덮인 사과나무가 금빛으로 물들고, 정원의 푸른 나무 울타리 사이로 햇살이 들어와 카테리나 리보브나의 방을 비추었다.

마당에는 어깨에 털가죽 외투를 걸친 늙은 집사가 하품을 하고 성호를 그으면서 헛간에서 부엌 쪽으로 느릿느릿 걸어가고 있었다.

카테리나 리보브나는 덧창문의 끈을 조심스럽게 잡아당겨 닫으면서, 영혼까지 꿰뚫어 보려는 듯 유심히 세르게이를 바라보았다.

"이제 네가 상인이다."

세르게이의 어깨에 하얀 손을 얹으며 그녀가 말했다. 세르게이는 아무 대답도 하지 않았다.

그의 입술은 떨리고 있었고, 열병에 걸린 사람처럼 제정신이 아니었다. 카테리나 리보브나는 입술만이 차가울 뿐이었다.

이틀 후 세르게이의 손에는 커다란 물집이 생겼다. 그의 힘든 곡괭이질과 삽질 덕분에 지노비 보리스이치는 자기 무덤에 잘 안장되었다. 아마 그의 미망인이나 그 정부가 돕지 않았더라면 최후의 심판 때까지 아무도 그를 찾을 수 없었을 것이다.

# 9

세르게이는 빨간 수건을 목에 두르고 다니면서 목구멍이 부었다고 불평을 해 댔다. 한편 세르게이의 목에 남은 지노비 보리스이치의 이빨자국이 채 가시기도 전에 사람들은 카테리나 리보브나의 남편이 어떻게 된 건지 궁금해 하기 시작했다. 그 이야기를 꺼내는 건 대개 세르게이 자신이었다. 그는 저녁때마다 다른 청년들과 정원 문 쪽의 벤치에 앉아 이렇게 말하곤 했다.

"여보게들, 주인 나리가 아직까지 돌아오지 않으니, 정말 이상하지 않나?"

젊은이들도 역시 이상하게 생각했다.

그때 제분소에서 주인이 마차를 빌려 오래전에 집으로 출발했다는 전갈이 왔다. 그를 태우고 있던 마부는 지노비 보리스이

치가 무언가 혼란에 빠진 듯했고, 눈에 띄게 이상했다고 전했다. 그는 마을에서 3베르스타쯤 떨어진 수도원 근처에서 짐을 챙겨서는 마차에서 내렸다고 했다. 이 이야기를 듣고 사람들은 더욱 이상하게 생각했다.

지노비 보리스이치는 사라져 버린 것이 분명했다.

수색 작업이 펼쳐졌지만, 아무것도 밝혀지지 않았다. 상인은 땅 속으로 꺼져 버린 듯했다. 단지 마부의 진술에 따라 상인이 강기슭 수도원 근처에서 내린 후 계속 길을 갔다는 것만이 알려졌다. 사건은 오리무중이었고, 그 사이 카테리나 리보브나는 세르게이와 함께 자유로운 시간을 보냈다. 여기저기에서 지노비 보리스이치가 나타났다는 말들이 무성했지만, 그는 돌아오지 않았고, 카테리나 리보브나는 그가 절대로 돌아올 수 없다는 것을 누구보다도 잘 알고 있었다.

그렇게 한 달, 두 달, 석 달이 지났고, 카테리나 리보브나는 몸이 무거워지는 것을 느꼈다.

"이 재산이 모두 우리 것이 될 거야, 세료자. 나에게 상속자가 생겼어."

그녀는 세르게이에게 이렇게 말하고는 두마(제정 러시아의 지방 의회—옮긴이)에 가서 자신이 임신을 했는데, 사업은 침체되어 있으니, 자기가 모든 것을 관리할 수 있게 해 달라고 탄원했다.

카테리나 리보브나는 지노비 보리스이치의 합법적인 부인

이었고 부채가 없었기 때문에 그녀에게 허가를 내줄 수밖에 없었다.

카테리나 리보브나는 집안을 다스리게 되었고, 그녀의 명에 의해 세르게이는 세르게이 필리프이치로 불리게 되었다. 그런데 그때 난데없이 새로운 재난이 닥쳤다. 리브느이에서 시장 앞으로 편지가 왔는데, 보리스 치모페이치가 자기 자본으로만 장사를 한 것이 아니며, 유동자금 가운데 그의 지분보다 더 많은 금액이 그의 나이 어린 조카 표도르 자하로프 랴민의 몫이라는 주장이었다. 그리고 이 일의 시비를 밝히는 일을 카테리나 리보브나에게만 맡겨서는 안 된다는 내용이었다. 이 소식은 즉시 카테리나 리보브나에게 전해졌다. 그리고 일주일 후 리브느이에서 노파 한 명이 조그마한 남자아이를 데리고 나타났다.

"나는 돌아가신 보리스 치모페이치의 사촌누이라오. 그리고 이 아이는 내 조카 표도르 랴민이고."

카테리나 리보브나는 그들을 맞아들였다.

세르게이는 마당에서 이들이 도착하는 것과 카테리나 리보브나가 그들을 맞이하는 것을 보고 백지장같이 창백해졌다.

손님들을 살피며 그들을 따라 들어오던 세르게이가 송장처럼 창백해지면서 응접실에 멈춰 서는 것을 눈치 챈 주인마님이 그에게 물었다.

"왜 그래?"

"아무것도 아닙니다."

세르게이는 응접실에서 복도로 돌아서며 대답했다.

"리브느이라니, 대체 어디 붙어먹은 동네랍니까!"

그는 자기 뒤에 있는 복도 쪽 문을 잠그며 한숨을 내쉬었다.

그날 밤 세르게이 필리프이치는 카테리나 리보브나와 차를 마쳤다.

"이제 어떻게 하지요? 이제, 카테리나 일보브나, 우리 일이 전부 허사가 된 셈이군요."

"왜 허사가 된다는 거야, 세료자?"

"왜냐하면 이제 모든 걸 나눠야 할 테니까 말입니다. 빈 주머니 가지고 어떻게 사업을 하겠습니까?"

"왜 네 몫이 작아질 것 같아서 그래?"

"내가 문제가 아닙니다. 나는 다만 이런 상황에서 우리가 여전히 행복할 수 있을지 의심스러워서 그러는 겁니다."

"왜 그런 생각을 해? 왜 우리가 행복해지지 않는다는 거야, 세료자?"

"당신을 사랑하니까요, 카테리나 일보브나. 당신이 예전처럼 그렇게 사시는 게 아니라, 진짜 귀부인처럼 사시길 원했어요."

세르게이 필리프이치가 대답했다.

"그런데 이제 그것과는 정반대로 재산이 줄어들어 지금보다도 훨씬 더 못한 삶을 살게 되었으니 말이죠."

"그런데 이런 게 정말 나에게 필요할까, 세료자?"

"사실 그것은 마님에게는, 별일 아닐지도 모릅니다. 그러나 내게는 그렇지가 않아요. 저는 당신을 너무나도 존경합니다. 그렇기 때문에 마님이 다시금 비열하고 시기하는 사람들의 눈초리를 대하게 된다면 내 가슴이 너무나도 아플 것입니다. 마님이야 마님 편한 대로 생각하겠지만, 나로서는 이런 상황에서 결코 행복할 수가 없군요."

세르게이는 허구한 날 카테리나 리보브나에게 폐쟈(표도르의 애칭—옮긴이) 라민 때문에 그는 세상에서 가장 불행한 사람이 되었다고 떠들어 댔다. 그 까닭인즉 카테리나 리보브나의 집안을 모든 상인 가문 중 가장 빼어나게 만들 방법이 없어졌기 때문이라는 것이었다. 세르게이가 내리는 결론은 항상 같았다. 즉 폐쟈가 없으면, 지노비 보리스이치가 실종된 지 아홉 달이 채 지나기 전에 태어나는 카테리나 리보브나의 아이가 전 재산을 상속받게 될 것이고, 그러면 그들은 더할 나위 없이 행복하리라는 이야기였다.

# 10

어느 날 갑자기 세르게이는 상속자에 관해 함구했다. 그러나 그의 입에서 이 얘기가 멈추기가 무섭게 이제 페쟈 랴민이라는 이름이 카테리나 리보브나의 마음과 머릿속을 맴돌기 시작했 다. 그녀는 깊은 생각에 잠겨 심지어는 세르게이에게조차 무뚝 뚝하게 되었다. 잠을 잘 때나, 일을 할 때나 혹은 기도할 때조차 도 그녀의 머릿속에선 언제나 한 가지 생각만이 맴돌았다. '이 일을 어쩐다? 정말 내가 저 애 때문에 재산을 잃어야 된단 말인 가? 내가 얼마나 괴로워했는데, 내 영혼에 얼마나 큰 죄악을 저 질렀는데. 그런데 저 애가 불쑥 나타나서, 내 것을 빼앗아 간다 고……. 차라리 저 아이가 어린애가 아니라 어른이라면 나았을 것을…….'

마당에는 때 이른 서리가 내렸다. 지노비 보리스이치에 관해서는, 당연히 아무 소식도 전해지지 않았다. 카테리나 리보브나는 점점 몸이 불었고 늘 생각에 잠긴 채로 다녔다. 시중에선 그녀에 관한 온갖 소문이 무성하게 나돌았다. 사람들은 한 번도 임신한 적이 없이 항상 날씬한 몸매를 유지하던 이즈마일로프댁이 도대체 어떻게 갑자기 배가 불룩 나오게 되었는지 궁금해했다.

나이 어린 공동 상속자 페쟈 랴민은 가벼운 다람쥐털 외투를 입고 마당을 돌아다니며 작은 웅덩이에 생긴 얼음들을 밟아 부수곤 했다.

그때마다 악시냐가 마당을 가로질러 뛰어가며 소리치곤 했다.

"아이고, 표도르 이그나치이치! 에구, 도련님! 이게 어디 부잣집 도련님이 할 짓입니까?"

그러나 카테리나 리보브나와 그녀의 정부에겐 정말 골칫거리인 그 공동 상속자는 걱정 근심 없는 한 마리 산양처럼 이리저리 뛰놀다가, 이모할머니의 보호 아래 천진난만한 모습으로 잠이 들곤 했다. 자기가 누군가를 방해하고 있다거나, 누군가의 행복을 앗아가고 있다고는 꿈에도 생각하지 못한 채 말이다.

결국 페쟈는 너무 뛰어다닌 나머지 수두에 걸렸고, 거기에다 감기로 인한 가슴 통증이 겹쳐서 드러눕고 말았다. 처음엔 이런저런 약초로 치료를 해 보다가, 나중엔 의사를 불러오게 되었다.

의사가 드나들며 시간에 맞춰 아이에게 줄 약을 처방해 주었다. 이모할머니가 직접 약을 먹일 때도 있었지만, 이따금 카테리나 리보브나에게 부탁할 때도 있었다.

"잘 좀 돌봐 주게."

노파가 말했다.

"카테리누슈카, 자네도 임신 중이고, 하느님의 공의로우신 판단을 바라고 있잖아. 그러니까 마음 좀 잘 써 주게."

카테리나 리보브나는 노파의 청을 거절하지 않았다. 노파가 '병상에 누워 있는 어린 표도르'를 위해 저녁 예배에 기도하러 가거나, 이른 아침 예배에 가서 아이를 위해 성찬용 빵을 얻어올 때면, 카테리나 리보브나가 환자 곁에 앉아 물을 먹이고, 시간에 맞춰 약을 주었다.

성모궁입제(성모 마리아가 세 살 되던 해에 성전에 바쳐진 날을 기념하는 러시아 정교회의 축일. 고대 러시아에선 12월 4일인 이날을 겨울이 시작되는 날로 간주하기도 하였다—옮긴이) 전날도 평상시대로 노파는 저녁 예배에 가면서 카테리나에게 페쟈를 돌봐 달라고 부탁했다. 이즈음 아이는 이미 병이 나아가고 있었다.

카테리나 리보브나가 페쟈의 방에 들어갔을 때, 아이는 다람쥐털 외투를 입고 침대에 앉아 교부전을 읽고 있었다.

"무얼 읽고 있지, 페쟈?"

소파에 앉으면서 카테리나 리보브나가 물었다.

"성자전을 읽고 있어요, 아주머니."

"재미있니?"

"아주 재미있어요, 아주머니."

카테리나 리보브나는 손으로 턱을 괴고, 입술을 달싹거리는 페쟈를 바라보았다. 그런데 갑자기 마치 악마들이 사슬을 끊고 나오듯이, '이 아이 때문에 내가 얼마나 많은 손해를 보고 있는 가, 이 아이가 없다면 얼마나 좋을까' 하는 생각들이 그녀를 덮 쳤다.

카테리나 리보브나는 생각했다. '이 아이는 지금 정말 아프 잖아. 약을 먹고 있고…… 병중에는 온갖 일이 다 일어나는데, 의사가 약을 잘못 처방했다고 하면 그뿐인걸.'

"약 먹을 시간이지, 페쟈?"

"네, 아주머니."

아이는 이렇게 말하고, 약을 받아먹은 후에 덧붙였다.

"성자들의 이야기가 정말 재미있어요, 아주머니."

"그래, 계속 읽으렴."

카테리나 리보브나는 무심코 말을 내뱉고, 차가운 시선으로 방을 둘러보다가, 눈꽃이 핀 창문에 시선을 멈추었다.

"창문을 닫으라고 해야겠다."

이렇게 말하고 그녀는 객실로 나갔다가, 응접실을 지나, 다락에 있는 자기 방으로 갔다.

5분쯤 후에 그녀의 다락방으로 세르게이가 소리 없이 들어왔다. 그는 복슬복슬한 로마노프식 바다표범가죽 반코트를 걸치고 있었다.

"창문 닫았어?"

카테리나 리보브나가 물었다.

"닫았습니다."

세르게이는 양초의 심지를 떼어서 벽난로에 올려놓으며 짧게 대답했다.

침묵이 흘렀다.

"오늘 저녁 예배가 금방 끝날까?"

카테리나 리보브나가 물었다.

"내일이 큰 축일이에요. 예배가 길어질 겁니다."

세르게이가 대답했다.

또다시 한동안 말이 없었다.

"폐쟈에게 가 봐야겠어. 아이가 혼자 있거든."

카테리나 리보브나가 일어나면서 말했다.

"혼자 있어요?"

눈을 치켜뜨고 세르게이가 물었다.

"혼자 있어."

그녀가 속삭이듯 말했다.

"그런데 왜?"

그들의 시선 사이로 마치 번갯불 같은 섬광이 지나갔다. 그러나 그들은 더 이상 아무 말도 하지 않았다.

카테리나 리보브나는 아래로 내려가서, 빈 방들을 지나갔다. 사방이 고요했다. 성상 앞에선 촛불이 조용히 타오르고 있었고, 벽에 비친 촛불의 그림자가 요동치고 있었다. 덧문으로 닫힌 창에선 성에가 녹아내리고 있었는데, 마치 울고 있는 것 같았다. 페쟈는 침대에 앉아 책을 읽다가 카테리나 리보브나를 보았다.

"아주머니, 죄송하지만 이 책을 갖다 놓고, 성상 옆에 있는 저 책을 좀 갖다 주세요."

카테리나 리보브나는 페쟈의 부탁대로 책을 가져다주었다.

"잠은 안 자려고, 페쟈?"

"할머니 오실 때까지 기다릴 거예요."

"할머니는 왜 기다려?"

"할머니가 성찬용 빵을 가져다주신다고 약속했어요."

카테리나 리보브나는 갑자기 창백해졌다. 뱃속의 아이가 처음으로 꿈틀거렸기 때문이다. 그러자 한 줄기 차가운 전율이 그녀의 가슴을 스쳐 지나갔다. 그녀는 방 가운데 서 있다가 차가워진 손을 문지르며 나갔다.

"뭐 해!"

그녀가 조용히 침실로 들어서면서 속삭였다. 세르게이는 벽난로 가에서 아까 자세 그대로 있었다.

"뭘요?"

거의 들릴 듯 말 듯한 목소리로 세르게이가 물었다. 그러나 말이 목에 걸려 나오질 않았다.

"아이가 혼자 있다고."

세르게이는 눈썹을 치켜뜨고 한숨을 쉬었다.

"가자."

문 쪽으로 휙 돌아서며 카테리나 리보브나가 말했다.

세르게이가 재빨리 장화를 벗고 물었다.

"뭐 가져갈 게 있나요?"

"아무것도 없어."

카테리나 리보브나는 숨을 몰아쉬며 조용히 그의 손을 잡고 앞장섰다.

# 11

카테리나 리보브나가 세 번이나 자신을 찾아오자, 아픈 아이는 몸서리치며 책을 무릎 위로 떨어뜨렸다.

"왜 그러니, 페쟈?"

"아, 그냥 깜짝 놀랐어요, 아주머니."

불안한 미소를 지으며 페쟈는 침대 구석으로 파고들었다.

"왜 그렇게 놀랐니?"

"누가 같이 왔나요?"

"어디? 같이 온 사람은 없단다, 얘야."

"아무도 없다고요?"

소년은 침대 발치까지 몸을 쭉 뻗으며 눈을 가늘게 뜨고, 카테리나 리보브나가 들어온 문 쪽을 바라보고는 마음을 놓았다.

"내가 잘못 봤나 봐요."

아이가 말했다.

카테리나 리보브나는 침대 머리에 팔꿈치를 기대었다.

페챠는 카테리나 리보브나를 보며 몹시 창백해 보인다고 말했다.

이 말에 대답이라도 하듯 카테리나 리보브나는 기침을 하고는, 뭔가 기다리듯 문 쪽을 바라보았다. 마루청 하나가 조용히 갈라지는 소리가 들려왔다.

"내 수호천사인 성 표도르 스트라틸라토의 성자전을 읽고 있어요, 아주머니. 그분이 얼마나 하느님이 좋아하시는 삶을 살았는지 몰라요."

카테리나 리보브나는 아무 말 없이 서 있었다.

"여기 앉으세요, 아주머니. 제가 다시 읽어 드릴게요."

페챠가 응석을 부렸다.

"잠깐만. 응접실에 있는 촛불 좀 똑바로 세우고 올게."

카테리나 리보브나는 종종걸음으로 방을 나갔다.

객실에서 나지막하게 소곤거리는 소리가 났다. 사방이 고요한 가운데 그 소리는 아이의 예민한 귀에까지 파고들었다.

"아주머니, 무슨 소리예요? 누구하고 소곤거리는 거예요?"

소년이 소리쳤다. 반쯤 우는 목소리였다.

"이리 오세요, 아주머니. 무서워요."

페쟈가 울먹이는 소리로 불렀다. 그때 카테리나 리보브나가 객실에서 '뭐 해!'라고 말했고, 소년은 그것을 자기에게 하는 말로 생각했다.

"도대체 뭐가 무섭다는 거니?"

카테리나 리보브나는 단호한 걸음걸이로 방에 들어서면서, 약간 잠긴 목소리로 소년에게 묻고는, 문이 그녀의 몸에 가려져 보이지 않도록 그의 침대 앞에 섰다.

"누우렴."

"싫어요."

"안 돼, 페쟈, 내 말 들어라. 잘 시간이다. 누워야지."

"왜 이러세요, 아주머니! 싫다니까요."

"안 돼, 누워, 누우라니까."

카테리나 리보브나는 불안정한 목소리로 이렇게 말하며 아이의 겨드랑이를 잡아 베개 위에 눕혔다.

바로 그 순간 페쟈가 맹렬하게 소리를 질렀다. 그는 창백한 얼굴을 한 채 맨발로 방에 들어오는 세르게이를 보았던 것이다.

카테리나 리보브나는 공포에 질려 경악하는 소년의 벌어진 입을 손바닥으로 막고 소리쳤다.

"자, 빨리. 몸부림치지 못하게 똑바로 잡고 있어!"

세르게이는 페쟈의 손과 발을 붙잡았고, 카테리나 리보브나는 순식간에 커다란 깃털 베개로 어린 순교자의 얼굴을 덮고는

탄탄하고 탄력 있는 가슴으로 그 위를 덮쳐눌렀다.

4분쯤 흘렀을까 방안에는 묘지의 정적이 흘렀다.

"됐어."

카테리나 리보브나는 속삭였다. 그리고 그녀가 모든 것을 제자리로 옮겨놓기 위해 몸을 일으키기가 무섭게, 그 많은 죄악을 숨기고 있는 고요한 집의 벽이 귀를 멀게 할 만큼 큰소리를 내며 진동하기 시작했다. 창들이 덜거덕거리고, 바닥은 진동했으며, 등을 연결하고 있는 쇠사슬이 떨리면서 벽에 드리워진 유령같은 그림자들이 이리저리 흔들렸다.

세르게이는 겁에 질려 전속력으로 달아났다. 카테리나 리보브나가 그의 뒤를 쫓아 뛰었다. 왁자지껄한 소음이 뒤를 쫓아왔다. 마치 어떤 초자연적인 힘이 죄악에 물든 집을 뿌리까지 흔드는 것 같았다.

카테리나 리보브나는 공포에 질려 달아나는 세르게이가 마당으로 달려 나가 자신의 죄를 떠벌리지 않을까 두려웠다. 그러나 그는 곧장 다락으로 달려갔다.

계단을 뛰어 올라간 세르게이는 어둠 속에서 반쯤 열린 문에 이마를 부딪치고 비명을 지르며 미신적인 공포에 완전히 실성하여 다시 아래로 뛰어 내려왔다.

"지노비 보리스이치, 지노비 보리스이치다!"

그는 쏜살같이 계단을 뛰어 내려오다가 자기와 부딪혀 넘어진 카테리나 리보브나를 질질 끌며 중얼거렸다.

"어디?"

그녀가 물었다.

"여기 머리 위로 철판을 타고 날아다니고 있어. 저기, 저기 또 나타났다! 아, 아!"

세르게이는 소리를 질렀다.

"그가 호통을 쳐요. 호통을 친다고요."

그제야 카테리나 리보브나는 거리 쪽에서 많은 사람들이 손으로 창문을 두드리며 문을 부수고 있다는 것을 알았다.

"바보 같으니라고! 일어나, 이 바보야!"

카테리나 리보브나는 소리를 지르며 죽은 아이의 머리를 잠자는 듯이 자연스럽게 베개 위에 올려놓았다. 그러고는 전혀 떨림이 없는 손으로 문을 열었다. 그러자 한 무더기의 사람들이 밀려들어왔다.

무서운 광경이 벌어졌다. 카테리나 리보브나는 현관 계단을 둘러싼 군중들 너머를 쳐다보았다. 낯선 사람들이 높은 울타리를 넘어 줄을 지어 마당으로 들어오고 있었고, 그들이 웅성거리는 소리가 거리에 울려 퍼지고 있었다.

카테리나 리보브나는 정신을 차릴 겨를도 없이, 현관 계단을 둘러싼 많은 사람들에게 쓸려 방 안으로 밀려 들어왔다.

# 12

이 소동의 전말은 이랬다.

카테리나 리보브나가 살고 있는 곳은 비록 지방이긴 하나 꽤 큰 산업도시라 열두 개의 성대한 축일 전날 저녁 예배에는 교회마다 엄청나게 많은 사람들이 모인다. 게다가 그 다음날 경축 예배가 개최되는 교회는 그야말로 인산인해를 이룬다. 그곳에 선 보통 특별 지휘자가 이끄는, 젊은 상인들로 구성된 성가대가 노래를 한다.

우리 민족은 경건하며, 교회에 열심이다. 또한 예술을 애호하기도 한다. 화려한 교회 장식과 '오르간 소리 같은' 아름다운 노랫소리는 우리 민족 최고의, 가장 순수한 즐거움 중 하나이다. 성가대가 노래를 하는 곳엔 언제나 사람들이 가득하다. 특히 장사를 하는 젊은이, 집사, 소년, 급사, 직공들에, 업주들까지도 부인을 대동하고 교회로 모여든다. 그들은 모두 찌는 듯한 더위나 얼어 터질 듯한 추위에 아랑곳하지 않고 최저음까지 소화하는 베이스가 내는 오르간 같은 소리와 고음의 테너가 까다로운 앞꾸밈음을 처리하는 것을 들으려고 교회 계단에 서거나, 창문 아래에라도 몰려들었던 것이다.

이즈마일로프 집이 소속된 교구의 교회에서 성모궁입제가 열릴 예정이었다. 그래서 경축일 전날 저녁, 즉 표도르 사건이 발생한 바로 그 시간에 온 도시의 젊은이들이 이 교회에 모였다가 와자지껄하게 무리를 지어 흩어지면서 그날 노래를 불렀던 유명한 테너의 훌륭한 솜씨와 그와 짝을 이룬 베이스의 실수에 관해 토론을 벌이고 있었다.

그러나 모든 사람들이 다 노래에만 신경을 쓴 것은 아니었다. 무리 중에는 다른 것에 관심을 쏟는 이들도 있었다.

"여보게 친구들, 젊은 이즈마일로프 댁에 관해 야릇한 소문이 돌던데 말일세."

이즈마일로프 집 근처에 사는 한 젊은 기사가 이야기를 꺼냈다. 그는 어떤 상인이 자신의 증기 방아를 돌리기 위해 페테르스부르크에서 데리고 온 사람이었다.

"사람들이 그러는데, 그 여자가 그 집 종놈 세르게이하고 시도 때도 없이 일을 치르느라 바쁘다던데……."

"그건 벌써 다 알고 있는 일이지."

파란색 무명천을 댄 털외투를 입은 남자가 대답했다.

"그 여자, 지금 분명히 교회에도 없었지."

"뭐, 교회라고? 그 추악한 여편네는 완전히 타락해서 하느님도, 양심도, 사람들의 눈도 전혀 두려워하지 않아."

"아니 이봐, 저 집에 불이 켜져 있잖아."

창문의 덧문 사이로 비치는 빛줄기를 가리키며 기사가 말했다.

"뭣들 하는지 한번 들여다볼까?"

짓궂은 목소리가 들려왔다.

두 친구의 어깨에 올라타고 덧문 틈새를 엿보려던 기사가 사력을 다해 소리쳤다.

"여러분! 여러분! 여기 누가 목을 조르고 있어요! 목을 조르고 있다고요!"

기사는 필사적으로 덧문을 두드리기 시작했다. 열 명 정도의 사람들이 껑충껑충 뛰어오르며 덧문을 주먹으로 쳤다.

순식간에 무리가 늘어나, 이즈마일로프의 집을 에워쌌다.

"난 봤어. 내 눈으로 똑똑히 봤다니까."

기사가 죽은 아이에 관해 증언을 했다.

"아이가 침대에 널브러져 있었고, 둘이서 그 아이 숨통을 눌렀다니까."

그날 저녁 세르게이는 경찰에 끌려갔고, 카테리나 리보브나는 위층 그녀의 방에 감금되었으며, 두 명의 보초가 세워졌다.

이즈마일로프 집에는 견디기 힘든 냉기가 돌았다. 벽난로는 꺼져 있었고, 호기심에 찬 군중들이 끊임없이 드나드는 바람에 문이 닫혀 있을 새가 없었다. 모두들 관에 누워 있는 페쟈와 천을 바짝 당겨 뚜껑을 감싸 놓은 커다란 다른 관을 보러 왔다. 페쟈의 이마에는 하얀 공단 조각이 놓여 있었는데, 그것은 두개골 해부로 생긴 빨간 상처를 가리고 있었다. 부검 결과 페쟈가 질식해서 죽었다는 것이 밝혀졌다. 그리고 아이의 시체가 있는 곳으로 이끌려나온 세르게이는 신부가 끔찍한 심판과 징벌에 관해 이야기를 꺼내자마자 울음을 터뜨렸고, 한 치도 빠짐없이 페쟈를 죽인 사실에 대해 자백하고 말았다. 그뿐 아니라, 장례식도 치르지 않은 채 파묻은 지노비 보리스이치를 꺼내 달라고 부탁까지 했다. 마른 모래 속에 덮여 있던 카테리나 리보브나의 남편은 시체가 아직 완전히 부패하지 않은 상태였다. 사람들은 그 시체를 꺼내 커다란 관에 넣었다. 세르게이는 완전히 겁에 질린 채 젊은 안주인이 이 두 사건의 공범자라고 말했다. 하지만 카테리나 리보브나는 모든 질문에 단지 '나는 그 일에 관해 전혀 아는 바도 없고, 더 말할 것도 없다'라는 말만 했다. 사람들이 세르게이를 그녀와 대질 심문시켰다. 그가 자백하는 것을 듣고 카테리나 리보브나는 아무 말 없이 놀란 표정으로 그를 바라보았지만 화를 내지는 않았다. 그러고는 담담하게 말했다.

"저 사람이 말하기로 마음먹었다면, 내가 잡아떼도 소용이 없겠군요. 내가 죽였어요."

"왜 그랬지?"

사람들이 물었다.

"저 사람을 위해서요."

그녀는 고개를 숙이고 있는 세르게이를 가리켰다.

죄인들은 옥에 갇혔고 세간의 관심과 분노를 불러일으킨 이 끔찍한 사건은 아주 빨리 판결이 났다. 2월 말에 형사 법원에서 세르게이와 제3 상인조합(러시아의 상인들은 재산 정도에 따라 세 종류의 상인조합에 속한다. 제3 상인조합은 그중에서 가장 재산이 적은 상인들의 조합임―옮긴이)의 일원이었던 지노비 보리스이치의 미망인 카테리나 리보브나에게 형이 선고되었다. 장터에서 채찍질한 후, 강제 노동 수용소로 보낸다는 것이었다. 3월 초의 어느 추운 아침에 형리가 카테리나 리보브나의 하얀 등에 청홍색 자국을 남기며 정해진 수만큼 채찍질을 했다. 그리고 세르게이의 어깨에도 정해진 만큼의 매질을 한 후 그 잘생긴 얼굴에 세 개의 죄수 낙인을 찍었다.

그 와중에 무슨 이유에서인지 세르게이는 카테리나 리보브나보다 훨씬 더 많은 동정을 받았다. 검은 처형대를 내려올 때 세르게이는 피를 철철 흘리며 몇 번이나 쓰러질 뻔했다. 반면 카테리나 리보브나는 두터운 속옷과 거친 죄수복이, 살점이 떨어져 나간 등에 달라붙지 않도록 애쓰면서 천천히 내려왔다.

심지어 감옥 병원에서 아기가 태어났을 때조차도 그녀는 '아이가 무슨 소용이야!'라고만 말하고, 아무런 신음 소리도, 탄식 소리도 내지 않고 벽을 향해 돌아누웠다.

# 13

세르게이와 카테리나 리보브나가 속한 죄수 이송 행렬이 출발한 때는 봄은 봄이되, 달력상으로만 봄인 때였다. 민간에 내려오는 속담대로 태양이 '밝게 비추긴 해도 아직 따사롭지 못하는 때'였다.

카테리나 리보브나의 아기는 양육을 위해 보리스 치모페이치의 늙은 누이에게 맡겨졌다. 아기는 살해당한 지노비 보리스이치의 합법적인 아들로 간주되어 이즈마일로프 가문의 유일한 상속자가 되었기 때문이었다. 카테리나 리보브나는 매우 만족하며 아이를 넘겨주었다. 아이 아버지에 대한 사랑은, 지나치게 정열적인 여인들의 사랑이 대부분 그렇듯, 조금도 아이에게 이어지지 않았다.

그녀에게는 빛도 어둠도 없었으며, 악이나 선도, 권태나 기쁨도 없었다. 그녀는 아무 생각도 없었고, 어느 누구도, 자기 자신조차도 사랑하지 않았다. 그녀는 단지 이송 행렬이 한시라도 빨리 출발하기를 원했고, 어느 곳에서든 세료자를 다시 만날 수 있기만을 바랐다. 아이에 관해서는 눈곱만큼도 생각하지 않았다.

카테리나 리보브나의 희망은 그녀를 저버리지 않았다. 무거운 쇠사슬에 묶인 채 낙인이 찍힌 세르게이가 그녀와 같은 무리에 섞여 감옥 문을 나섰다.

그 어떤 혐오스러운 상황에도 인간은 적응을 하며, 어떤 상황에서도 보잘것없는 기쁨이라도 추구하게 마련이다. 그러나 카테리나 리보브나는 아무것에도 적응할 필요가 없었다. 그녀는 다시 세르게이를 보았고, 그와 함께라면 유형지로 떠나는 길도 기쁨이었다.

카테리나 리보브나는 울긋불긋한 삼베 배낭에다 약간의 귀중품만 가져왔을 뿐 돈은 거의 없었다. 니쥐니노브고로드까지 가려면 아직 한참이나 멀었는데도 그녀는 이것을 전부 하급 장교에게 나눠주었다. 그 덕분에 그녀는 세르게이 바로 옆에서 함께 길을 갈 수 있었고, 어두운 밤 숙소의 추운 복도 한구석에서 그를 껴안고 한 시간이라도 서 있을 수 있었다.

그런데 웬일인지 카테리나 리보브나의 낙인찍힌 연인은 그녀를 그다지 다정하게 대하질 않았다. 무슨 말을 하든지 그는 퉁명스럽게 쏘아붙였다. 그녀는 그와 비밀리에 만나기 위해 먹지도 마시지도 않고 모아둔 25코페이카 동전을 거의 모두 꺼내 군인들에게 바쳤는데도 그는 그러한 그녀와의 비밀 만남도 그다지 귀중하게 여기지 않았다.

"복도 구석에 처박혀서 내 몸을 문지르지 말고, 하급 장교에게 주는 돈을 차라리 나한테 주면 더 좋을 텐데."

"내가 준 건 25코페이카밖에 안 돼, 세료자."

카테리나 리보브나는 변명을 했다.

"25코페이카는 돈이 아닌가? 땅을 파 봐라, 25코페이카가 나오나. 그런데 이렇게 되는 대로 써버리다니."

"그 대신에, 세료자, 이렇게 우리가 만날 수 있잖아."

"쳇, 이런 고초를 겪은 후에 서로 만난다고 좋을 게 뭐가 있담? 저주 받은 인생이 만나서 뭐 하자는 거야."

"세료자, 난, 아무 상관없어. 너만 볼 수 있다면."

"전부 쓸데없는 짓이야."

세르게이가 대답했다.

이런 대답을 들을 때면 카테리나 리보브나는 때때로 피가 날 정도로 입술을 깨물었고, 또 가끔은 잘 울지 않는 그녀의 눈에 원한과 분노의 눈물이 핑 돌기까지 했다. 그러나 그녀는 언제나 말없이 그 모든 것을 참았다.

이렇게 새로운 관계 속에서 두 사람은 니쥐니노브고로드까지 갔다. 이곳에서 그들의 이송 행렬은 모스크바 지역에서 시베리아로 가는 또 다른 이송 행렬과 합쳐졌다.

이 대규모 이송 행렬에는 온갖 부류의 사람들이 섞여 있었고 그 중에는 아주 흥미로운 두 명의 여자가 있었다. 한 명은 야로슬라블 출신으로 군인의 아내인 피오나였다. 그녀는 보기 드물 정도로 아름답고 풍만한 여자로 키가 컸고, 검고 숱이 많은 머리를 땋아 내린데다 지친 듯한 밤갈색 눈동자가 베일이 쳐진 듯 신비롭게 짙은 속눈썹에 가려져 있었다. 또 다른 한 명은 열일곱 살의 뾰족한 얼굴을 한 금발머리 여자였는데, 부드럽고 장밋빛을 띤 피부에다, 작은 입, 생기 넘치는 뺨에 보조개가 있었고, 황금빛 곱슬머리가 알록달록한 죄수 머릿수건을 두른 이마 위로 변덕스럽게 흩어져 있었다. 이 처녀를 호송대에서는 소네트카라고 불렀다.

미인 피오나는 기질이 무르고 게을렀다. 그녀의 행렬에선 모두들 그녀를 알고 있었는데, 남자들 중 그녀를 손에 넣었다고 특별히 기뻐하는 남자도 없었고, 또 반대로 그녀가 다른 사람의 손에 넘어가는 것을 본다고 해서 화를 내는 남자도 없었다.

"피오나 아줌마는 우리에겐 최고의 여자예요, 누구의 마음도 아프게 하지 않아요."

남자 죄수들은 농담을 하며 이구동성으로 말했다.

그러나 소네트카는 완전히 달랐다.

이 여자를 두고 남자들은 말했다.

"미꾸라지야. 손에 잡히는 듯하다가도 어느 순간 빠져나가 버리거든."

소네트카는 너무 까다롭게 고르는 습성이 있었다. 그녀는 사람들이 자신에게 단순히 있는 그대로가 아니라, 아주 맛이 강하고 자극적인 조미료를 가미해, 고통과 희생을 곁들여서 정열을 바치기를 원했다. 하지만 피오나는 러시아의 단순함 그 자체였다. 그녀는 심지어 그 어느 누구에게도 '당장 꺼져!'라고 말하지 못할 정도로 느릿했고, 자신이 여자라는 사실 하나만 알고 있는 듯했다. 이런 여자들은 강도 집단이나, 죄수 이송 행렬 그리고 페테르스부르크의 사회민주주의 단체 같은 데에서 아주 선호하는 법이다.

하나로 합쳐진 이송 행렬에 이 두 여자가 나타나면서 세르게이와 카테리나 리보브나는 비극적인 결말을 맞게 된다.

# 14

이송 행렬이 니쥐니노브고로드에서 카잔으로 옮겨 가던 첫 날부터 세르게이는 눈에 띄게 군인의 아내 피오나의 호의를 얻으려고 했고, 그 노력은 곧 성공을 거뒀다. 초췌해진 미녀 피오나는, 선량한 마음으로 아무도 괴롭히지 않았던 것처럼, 세르게이를 힘들게 하지 않았다.

세 번째인가 네 번째 숙소에서 카테리나 리보브나는 해가 지자마자 뇌물을 써서 세르게이와의 만남을 주선하는 데 성공했다. 침대에 누운 그녀는 당직 간수가 다가와 '뛰어가!'라고 속삭이기만을 기다렸다. 문이 한 번 열리더니 웬 여자가 재빨리 복도로 사라졌다. 문이 또 한 번 열리고 다른 여자 죄수가 재빠르게 침대에서 뛰어내리더니, 또 다시 호송병 뒤로 사라졌다.

드디어 누군가 카테리나 리보브나가 덮고 있던 긴 상의를 잡아 당겼다. 그녀는 죄수들의 옆구리에 문질러져 광이 나는 침대에서 재빨리 일어나 긴 상의를 어깨에 걸치고는 자신 앞에 서 있던 호송병을 밀쳤다.

작은 램프가 희미하게 한쪽 구석만 비추고 있는 복도를 따라가면서 카테리나 리보브나는 두세 쌍의 죄수를 만났다. 그러나 멀리 떨어져 있어 누구인지 전혀 알아볼 수 없었다. 카테리나 리보브나가 남자 죄수실 옆을 지나는데 문에 파 놓은 작은 창문으로 웃음을 참는 소리가 들려왔다.

"젠장, 또 시시덕거리는군."

카테리나 리보브나를 따르던 병사가 중얼거리며 그녀의 어깨를 잡아 구석으로 밀어 넣고는 사라졌다.

카테리나 리보브나가 한 손으로 긴 상의와 수염을 더듬는데, 다른 한 손에 뜨겁게 달아오른 여자의 얼굴이 만져졌다.

"누구야?"

세르게이가 작은 소리로 물었다.

"너 여기서 뭐해? 누구랑 함께 있는 거야?"

카테리나 리보브나는 어둠 속에서 자기 연적의 머릿수건을 잡아당겼다. 여자가 옆구리 쪽으로 미끄러지며 달려가다가, 복도에서 누군가에 걸려 넘어지더니 다시 일어나 달아나 버렸다.

남자 죄수실에서 커다란 웃음소리가 울려나왔다.

"나쁜 자식!"

카테리나 리보브나는 이렇게 내뱉고는 세르게이의 새 여자 친구에게서 잡아챈 머릿수건으로 그의 얼굴을 때렸다.

세르게이가 그녀를 때리려고 손을 들었다. 그러나 카테리나 리보브나는 어느새 잰걸음으로 복도를 스쳐지나가, 여자 죄수실의 문을 닫았다. 그 뒤를 따라 남자 죄수실에서 흘러나오는 웃음소리가 점점 커졌고, 냉담하게 등잔불 맞은편에 서서 자기 장화에 침을 뱉던 보초병이 마침내 고개를 들고 큰소리로 외쳤다.

"조용히 해!"

카테리나 리보브나는 자리에 누워, 아침까지 계속 '그를 사랑하지 않는다'고 되뇌었으나, 점점 더 뜨겁게, 더욱더 그를 원하고 있다는 것이 느껴졌다. 그녀의 눈앞에 세르게이가 떨리는 손바닥으로 그 여자의 머리를 받치고, 다른 손으로 그녀의 뜨거운 어깨를 감싸 안은 모습이 자꾸 그려졌다.

가련한 그녀는 주체할 수 없는 울음을 터뜨렸다. 그녀는 바로 이 순간 그가 한 손으로 그녀의 머리를 받쳐 주고, 또 다른 손으로 경련을 일으키듯 떨고 있는 그녀의 어깨를 감싸 주기를 열망했다.

"이제 내 머릿수건 좀 돌려주었으면 하는데!"

아침에 피오나가 그녀를 깨웠다.

"아, 바로 너였구나!"

"제발, 돌려줘!"

"너, 왜 우리 사이에 끼어드는 거야?"

"내가 뭣 하러 당신네들 사이에 끼어들겠어? 화낼 이유 하나도 없어. 여기에 무슨 애정이나 관심이 있다고."

카테리나 리보브나는 잠깐 생각을 해보더니, 베개 밑에서 어젯밤 잡아챘던 머릿수건을 꺼내 피오나에게 던져 버리고는 벽 쪽으로 돌아누웠다.

그녀는 마음이 가벼워졌다.

'체, 과연 내가 이런 색칠한 세숫대야 같은 계집을 질투할 필요가 있을까? 꺼져 버려라! 내 자신을 저런 여자와 비교한다는 것 자체가 혐오스러운 일이야.'

"야, 당신, 카테리나 리보브나."

다음날 길을 가면서 세르게이가 말했다.

"당신, 명심해 둬. 첫째, 나는 당신 남편 지노비 보리스이치가 아니라는 것, 둘째, 당신도 이제 부잣집 마나님이 아니라는 것을 말이야. 그렇게 열 받지 말고, 잘 들어. 우리는 이제 더 이상 거래할 게 없다고."

카테리나 리보브나는 아무 대답도 하지 않았다. 그렇게 일주일 동안 그녀는 세르게이와 한마디 말도 하지 않았고, 단 한 번의 눈길조차 건네지 않았다. 모욕은 당했지만 아직 자존심은 있어서, 세르게이와 처음으로 한 말다툼에서 먼저 화해를 청하고 싶지 않았다.

카테리나 리보브나가 세르게이에게 토라져 있는 동안, 세르게이는 백옥 같은 소네트카를 가로채 장난질하기 시작했다. 때로 그녀에게 '정중하게' 인사를 하는가 하면, 때로 미소를 짓기도 하고, 또 이따금 기회가 생기면 틈을 노려 그녀를 힘껏 껴안았다. 이 모든 것을 지켜본 카테리나 리보브나의 가슴은 끓어올랐다.

'그와 화해를 하는 게 좋지 않을까?' 그녀는 발에 걸려 넘어지면서도 발아래 땅은 쳐다보지도 않고 생각에 잠겼다.

그러나 지금 그녀가 먼저 화해를 청하는 것은 자존심이 허락하질 않았다. 그동안 세르게이는 점점 더 집요하게 소네트카에서 달라붙었고, 어느 순간, 언제나 미꾸라지처럼 잡히지 않았던 난공불락의 소네트카가 웬일인지 얌전해졌다는 것을 모두 눈치 챘다.

"당신, 나한테 불만이 있었지."

피오나가 무슨 이유에선지 카테리나 리보브나에게 말을 걸었다.

"하지만 내가 당신한테 뭐 대단한 피해라도 준 것 있어? 내 경우는 잠깐 지나가는 거지만, 소네트카 같은 애는 주의하는 게 좋을 거야."

'망할 놈의 자존심 같으니라고! 오늘은 꼭 화해해야지.' 카테리나 리보브나는 이렇게 결심하면서, 어떻게 하면 자연스럽게 화해를 할 수 있을지 골몰했다.

이런 난감한 상황에서 오히려 세르게이가 먼저 그녀를 찾았다.

"일보브나!"

휴식 시간에 그가 그녀를 불렀다.

"오늘 밤에 잠깐만 나한테 와 볼래. 할 말이 있어."

카테리나 리보브나는 아무 말도 하지 않았다.

"설마 아직 화가 나 있는 것은 아니겠지? 안 올 거야?"

카테리나 리보브나는 다시 아무 대답도 하지 않았다.

그러나 세르게이와 카테리나 리보브나를 눈여겨보던 모든 사람들은 숙소 가까운 곳에 오자, 그녀가 고참 간수에게 달라붙어, 오늘 길에 구걸하여 얻은 17코페이카를 쥐어 주는 것을 보았다.

"모아지는 대로 10코페이카 은화를 더 줄게요."

카테리나 리보브나는 간청했다.

간수는 돈을 옷소매에 숨기며 말했다.

"좋아."

이 거래가 맺어지자 세르게이는 짐짓 헛기침을 하며 소네트카에게 윙크를 했다.

"아, 나의 카테리나 리보브나!"

그는 숙소의 계단 입구에서 그녀를 껴안으며 말했다.

"친구들, 전 세계에서 이만한 여자는 다시 찾아볼 수 없을 거야."

카테리나 리보브나는 얼굴이 빨개지면서 행복감에 숨이 차올랐다.

밤이 되어 살짝 문이 열리기가 무섭게 그녀는 튀어나가 어두운 복도에서 떨리는 손으로 세르게이를 찾았다.

"나의 카챠(카테리나의 애칭―옮긴이)!"

그녀를 껴안으며 세르게이가 말했다.

"나쁜 사람 같으니!"

카테리나 리보브나는 눈물을 글썽이며 그의 입술에 힘껏 입을 맞췄다.

보초가 복도를 따라 걷다가 멈춰 서더니 자기 장화에 침을 뱉고는 다시 걸었다. 문 뒤에선 지친 죄수들이 코를 곯고 있었고, 쥐 한 마리가 하수관을 갉아먹고 있었다. 그리고 벽난로 밑에선 귀뚜라미들이 서로 질세라 울어 대고 있었지만, 카테리나 리보브나는 여전히 행복에 겨웠다.

그러나 황홀경도 잠시, 피할 수 없는 현실의 목소리가 들려왔다.

"아파서 죽을 지경이야. 복사뼈부터 무릎까지 욱신거려 죽겠

어."

세르게이가 카테리나 리보브나와 함께 복도 바닥에 앉으며 호소했다.

"무슨 방법이 없을까, 세료자?"

그의 윗도리 속으로 파고들며 그녀가 물었다.

"카잔의 간이 병원이라도 갈 수 있게 부탁해 봐야겠어."

"아니, 그게 무슨 말이야, 세료자?"

"그러면 어떻게 해, 아파 죽겠는데."

"너는 남고, 나는 계속 이동한다고?"

"그럼 어떻게 해? 마치 쇠사슬이 내 뼈를 전부 파먹을 것처럼 계속 비벼 대는걸. 속에 받쳐 신을 털양말이라도 한 켤레 있으면 좋을 텐데."

몇 분이 지난 후에 세르게이가 말했다.

"양말이 필요해? 나한테 있어, 세료자, 그것도 아주 새 것으로."

"그렇다고 그걸 어떻게!"

세르게이가 대답했다.

카테리나 리보브나는 더 이상 아무 말도 하지 않고, 재빨리 자기 숙소로 가더니 침대에 있던 배낭을 풀어헤쳐 옆쪽에 선명한 화살 무늬가 새겨진 두껍고 파란 볼호프 산産 털양말 한 켤레를 들고, 다시 세르게이에게 뛰어왔다.

"이제 별일 없을 거야."

카테리나 리보브나의 마지막 양말을 얻은 후, 세르게이는 이렇게 말하면서 그녀와 헤어졌다.

카테리나 리보브나는 행복에 겨워 자기 침대로 돌아와 깊게 잠들었다.

그녀가 돌아가고 얼마 뒤, 소네트카가 복도로 나갔다가, 동틀 무렵이 되어서야 조용히 되돌아왔다.

이것은 카잔까지 단 이틀의 여정을 남겨놓고 생긴 일이었다.

# 15

 질식할 것 같았던 병영 숙소의 문을 뒤로 하고 나오자, 돌풍이 몰아치고 눈 섞인 비가 내리는 춥고 음산한 날씨가 퉁명스럽게 이송 행렬을 맞았다. 카테리나 리보브나는 꽤 명랑한 기분으로 길을 나섰으나, 행렬에 들어서자마자 온몸을 떨기 시작했고 금방 파랗게 질려 버렸다. 그녀는 눈앞이 깜깜해졌다. 사지가 아파왔고, 힘이 다 빠져 버렸다. 선명한 화살 무늬의 파란 털양말을 소네트카가 신고 있었기 때문이다.

 카테리나 리보브나는 완전히 죽은 듯이 길을 걸었다. 단지 그녀의 악의에 찬 시선만이 내내 무섭게 세르게이에게 꽂혀 있었을 뿐이었다.

 첫 번째 휴식 시간에 카테리나 리보브나는 조용히 세르게이에게 다가가 '비열한 놈'이라고 내뱉고는, 그의 얼굴에 침을 뱉었다.

세르게이가 그녀에게 달려들려고 했으나, 사람들이 말렸다.

"너 두고 보자!"

그는 이렇게 말하면서 얼굴을 닦았다.

"저 여자 아주 세게 나오는데."

죄수들이 세르게이를 놀렸다. 소네트카가 몹시 즐거워하며 웃음을 터뜨렸다. 소네트카가 꾸민 이런 간계야말로 그녀의 취향에 꼭 맞는 것이었다.

"절대로 가만두지 않겠어."

세르게이가 카테리나 리보브나를 위협했다.

악천후와 행군에 지쳐 녹초가 된 상태로 부들부들 떨며 잠이 든 카테리나 리보브나는 두 명의 남자가 여자 죄수실로 들어오는 소리를 듣지 못했다.

그들이 침대에 다다르자 소네트카가 일어나더니, 아무 소리 없이 손으로 카테리나 리보브나를 가리키고는 다시 누워 상의로 몸을 감쌌다.

그러자 그들은 카테리나 리보브나의 머리를 그녀의 윗도리로 덮어씌우고, 투박한 루바슈카로만 덮여 있던 그녀의 등을 두 겹의 밧줄로 세게 휘감았다.

카테리나 리보브나는 소리를 질렀다. 그러나 그녀의 목소리는 윗도리가 머리를 덮고 있는 탓에 들리지 않는다. 그녀는 몸부림을 쳤으나 소용이 없었다. 건장한 남자가 그녀의 어깨를 깔고 앉아 그녀의 손을 힘껏 누르고 있었던 것이다.

"50대."

매를 세는 목소리가 들렸다. 세르게이의 목소리였다. 그것을 끝으로 한밤중의 방문객들은 순식간에 문 뒤로 사라졌다.

카테리나 리보브나는 머리에서 윗도리를 벗겨 내며 주위를 둘러보았지만 이미 모두 나가고 없었다. 다만 얼마 떨어지지 않는 곳에서 누군가 상의를 뒤집어쓰고 고소하다는 듯 낄낄거렸다. 카테리나 리보브나는 그것이 소네트카라는 것을 알았다.

이런 모욕은 도를 넘은 것이었다. 또한 이 순간 카테리나 리보브나의 마음속에 끓고 있던 원한의 감정도 그 도를 넘어섰다. 그녀는 쓰러지듯 앞으로 넘어졌고, 그녀를 받아 주는 피오나의 가슴에 아무 의식 없이 몸을 맡겼다.

카테리나 리보브나는 지금, 바로 얼마 전 자신의 충실하지 못한 정부와 감미로운 음탕을 즐겼던 이 풍만한 가슴에 기대어 울면서 참을 수 없는 슬픔을 토해 냈다. 그리고 마치 어린아이가 엄마에게 안기듯, 어리석고 연약한 자기 연적의 품에 꼭 안겼다. 세르게이에게 버림받은 그들은 같은 처지인 셈이었다.

그들이 같은 처지라니! 한 번의 유혹에 넘어간 피오나와 사랑의 드라마를 이루어낸 카테리나 리보브나가!

카테리나 리보브나는 이제 아무것도 수치스러울 것이 없었다. 눈물을 다 쏟아 낸 후 그녀는 돌처럼 무뎌졌고, 나무와 같은 평정한 상태로 점호에 나갈 준비를 했다.

북소리가 울려 퍼졌다. 둥둥―두둥둥. 족쇄를 찬 죄수와 그렇지 않은 죄수들이 마당으로 몰려 나왔다. 세르게이와 피오나, 소네트카, 카테리나 리보브나, 그리고 유대인과 함께 묶인 구교도인, 타타르인과 함께 족쇄가 채워진 폴란드인도 나왔다.

모두 빽빽하게 모였고, 잠시 후 열을 맞추어 출발했다.

너무나도 비참한 풍경이었다. 세상에서 찢겨져 나와, 더 나은 미래에 대한 희망이라고는 그림자마저도 박탈당한 한 줌의 사람들이 차갑고 시커먼 진창 속에 빠져 있었다. 주위는 온통 무서울 정도로 추악한 것들로 둘러싸여 있었다―끝없는 진창, 회색빛 하늘, 잎이 없이 축축 늘어진 버드나무와 사방으로 뻗은 덤불 속에 숨어 있는 털이 곤두선 까마귀들. 바람이 신음하듯, 성난 듯, 울부짖듯, 또 때로 포효하듯 불어 댔다.

처참한 광경을 더욱 처절하게 만들고 지옥같이 영혼을 잡아 뜯는, 성경 속 욥의 아내의 충고가 울려 퍼졌다. '하느님을 저주하고 죽어 버려라.'

이 말에 귀 기울이고 싶지 않은 자, 이런 슬픈 상황에서도 죽음에 대한 생각에 위안을 얻지 못하고, 경악하는 자가 있다면, 그런 자는 이보다 훨씬 더 추악한 것을 통해 이 울부짖음이 들리지 않도록 노력해야 한다. 민초는 이것을 아주 잘 알고 있다. 그래서 그는 자기의 동물적인 단순함을 거리낌 없이 드러내며 어리석은 짓을 하고, 자기 자신과 사람들을, 그리고 감정들을 조롱한다. 이리하여 원래도 별로 부드럽지 못한 그는 아주 악독한 인간으로 변하게 되는 것이다.

*

"웬일이시죠, 부잣집 마나님? 옥체 만강하십니까?"

이송 행렬이 묵었던 마을이 습기 찬 언덕 너머로 사라지자마자, 뻔뻔스럽게 세르게이가 카테리나 리보브나에게 물었다.

이 말과 함께 그는 소네트카에게 돌아서서, 그녀를 자기 옷자락으로 감싸면서 높은 가성으로 노래를 불렀다.

> 창문 너머 어둠 속에 금발 머리가 어른거린다네.
> 너는 잠이 오지 않는가, 애달픈 나의 사람아, 너는 잠이 오지 않는가, 말괄량이야,
> 내 너를 외투로 덮으리. 아무도 보지 못하게.

이렇게 노래하며 세르게이는 소네트카를 껴안고, 전체 이송

행렬 앞에서 그녀에게 큰소리로 입을 맞췄다.

카테리나 리보브나는 이 모든 것을 보는 듯 마는 듯했다. 그녀는 완전히 넋이 나간 사람처럼 걸어갔다. 사람들이 그녀를 앞으로 떠밀어, 세르게이가 소네트카와 추태를 부리는 것을 보여주었다. 그녀는 조롱거리가 된 것이다.

"그 여자 좀 내버려 둬요."

누군가 근근이 걸어가고 있는 카테리나 리보브나를 조롱하려 하자, 피오나가 그녀 편을 들어주었다.

"그녀가 아픈 게 보이지도 않아요, 못된 사람들 같으니라고."

"틀림없이 발이 젖었을 거야."

젊은 죄수 하나가 비아냥거렸다.

"부잣집 출신이라는 건 다 알고 있잖아. 귀하게 사신 몸인데."

세르게이가 응수했다.

"따뜻한 양말이라도 있었다면, 그래도 괜찮을 텐데."

그가 계속 말했다.

카테리나 리보브나는 깊은 잠에서 깨어난 듯했다.

"비열한 뱀 같은 놈."

더 이상 못 참겠는지 그녀가 내뱉었다.

"비웃으려면 마음껏 비웃어라, 비열한 놈!"

"조롱하려고 하는 말이 아닙니다요, 마님. 여기 소네트카에게 아주 좋은 양말이 있는데, 혹시 우리 마님이 사시지나 않을까 해서 하는 말인데요."

많은 사람들이 웃음을 터뜨렸다. 카테리나 리보브나는 태엽이 감긴 자동기계처럼 발걸음을 옮겼다.

날씨가 점점 더 사나워졌다. 하늘을 덮고 있는 회색빛 구름에서 축축한 눈송이가 떨어지기 시작했다. 눈송이는 땅에 채 닿기도 전에 녹아 버려 가뜩이나 걷기 힘든 진창을 더욱 질게 만들었다. 드디어 어두운 납빛을 띤 긴 선이 보였다. 선의 다른 쪽 끝은 보이지 않았다. 그 선은 바로 볼가 강이었다. 볼가 강 위로 강렬한 바람이 불었고, 거대하게 벌어진 짐승의 아가리 같은 검은 파도가 앞뒤로 천천히 출렁이고 있었다.

흠뻑 젖어 꽁꽁 얼어 버린 죄수들의 이송 행렬은 천천히 도선장으로 다가가, 나룻배를 기다리기 위해 멈춰 섰다. 축축하게 젖은 시커먼 나룻배가 다가왔다. 지휘관이 죄수들을 나누었다.

"사람들 말이, 이 배에서 누가 보드카를 판다던데."

축축한 눈송이에 뒤덮인 나룻배가 해안가를 떠나 성난 강의 파도에 출렁거릴 때 죄수 중 한 명이 말했다.

"그러게 말이야, 지금 딱 한 잔만 걸치면 그만일 텐데."

세르게이가 대답했다. 그리고는 소네트카를 즐겁게 해 주려고 카테리나 리보브나를 조롱했다.

"상인댁 마님, 옛 정을 생각해서 보드카 한 잔 적선하시죠. 인색하게 굴지 말구요. 우리의 지난 사랑을 기억해 보시라니까요. 우리가 얼마나 즐겁게 긴긴 가을밤들을 보냈는지, 또 어떻게 당신 가족들을 사제나 신부도 없이 영원한 안식처로 보내버렸는지."

카테리나 리보브나는 추위로 온몸을 떨었다. 그녀의 흠뻑 젖은 옷을 뚫고 뼈 속까지 파고드는 추위도 추위였지만 동시에 카테리나 리보브나의 몸속에서 움트고 있는 무엇인가가 그녀의 몸을 전율하게 했다. 그녀의 머리는 마치 불꽃처럼 타올랐다. 동공이 지나칠 정도로 확장되더니, 불안하게 움직이는 섬광이 날카롭게 번득였다. 그녀는 출렁이는 파도를 꼼짝 않고 노려보았다.

"아이, 나도 보드카 한 잔 마시고 싶네. 추워 죽겠어."

소네트카가 쉰소리를 내며 말했다.

"상인댁 마님, 빨리 안 사주고 뭐해요?"

세르게이가 끈덕지게 물고 늘어졌다.

"에이, 양심도 없는 놈!"

피오나가 책망하듯 고개를 저었다.

"사람이 염치가 있어야지."

죄수 고르듀슈카가 군인의 아내를 거들었다.

"그 여자 앞에선 부끄러워할 줄 모른다 해도 최소한 다른 사람 앞에서라도 부끄러워할 줄 알아야지."

"야, 너, 걸레 같은 계집!"

세르게이가 피오나에게 소리쳤다.

"부끄러워할 줄 알아야 한다고? 내가 부끄러울 게 뭐가 있어! 난 저 여자를 한 번도 사랑한 적이 없다고. 그리고 지금은…….여기 이 소네트카의 닳아빠진 장화가 말라빠진 저 여자의 낯짝보다 더 사랑스럽단 말이야. 그렇다고 네가 나한테 참견할 게 뭐가 있어? 저 여자더러 여기 입이 비뚤어진 고르듀슈카나 사랑하라고 해. 아니면……."

그는 펠트 망토에 휘장을 단 군모를 쓰고 말을 탄 늙은 간수를 돌아보았다.

"아니면 저기 간수에게 꼬리 치는 게 더 나을지도 모르지. 적어도 그의 망토 밑에서 비는 맞지 않을 테니까 말이야."

"그러면 장교 부인이라고 불리겠네."

쉿소리를 내며 소네트카가 말했다.

"아무렴, 당연하지! 그렇게 되면 양말 살 돈을 모으는 것쯤이야 식은 죽 먹기겠지."

세르게이가 거들었다.

카테리나 리보브나는 아무 말도 하지 않았다. 그녀는 점점 더 집요하게 파도를 바라보면서 입술을 지그시 다물었다. 세르게이의 추악한 말들 사이로, 크게 입을 벌렸다가 다물었다가 하는 파도 사이로 아우성과 신음 소리가 들려왔다. 그러다 갑자기 부서지는 파도에 보리스 치모페이치의 파란 머리가 나타났다. 그리고 또 다른 파도 속에서, 고개를 떨어뜨린 폐쟈를 껴안고 있

는 남편의 모습이 넘실거리고 있었다. 카테리나 리보브나는 기도문을 생각해 내려고 입술을 움직였으나 그녀의 입술은 전혀 다른 말을 중얼거릴 뿐이었다. '우리가 얼마나 즐겁게 기나긴 가을밤을 함께 보냈는지, 얼마나 잔인하게 사람들을 죽여서 저승으로 보내 버렸는지.'

카테리나 리보브나는 몸서리를 쳤다. 그녀의 시선이 한곳에 모이더니 점점 더 거칠어졌다. 그녀는 한두 차례 허공에 팔을 뻗었다가 다시 떨어뜨렸다. 1분이 지났다. 그녀는 갑자기 시커먼 파도에서 눈길을 거두지 않은 채 몸을 굽히더니, 소네트카의 다리를 잡고는 순식간에 그녀와 함께 뱃전 너머로 뛰쳐나갔다.

모두들 깜짝 놀라 돌처럼 굳어졌다.

카테리나 리보브나가 파도 위로 나타났다가 다시 물속으로 들어갔다. 그러자 이번에는 소네트카가 물 위로 떠올랐다.

"갈고리! 갈고리를 던져!"

배 위에서 사람들이 소리를 질렀다. 긴 밧줄에 묶인 묵직한 갈고리가 날아오르더니 물속으로 떨어졌다. 소네트카가 다시 사라졌다. 2초 후, 어느새 파도에 실려 배로부터 멀리 떠내려간 그녀가 다시 손을 쳐들었다. 그러나 바로 그때 다른 파도 속에서 카테리나 리보브나가 허리까지 물 위로 솟아오르더니, 마치 강한 꼬치고기가 지느러미가 연한 잉어를 덮치듯이 소네트카를 덮쳤다. 그리고 두 사람은 더 이상 보이지 않았다.

# 쌈닭

# 1

　"애, 개-개-개-! 자넨 안 돼, 좋게 말할 때, 나와 싸울 생각을 하지 말라고."

　"왜 안 된다는 거죠, 돔나 플라토노브나? 도대체 왜 당신은 습관처럼, 아무도 당신에게 반대해서는 안 된다는 거예요?"

　"아니야, 습관처럼 싸움을 거는 건 내가 아니라, 바로 자네들이야. 이보게, 아직은 두고 보라고. 일단 먼저 나만큼 오래 살아 본 다음에 싸움도 할 수 있는 거야. 인생의 풋내기나, 페테르스부르크 물정을 모르는 사람은, 내 충고하건대, 가만히 앉아서, 노장들이나 이곳 사정을 잘 아는 사람들이 하는 말이나 들으라고."

　레이스 상인인 내 친한 친구 돔나 플라토노브나는, 내가 그녀의 충고나 의견에 따르지 않을 때면, 이런 식으로 매번 내 말을 막았다. 그녀는 아는 사람이 자기 생각에 동조하지 않고 다른 의견을 말할 경우, 그런 식으로 입을 막아 버렸다. 그건 그렇고 돔나 플라토노브나는 아는 사람이 무척 많았다. 그녀 자신의 표현에 의하면 심지어 '셀 수 없을 정도'이고, 게다가 아주 각양각색이었다. 집사, 백작, 공작, 궁중하인, 주방장, 배우와 유명한 상인들. 한마디로 각계각층의 사람들을 잘 알고 있었다. 그런데 여성적인 면에 관해서는 내세울 게 전혀 없었다. 여성적인 면에서 돔나 플라토노브나는 한 번도 칭송을 받은 적이 없었다.

"여자다운 면!"

언젠가 그 이야기가 나왔을 때 그녀가 말했다.

"그것이 어떤 것인지는 나도 잘 알고 있지!"

그러면서 돔나 플라토노브나는 주먹을 쥐어 보이곤 했다.

"나한테 여성미인지 뭔지는 바로 이 속에 있다고."

페테르스부르크 같은 도시에서 돔나 플라토노브나가 그렇게 폭넓고 다양한 지인들을 알고 있다는 것은 몹시 놀라운 일이었다. 그래서 사람들은 심지어 어떤 경외심 같은 것을 가지고 그녀에게 묻곤 했다.

"돔나 플라토노브나! 어떻게 그런 일을 해낸 거죠, 아주머니?"

"대체 뭐 말이야?"

"그러니까, 어떻게 그렇게 모든 사람들과 친분을 맺을 수 있냐고요."

"암, 친구, 모든 사람들, 정말 거의 모든 사람들을 알고 있지."

"도대체 어떤 인연으로, 어떻게……."

"모두 내 단순함 때문이지. 정말이지 단순함 하나로 그렇게
된 거야."

돔나 플라토노브나는 대답했다.

"단순함 하나로 그렇게 됐다고요?"

"그렇다니까, 친구, 내가 너무나 단순하니까. 모두들 나를 좋
아하는 거야. 그리고 내 이 단순하고 선량한 성격 때문에 이 세
상에서 수많은 온갖 불행을 다 경험했지. 많은 모욕을 당했어.
온갖 중상모략도 참아야 했고, 또 심지어는, 자네니까 하는 말
이네만, 자주 심한 정도는 아니었어도 매도 맞았다네. 그렇지만
결국에는 사람들의 사랑을 받게 됐지."

"그리고 그 덕분에 이 세상을 잘 알게 되었고요."

"친구, 내가 이 비열한 세상을 꿰뚫어 보고 있다는 것은 나도
잘 알고 있어. 어떤 불한당이라도 내 손바닥 위에 있는 것처럼
잘 알고 있지. 다시 한번 자네에게 말하지만, 아닐세……."

돔나 플라토노브나가 갑자기 당황하며 생각에 잠겼다.

"무슨 말씀을 하시려는 거예요?"

"그러니까 말이야, 친구. 지금은 모두들 새로운 것을 발명해
내고, 점점 더 교활해지고 있다는 말이야."

한숨을 쉬면서 그녀가 대답했다.

"왜 사람들이 교활해진다는 거죠, 돔나 플라토노브나?"

"사람들이 얼마나 교활하냐면, 자네가 오늘 어떤 사람의 머리를 움켜잡는다 해도, 자네가 채 긴장을 풀기도 전에 그 사람은 벌써 자네 두 다리를 치고 자네 머리 꼭대기까지 올라갈 정도란 말이야. 얼마나 많은 사기와 책략이 판을 치는지, 하느님도 깜짝 놀라실걸. 어떤 놈이 어떤 걸 생각해 냈다고 치자. 그러면 다른 놈은 그걸로 곧장 한 수 앞서가려고 한다니까."

"설마 이 세상 어디에나 거짓이 판을 친다는 말을 하려는 건 아니겠지요, 돔나 플라토노브나?"

"나랑 싸울 생각일랑 말게. 그래, 자네 생각에는, 지금 이 세상이 무엇으로 유지된다고 생각하나? 거짓과 속임수라니까."

"그렇지만 이 세상에 아직 선량한 사람들이 존재하잖아요."

"공동묘지를 뒤져 보면 아마 아직 선량한 사람들이 존재할지도 몰라. 하지만 그들은 별 소용이 없어. 어쨌든 살아 있는 것들, 현재 떠도는 놈들은 모두 한결같은 종족이야. 혐오스러울 뿐이지."

"그렇다면, 돔나 플라토노브나, 당신 생각에는, 오늘날에는 온통 사기꾼뿐이라서 아무도 믿을 수 없다는 말인가요?"

"믿는 거야 자유지, 이 친구야. 믿고 싶으면 믿으라고 그래. 나도 장군 부인 쉬멜페니크를 믿어 봤다고. 레이스 27아르쉰

(구 러시아의 척도 단위. 1아르쉰은 71.12cm—옮긴이)을 믿고 맡겼었어. 그리고 최근에 그 집을 찾아갔지. '마님, 옛날 빚을 좀 갚아 줄 수 있으신지요.' 그런데 그녀가 '주지 않았나', 그러는 거야. 내가 '아닙니다. 나는 결코 그 돈을 받은 적이 없는데요'라고 했지. 그랬더니 나에게 소리치는 거야. '뭐라고, 어디서 감히 나에게 그 따위 말을 하는 거야? 썩 물러가라.' 하인들이 곧 바로 내 팔을 잡고는 한길가로 내쳤지. 그 바람에 거기다 레이스 한 폭을 놔두고 왔어. 다행히 싼 것이기에 망정이지. 이래도 믿고 싶은 사람 있으면 믿어 보라고."

"나 참, 하지만 그건 어쩌다 한 번이잖아요?"

"한 번이라고! 아니야, 이 사람아, 한 번이 아니라고. 그런 사람들 이름을 대라면 한 군단은 될 거야. 하긴 이건 귀족이 농노를 소유했던 시절의 이야기일 수도 있어. 그래도 그 당시엔 도둑질이란 하층민들에게 더 익숙한 일이었지. 그런데 농노제가 폐지된 오늘날은 지주들조차 조금도 주저하지 않고 도둑질을 한다고. 얼마 전 무도회에서 누가 귀금속 목걸이를 슬쩍 했는지는 다 아는 일이잖아. 그렇다니까, 여보게, 오늘날은 아무도 기회를 놓치지 않아. 그리고 또 아브도치야 페트로브나 카라울로바의 경우도 그렇지. 어디를 봐도 그녀는 귀족처럼 보이잖아? 그런데도 그 여자가 자기 별장에서, 내가 뻔히 두 눈으로 보고 있는데, 칼라를 훔쳤다니까."

"훔치다니 무슨 말이에요? 무슨 말을 하는 거예요? 돔나 플라토노브나 아주머니, 도대체 무슨 말씀을 하고 계신지 알고 있는 거예요? 어떻게 양갓집 부인이 도둑질을 할 수가 있어요?"

내가 물었다.

"그거야 간단하지. 모두들 훔치니까, 그녀도 훔친 것뿐이야. 내가 그걸 알아채고 점잖게, 그리고 깍듯하게 '실례지만, 마님, 제가 여기에 칼라 하나를 떨어뜨리지 않았나요? 칼라 하나가 없네요'라고 말했어. 그랬더니 글쎄 그녀가 내 말이 떨어지기 무섭게 내 면전에다 대고 이렇게 말하는 거야. '이 여자를 끌어내!' 그러고는 하인들이 바로 나를 끌어냈지. 그래서 내가 하인들에게 말했어. '나리, 당신도 종살이하는 사람이 아닙니까? 한번 생각해 보세요, 나리. 이건 내 물건이잖아요. 정말 억울하다고요.' 그랬더니 그가 하는 말이, '억울할 거 뭐 있나, 그 사람 습관인데! 내 자네한테 한마디만 더하지. 그 신분에서 그 여자는 못할 것이 없어. 하지만 자넨 말이야, 자넨 가난하기 때문에 입 다물고 있어야 해'라는 거야."

"그래서 어쩌자는 거예요, 돔나 플라토노브나."

"내가 무얼 어쩌겠어, 이 사람아! 사람들이 나를 어쩐다고 해서 나도 다른 사람을 어쩌자는 것은 아니야. 다만 사람들이 다 사기꾼이고 모든 것이 다 그런 식으로 돌아간다 이거지. 그러니까 이것에 관해서는 나와 다툴 생각하지 않는 게 좋아. 왜냐하면 나는 이제, 하느님께 감사할 일이지만, 사람을 척 보기만 하면, 그 사람 속에 뭐가 들어 있는지 아니까 말이야."

이러니 누군들 돔나 플라토노브나에게 맞서서 싸울 생각이나 하겠는가! 당신이 아무리 뛰어난 변론가라 할지라도, 돔나 플라토노브나를 이길 수는 없을 것이다. 그녀를 말로 당해 낼 재간은 없다. 단지, 그녀를 끌어내라고 명령한다면, 그때는 문제가 달라지겠지만. 그렇지 않은 한 그녀는 틀림없이 말싸움에서 이길 것이다.

# 2

어찌됐든 나는 독자들에게 돔나 플라토노브나를 가능한 한 자세히 소개해야겠다.

돔나 플라토노브나는 키가 크지 않았다. 크지 않은 정도가 아니라, 오히려 아주 작다고 말하는 편이 옳을 것이다. 그러나 전체적으로 그녀는 거대해 보였다. 이런 착시 현상은 돔나 플라토노브나가, 흔히 말하듯이, 주체할 수 없을 정도로 뚱뚱했기 때문인데, 높이로 자라지 못한 것을 넓이로 대신한 듯했다. 그녀가 앓는 것을 본 사람은 아무도 없었지만, 그래도 그녀의 건강하다고는 할 수 없었다. 그녀가 걸어 다니는 모습은 마치 산이 움직이는 듯이 보였다. 그녀의 가슴이 보이기만 하면 두려움이 생길 정도로 엄청났다. 그래서 그녀, 돔나 플라토노브나는 언제

나 불만을 늘어놓았다.

"내가 좀 풍만하긴 하지. 하지만 다른 사람들이 갖고 있는 진짜 힘은 전혀 없어. 게다가 잠은 그야말로 누가 업어 가도 모를 정도로 잔다고. 눕기도 전에 곯아떨어져 버리거든. 그리고 나는 한번 잠들면, 누가 나를, 참새들이 있는 곳에 허수아비로 세워 놓는다고 할지라도, 양껏 다 자기 전엔, 결코 아무것도 느끼질 못해."

돔나 플라토노브나도 자기의 지독한 잠을, 자신의 풍만한 몸이 지닌 병 가운데 하나로 여겼는데, 나중에 보겠지만, 잠 때문에 그녀는 적지 않은 우환과 불행을 겪어야 했다.

돔나 플라토노브나는 건강에 관해 조언 듣는 것을 아주 좋아해서, 자신의 병들을 세부적으로 묘사하기를 즐겨했다. 그런데도 약 처방은 받지 않고 단지 딱 하나 하를렘 물약(네덜란드의 도시 하를렘Harlem에서 유래한 액체 물약으로 16세기 이래 만병통치약으로 널리 알려짐—옮긴이)만을 믿었다. 그녀는 이 약을 '하렘(Harem. 일부다처제의 터키에서 부인들이 머물렀던 규방—옮긴이) 물약'이라고 부르면서, 그중 작은 병 하나를 언제나 자기 비단 실내복의 오른쪽 주머니에 넣고 다녔다. 돔나 플라토노브나의 나이는, 그녀 자신의 말에 따르면, 언제나 마흔다섯 근처를 맴돌았다. 그러나 그녀의 싱싱하고, 원기 왕성한 외모를 봐서는 결코 사십이 넘어 보이지 않았다. 내가 그녀를 처음 알게 된 무렵,

돔나 플라토노브나의 머리카락은 짙은 갈색이었고, 흰머리는 눈에 띄질 않았다. 그녀의 얼굴은 희었고, 뺨은 건강한 선홍빛이 돌았다. 그런데도 돔나 플라토노브나는 그것에 만족하질 않고, 상점가 위쪽 순회로에서 프랑스제 분갑을 사서 자신의 얼굴을 더욱 자연스런 선홍빛으로 꾸몄는데, 지금까지 그 빛은 그어떤 우환에도, 그리고 핀란드의 바람과 안개에도 퇴색하지 않았다. 돔나 플라토노브나의 눈썹은 꼭 검정색 공단으로 만들어진 것처럼 아주 진한 검정색에 부자연스러운 광택이 났다. 이것은 돔나 플라토노브나가 눈썹에 검은 포마드를 진하게 발랐기 때문이었다. 그녀의 눈동자는 영롱한 아침 이슬이 맺힌 두 개의 검은 자두와 같았다. 우리 둘 다 아는 사람 가운데 한 명인 터키인 포로 이스풀라트는—그는 크림전쟁 때 포로로 이곳에 오게 되었다— 결코 돔나 플라토노브나의 눈을 가만히 보는 법이 없었다. 보통 그는 신들린 사람처럼 흥분하면서 소리치곤 했다.

"아, 그리스 눈동자야, 영락없는 그리스 눈동자라니까!"

다른 여자가 돔나 플라토노브나의 입장에 있었다면 아마도 그런 찬사를 명예롭게 여겼을 것이다. 그러나 돔나 플라토노브나는 이 터키인의 아부에 한번도 넘어가지 않았고, 언제나 자신이 완벽하게 러시아 태생이라는 것을 강하게 주장했다.

"헛소리 마, 이 세례도 받지 않은 상통아! 헛소리 말라고, 이 배불뚝이 개구리 같은 놈!"

그녀는 쾌활하게 터키인에게 대답하곤 했다.

"이래봬도 이 몸은 뼈대 있는 가문 출신이라고. 우리 집, 우리 가문에는 그리스인이라고는 전혀 없고, 또 한 번도 가 본 적도 없다고."

돔나 플라토노브나의 코는 코라고 할 수 없을 정도로 작았다. 그렇게 조그맣고 단단하면서도 똑바른 코는 오카강과 주샤강에서 간혹 실수로나 생길 수 있을 것이다. 그에 반해 그녀의 입은 엄청 컸다. 보아하니 어렸을 때 둥글넓적한 숟가락으로만 밥을 먹었을 성싶었다. 하지만 그 입은 아주 신선하고, 선이 곧아 보기 좋았다. 입술은 선홍색을 띠었고, 치아는 마치 어린 무에서 잘라 낸 듯했다. 한마디로 무인도에서뿐만 아니라, 심지어 사람 많은 도시에서도 돔나 플라토노브나와 한번 키스하는 것은 커다란 행운일 듯싶었다. 그러나 돔나 플라토노브나의 얼굴에서 가장 큰 매력은 의심할 여지없이 그녀의 복숭아처럼 부드러운 턱과 전체적인 표정이었다. 그 표정이 너무도 부드럽고 어린아이 같아서, 돔나 플라토노브나의 얼굴에는 이렇게 천진난만함이 흘러넘치는데 어째서 그녀의 입에선 항상 인간의 사악함과 비열함에 관한 이야기만 흘러나오는 건지 여러분은 한번쯤 곰곰이 생각해 보게 될지도 모른다. 만약 그렇다면 당신들은 틀림없이 이렇게 말할 것이다.

"돔나 플라토노브나, 당신은 나에게서 멀리 떨어져 있는 게 좋겠어. 당신의 선량함으로 인해 많은 어려움이 나에게 닥칠 게 뻔하니까!"

돔나 플라토노브나의 기질은 아주 개방적이고 쾌활한데다가 선량하고 잘 토라지지 않으면서 소박하고 미신에 잘 빠졌다. 그녀의 성격은 부드러웠고 유순했다. 기본적인 본심은 정직하고 상당히 솔직했지만, 그럼에도 불구하고 그녀에게는, 보통 러시아 사람들에게 찾아볼 수 있는, 약간의 교활함이 있었다. 일과 사업은 돔나 플라토노브나가 어쩔 도리 없이 살아가야 되는 터전이었다. 그 속에서 그녀는 언제나 분주했고, 언제나 어딘가로 달려가고 있었고, 무엇인가 생각하고 있었으며, 어떤 것을 계획하고 이뤄 나갔다.

"이 세상에 나는 완전히 홀로, 혈혈단신으로 살고 있어. 게다가 아주 쪼들리는 삶을 살고 있지. 나는 마치 미친 고양이처럼 시장을 돌아다녀. 이 사람 저 사람이 끊임없이 내 꼬리를 잡으려 든다고."

돔나 플라토노브나가 말했다.

"그렇지만 모든 일을 한꺼번에 해결할 수는 없잖아요."

때때로 그녀에게 이렇게 말하면 그녀는 다음과 같이 대답했다.

"뭐, 모든 일은 아니라고 해도 많은 일을 할 수는 있지. 그래도 그것은, 내 자네한테 하는 말이지만, 엄청나게 힘들어. 그나

저나 당분간 잘 지내게. 안녕. 사람들이 기다리고 있거든. 일곱 군데에서 날 기다리고 있다니까!"

그러고는 그녀는 부리나케 달려 나갔다.

돔나 플라토노브나는 때때로 자신이 자신의 생계만을 위해서 일을 하는 것이 아니라는 것과, 또 그녀가 남의 일에 참견하는 것을 조금이라도 줄인다면 그녀의 힘든 일도 줄어들고 그녀의 쪼들리는 삶도 훨씬 넉넉해지리라는 사실을 인정하곤 했다. 그러나 어떤 식으로도 그녀는 참견하기 좋아하는 자신을 제어할 수가 없었다.

"나는 일에 대한 집착이 아주 강해. 일이 있다는 걸 알면, 가슴이 두근거릴 정도라니까."

돔나 플라토노브나는 일에만 집착할 뿐, 보수에는 그렇지 않았다. 그녀는 보수에 대해서는 때때로 놀라울 정도의 무관심을 보였다.

'나를 속였어, 불한당 같은 놈!' 아니면 '나를 속였어, 불한당 같은 여편네!'라는 말이 그녀의 입에서 떨어지자마자, 그녀는 어느 순간 또다시 달려가, 그들이 자기를 또 속일 것이라는 것을 알면서도, 방금 전에 욕한 그 불한당 같은 놈과 여편네를 위해 헌신하고 있는 것이다.

돔나 플라토노브나의 사업은 더할 나위 없이 잡다했다. 그녀는 공식적으로는 단지 레이스 상인, 말하자면 소시민에 지나지 않았다. 가난한 상인의 아내들과 사제의 아내들이 '자기 고향에서' 그녀에게 여러 가지 칼라와 레이스 그리고 커프스를 보내면, 그녀는 이 물건들을 페테르스부르크 온 도시를 돌며 팔았고, 여름에는 시골별장들도 돌았다. 그렇게 해서 생긴 매상은 자신에게 돌아갈 몫을 제하곤 '자기 고향으로' 보냈다. 돔나 플라토노브나는 레이스 판매 외에 또 다른 사업도 했는데, 그 일들을 할 때면 레이스 칼라는 통행증 역할만을 했다.

돔나 플라토노브나는 중매쟁이로 처녀에게는 신랑감을, 총각에게는 신붓감을 소개해 주기도 했다. 또 가구와 중고 여성 의류를 구매할 사람을 알선하기도 했고, 저당을 잡히거나 혹은 저당 없이도 돈을 구해 주기도 했다. 또 사람들에게 가정교사 자리부터 집사나 시종 자리까지도 알아봐 주었다. 또 시의 우체국에선 들어설 엄두조차 내지 못하는 유명 살롱과 규방들에 편지를 전달해 주었으며, 또 냉혹하고 엄중한 분위기만을 풍기는 부인들로부터 답장을 받아오기도 했다.

그러나 그녀의 모든 수완과 인맥에도 불구하고 돔나 플라토노브나는 금이나 은으로 자신을 치장하지 않았다. 그녀의 삶은 풍족했고, 입는 것도, 그녀 자신의 표현에 따르면, '꽤 훌륭했고', 먹는 것도 손색이 없었다. 그럼에도 돈은 없었는데, 이것은 무엇보다도 그녀가 여러 분주한 일들에 너무 덤벼들었고, 그로 인해 좋아하는 사람들에게 자주 사기를 당했기 때문이었다. 그리고 또한 돈과 관련해서 흔히 볼 수 없는 일들이 그녀에게 벌어졌기 때문이기도 했다.

중요한 것은 돔나 플라토노브나에게 예술가적 기질이 있다는 사실이다. 그녀는 자기 작품들에 심취할 줄 알았다. 그녀는 그저 먹고살기 위해 일할 뿐이라고 했지만, 이 말은 사실이 아니었다. 돔나 플라토노브나는 자기 일을 예술가처럼 사랑했다. 다시 말해 뭔가를 배열하고, 모으고, 요리하고, 또 자기 손으로 만든 작품을 감상할 줄 알았다. 이것이 그녀의 주된 일이었는데, 이것을 위해, 현실적인 사람이라면 결코 가볍게 보지 않을, 돈이나 다른 모든 이익은 가볍게 여겼던 것이다.

돔나 플라토노브나는 전혀 예기치 않게 이러한 인생행로를 걷게 되었다. 처음에 그녀는 소박하게 그녀의 레이스들을 전달해 줄 뿐이었고, 이 일과 다른 어떤 일들이 연관될 줄은 생각도 하지 못했다. 그런데 도회지가 마치 요술처럼 므첸스크 출신의 우둔한 아낙네를 노련한 거간꾼으로 만들어 버렸고, 바로 그런 고귀한 돔나 플라토노브나를 내가 알게 된 것이다.

돔나 플라토노브나는 사방팔방으로 눈과 귀를 열고, 도처에 코를 들이밀기 시작했다. 그리하여 무엇이든 그녀가 코를 들이밀지 않는 일은 있을 수 없을 정도가 되었다. 언제나 그녀의 손에는 레이스를 넣은 가방이 들려 있었고, 그녀 자신도 온몸에 비단 옷을 휘감고 있었다. 그녀의 목에는 커다란 톱니 문양의 레이스 칼라가 둘러져 있었고, 어깨에는 하얀 테를 두른 파란색의 프랑스제 숄이 걸쳐져 있었다. 빈손에는 거품 모양의 하얀 네덜란드 손수건을 들고 있고, 머리에는 때로는 자줏빛, 또 때로는 버찌색깔의 그로데나풀 산 머리띠를 하고 있었다. 그러니까 한마디로, 그녀는 매혹적인 여인이었다. 게다가 그녀의 얼굴은 겸손함과 고상함 그 자체였다. 돔나 플라토노브나는 자기 얼굴을 자기가 원하는 대로 연출할 줄 알았다.

"이런 것 없이 우리 일은 결코 성사될 수 없지. 정숙한 여인인지, 악당인지 결코 티를 내서는 안 된다고."

그녀는 말하곤 했다.

게다가 돔나 플라토노브나의 처신은 빈틈이 없었다. 어떠한 경우에도 그녀는 응접실에서, 다른 사람들처럼, '대중목욕탕에 갔었는데요'라고 말하는 법이 없었고, 대신 항상 '어제 저는, 옷을 걸치지 않은 가장무도회에 참석할 수 있는 행운을 가졌답니다'라고 표현했다. 그리고 임신한 여자에 관해서 결코, 다른 사람처럼, '그 여자, 임신했어요'라고 되는 대로 내뱉지 않고, 항상 '그녀는 수태 중입니다'라거나 그 비슷한 표현을 했다.

대체로 그녀는 처신을 아는 여인이었고, 필요한 곳에서 자기의 교양에 맞는 톤을 낼 줄 알았다. 그러나 이 모든 것에도 불구하고 애향심은 아주 편협했다. 이를테면 그녀는 모든 사람들에게 오룔 현에 대해 칭송하는 것과, '자기 고향 출신'들에게 도움을 베풀며 친절하게 대하는 것을 자신의 의무라고 생각했다.

"이게 무슨 말인지 알겠나? 나는 우리 오룔 사람들이 전 세계에서 으뜸가는 도둑이고 사기꾼이라는 것을 알고 있어. 그런데도, 우리 고향에서 온 사람이면 아무리 악당이라도 그러니까 저 퉁방울눈의 터키인 이스풀라트보다 더 나쁜 놈이라고 해도, 그를 저버리지 않을 것이고, 다른 현 출신의 아주 의로운 인간과도 맞바꾸지 않을 거야."

나는 그녀에게 아무 대답도 할 수 없었다. 단지, 우리 두 사람은 왜 그런 마음이 드는지 함께 놀라워할 뿐이었다.

"도대체 왜 그런 것일까?"

# 3

돔나 플라토노브나와 나는 아주 사소한 기회에 알게 되었다. 언젠가 나는 어느 부대장 부인 집에 세 들어 산 적이 있었는데, 그녀는 틀린 발음을 연발하게 되는 폴란드어를 제외하곤 유럽 6개국의 언어를 구사할 줄 알았다. 돔나 플라토노브나는 페테르스부르크에서 그런 부대장 부인들을 정말이지 엄청나게 많이 알고 있었는데, 거의 그들 모두를 위해 아주 다양한 일들, 그러니까 연애나 금전, 또 돈과 사랑, 혹은 사랑과 돈이 뒤섞인 문제들을 처리해 주었던 덕분이다. 어쨌든 내 부대장 부인은 정말로 교양이 있는데다 세상 물정에 훤했고, 행동거지도 더할 나위 없이 점잖았다. 그리고 사람들에게 그들의 인간적 장점들을 존중한다는 것도 표현할 줄 알았다. 그녀는 독서를 많이 해서 시인들을 진정으로 사랑할 줄 알았고, 말체프스키의 '마리야'를 감정 섞어 읽는 것도 좋아했다.

나는 돔나 플라토노브나를 그 집에서 처음 보았다. 저녁 무렵, 나는 차를 마시고 있었고, 부대장 부인은 시를 낭독하고 있었다.

이 세상에선 죽음이 모든 것을 멸망시키기에

만개한 꽃 속에도 벌레가 둥지를 튼다네.

돔나 플라토노브나가 들어와서, 기도문을 외우고는, 문턱에서 (방안에는 우리 둘밖에 없음에도 불구하고) 사방에 인사를 한 후, 탁자 위에 가방을 올려놓았다.

"자, 평화가 함께 하시기를, 저 왔습니다!"

이때 돔나 플라토노브나는 갈색 비단옷에 톱니문양의 칼라, 파란 프랑스제 숄에 버찌 색깔의 그로데나플 산産 머리띠를 하고 있었다. 한마디로 그녀의 제복을 입고 있었던 셈인데, 독자들도 이제는 예술적 상상력으로 그녀를 그려볼 수 있을 것이다.

부대장 부인은 그녀의 방문을 몹시 기뻐했고, 그녀가 들어설 때 얼굴을 약간 붉히기까지 했다. 그녀는 절도를 잃지 않으면서 돔나 플라토노브나를 친구처럼 반갑게 맞아주었다.

"왜 그렇게 오랫동안 볼 수가 없었죠, 돔나 플라토노브나?"

부대장 부인이 물었다.

"일 때문이지요, 마님."

돔나 플라토노브나는 나를 바라보며 자리에 앉았다.

"무슨 일이 있었는데요?"

"예를 들어 지금은 마님, 그 다음엔 다른 사람, 그리고 또 다른 사람, 모두들 나름대로 바라는 게 있고, 또 모두를 만족시켜야 하니까요. 그런데 마님이 부탁한 일 있잖아요, 기억하세요?"

돔나 플라토노브나는 차를 한 모금 마시고 말을 시작했다.

"최근에 거기에 들러…… 말을 해 보았는데요……"

나는 일어나 인사를 하고 나왔다.

돔나 플라토노브나와 내가 만난 것은 이게 전부였다. 이런 만남에서 친분을 맺는다는 것은 아주 어려워 보일 것이다. 그런데도 친분이 맺어졌다.

한번은 내가 이 일이 있은 후 집에 앉아 있는데, 누군가 문을 똑똑 두드렸다.

"들어오세요."

나는 돌아보지도 않고 대답했다.

나는 무언가 널찍한 것이 기어 들어오더니 이리저리 움직이는 소리를 들었다. 돌아보니 돔나 플라토노브나였다.

"여기 이 집에 성화상은 어디 걸려 있죠, 신사 양반?"

그녀가 물었다.

"저기 구석 커튼 위에 있습니다."

"폴란드 성화상인가요, 아니면 우리, 그리스정교의 성화상인 가요?"

그녀는 조용히 손을 올리면서 다시 물었다.

"내가 보기에는 러시아산 성화상인 것 같군요."

돔나 플라토노브나는 손바닥을 눈 위에 대더니 한참 성화상을 바라보았다. 그러더니 마침내, '상관없지!'라고 말하려는 듯 손사래를 치고는 기도문을 외웠다.

"그런데 내 보따리를 어디 내려놓아도 될까요?"

그녀가 주위를 둘러보며 말했다.

"아무데나 두고 싶은 곳에 놓으세요."

"여기 소파 위에 잠시 올려놓지요."

그녀는 가방을 소파에 올려놓고는 자리에 앉았다.

'스스럼없는 손님이군.'

나는 생각했다.

"요새는 이런 작은 성화상들이 유행이에요. 그래서 아무것도 알아볼 수가 없지요. 귀족들 집에는 전부 이런 작은 성화상들뿐이라니까요. 별로 좋지 않은 일이죠."

"뭘 그렇게 못마땅해 하세요?"

"나 참, 이건, 그러니까, 아무도 찾지 못하도록 하느님을 숨겨 놓겠다는 말이잖아요."

나는 잠자코 있었다.

"이래선 안 되지요. 성화상은 적당한 크기라야 한답니다."

"성화상에 어떤 기준이 정해져 있나요, 돔나 플라토노브나?"

나는 내 자신이 갑자기 그녀와 오랜 친분이 있었던 사이처럼 느끼면서 말했다.

"당연하죠!"

돔나 플라토노브나가 말했다.

"상인들을 잘 봐요, 친구 양반. 그들에게는 언제나 제대로 된 성화상이 있잖아요. 램프와 후광도 있고…… 그래야 되는 거예요. 그런데 여기는 상전들이 하느님에게서 달아나니까, 하느님도 그들에게서 멀리 떨어져 있죠. 최근 부활절 주간에 한 장군 부인 집에 갔었는데…… 그녀의 하인이 들어오더니, 성직자들이 왔다고 전하더군요.

'보내버리게.' 장군 부인이 그렇게 말하더군요.

'왜 그러시죠? 보내지 마세요. 그건 죄예요.' 내가 말했어요.

'나는 신부들을 좋아하지 않아요.' 그녀가 말했어요.

하 참, 물론 그녀 마음이지요. 보내고 싶으면 보내야지요. 그러나 당신이 심부름 온 사람을 좋아하지 않으면, 그 심부름을 시킨 자 역시 당신을 좋아하지 않는다는 것을 알아야지요."

"와, 돔나 플라토노브나, 당신은 정말 사려가 깊으시군요!"

"오늘날에는, 친구 양반, 생각 없이 살 수가 없어. 이 방 빌리는 데 얼마나 내지요?"

"25루블이요."

"비싸군."

"그래요. 내가 보기에도 비싸요."

"그런데 왜 이사를 안 가지요?"

"그런 데 신경 쓰고 싶지 않아서요."

"여주인이 예쁘지요."

"에이, 그만두세요. 여주인이 무슨 상관이 있다고."

"얼씨구! 여보시게, 다른 사람은 속여도 나는 못 속이지. 자네 같은 한량들이 어떤지 나는 잘 알고 있다고."

'이 손님 정말 되는 대로 지껄이는군.' 나는 생각했다.

"그건 그렇고 이 폴란드 여자들도 약삭빠르지."

돔나 플라토노브나는 하품을 하더니 입에다 성호를 긋고 나서 말을 계속했다.

"그녀들은 이걸 다 계산하면서 하는 거야."

"돔나 플라토노브나, 당신이 이 집 여주인에 대해서 그렇게 생각하는 것은 옳지 않아요. 그녀는 정직한 여자예요."

"아니 그게 뭐 나쁜 일인가, 이 순진한 친구야. 그냥 그녀가 젊다는 거지."

"당신 말씀은, 돔나 플라토노브나, 현명하고 올바르긴 하지만, 저하고는 상관없는 말입니다."

"자, 아무 상관이 없다는 사람이 다시 보면 경찰서장이 되어 있는 법이지. 나는 페테르스부르크의 물정을 잘 알고 있어. 그러니까 내게 왈가왈부할 필요 없어."

'정말이지, 이 아줌마는 말이 통하지 않는군.' 나는 생각했다.

"어쨌든 자네는 그녀에게 도움을 주고 있겠지. 그러니까 내 말은, 방 값은 내고 있겠지."

돔나 플라토노브나는 내 쪽으로 몸을 구부리더니 어깨를 살짝 쳤다.

"당연하지요. 그럼 방 값도 내지 않는단 말입니까?"

"그러니까 말하자면, 알겠지, 남정네들이란 우리 여자들을 낚아채기만 하면, 언제나 여자들 덕만 보려고 한다니까……"

"그만하세요. 당신, 무슨 말씀을 그렇게 하세요!"

나는 돔나 플라토노브나의 말을 끊었다.

"그래, 여보게, 우리 같은 여자들, 특히 러시아 여자들은 사랑에는 완전히 숙맥이라니까. '자, 나의 기사여, 가세요'라면서 살점이라도 떼어 주려고 하지. 그런데 자네들 남정네 건달패들은 이걸 이용하려고만 해."

"이제 정말 그만하세요. 돔나 플라토노브나, 내가 뭐 그녀의 애인이라도 되나요?"

"아니야. 그녀를 불쌍히 여기라는 거지. 조금이라도 생각해 보라고. 우리 여자들이 얼마나 불쌍한지! 우리 여자들이 자네

들 같은 불한당들에게서 가능한 멀리 벗어나기 위해 얼마나 얻어맞고 쥐어뜯겨야 했는지. 그런데도 신비하게도, 이 세상은 이런 염탐꾼 같은 남정네들로 꽉 차게 되었지, 도대체 어떻게 그렇게 되었는지. 그들이 도대체 무슨 소용이 있다고? 그런데 다시 한번 살펴보면, 그들이 없으면 정말 심심할 것 같다니까. 이따금 정말로 뭔가 빠진 것처럼 말이야. 그래, 바로 참회하는 의자에 악마가 빠진 것처럼!"

열을 올리며 말하던 돔나 플라토노브나는 침을 뱉었다.

"최근에 부대장 부인 도무호브스카야의 집에 간 적이 있는데……. 혹시 그녀를 알고 있니?"

"아니오. 모릅니다."

"미인이지."

"모른다니까요."

"폴란드 여자야."

"그래서요? 내가 페테르스부르크의 폴란드 여자를 모두 알아야 한다는 법이라도 있나요?"

"그녀는 진짜 폴란드 여자는 아니야. 세례를 받았지. 우리 식으로."

"그런데요. 진짜 폴란드 여자가 아니고, 우리 종교를 가진 여자라고 해서 내가 그 도무호브스카얀가 뭔가 하는 부인을 알아야 하나요? 돔나 플라토노브나, 나는 정말로 몰라요."

"그녀의 남편은 의사야."

"부대장 부인이라면서요?"

"그건 중요한 게 아니지, 그렇지 않나?"

"뭐, 그렇긴 하죠. 그래서요?"

"그녀는 자기 남편하고 티격태격했지. 알겠나?"

"티격태격이라니요?"

"참, 그게 무슨 말인지 모른다는 건가? 어떤 일이 합의가 잘 안 될 때, 티격태격하고는 서로 헤어지지 않나. 그러니까 레카니다도 그렇게 했다는 거지.

'돔나 플라토노브나. 그는 너무 화를 잘 내요.' 그녀가 말했어.

나는 고개를 설레설레 흔들었어.

'그의 변덕을 더 이상은 못 견디겠어요. 신경질이 나서 도저히 참을 수가 없어요.' 그녀가 말했어.

나는 다시 고개를 흔들었어. 그러면서 생각했지. '어째서 이 돼먹지 않은 자들은 이렇게 신경질을 잘 부리는데, 우리는 왜 그러질 못하는 걸까?'

이렇게 한 달쯤 지났어. 그러고는 보아하니 내 귀부인께서 집을 하나 빌려 놓고는, '세입자를 들이겠다'는 거야.

'저러다 큰 코 다치지. 남편하고 살기 힘들다더니 혼자 살 궁리를 하는구먼. 궁하면 시궁창 물도 맛있다고 한다더니.' 나는 생각했어.

한 달 후에 다시 그녀에게 갔더니, 과연 세든 사람이 있더라고. 좀 마르고, 살짝 곰보자국이 있었지만, 그래도 당당한 남자더군.

'아, 돔나 플라토노브나, 하느님이 내게 얼마나 훌륭한 세입자를 보내 주셨는지. 아주 섬세하고 교양 있고 선량한 사람인데, 내 일을 전부 봐주고 있답니다.' 그녀가 말했어.

'섬세하게 행동하는 것쯤은 요즘 사내들 모두 할 줄 안다고요, 사모님. 그런데 그가 벌써 당신의 모든 일을 잘 알고 있다면, 그 사람과 결혼한 것이나 다름없겠네요.'

나는 농담을 한 것뿐인데, 그녀의 얼굴이 순식간에 새빨갛게 달아오르더라고.

난 누구든지 자신이 옳다고 여기는 일을 해야 한다고 생각해. 그리고 그가 선량한 사람이라면, 현명한 사람들은 그를 심판하지 않을 것이고 하느님도 관대하게 봐 주실 거야. 그 이후에 나는 두 번 정도 더 그녀에게 들렀는데, 그때마다 그녀는 자기 방에 앉아 울고 있지 않겠어.

'사모님, 이렇게 이른 시간부터 소금물로 세수를 하시다뇨?' 내가 말했어.

'아, 돔나 플라토노브나, 너무 슬프군요.' 그녀는 이렇게 말하고는 잠잠히 있는 거야.

'무엇이 그렇게 슬픈가요? 물고기를 산 채로 삼키기라도 했나요?'

'아니에요. 다행히 그런 건 아니에요.'

'자, 그런 게 아니라면 다른 것들은 모두 별일 아니에요.' 내가 말했지.

'돈이 한 푼도 없어요.'

'이거 정말 안됐네. 이런 때 사람을 그냥 놔둬서는 안 되지.' 나는 생각했어.

'새로 돈이 들어오려면 돈주머니가 비어야죠. 그런데 세든 사람들은요?' 내가 물었어.

'한 명은 방세를 냈는데, 다른 두 방은 비었어요.'

'이거 상황이 아주 안 좋군요. 상황이 점점 나빠지네요. 그런데 당신 애인인가 뭔가는?' 이런 식으로 나는 격식도 갖추지 않고 물어봤어.

그녀는 아무 말도 없이 울더군. 그녀가 불쌍해졌어. 그렇게 약하고 어리석은 여자였던 거야.

'그 사람이 그런 파렴치한이라면, 그를 쫓아 버리세요.' 나는 말했어.

이 말에 그녀는 울면서 젖은 손수건 끝을 물어뜯더라고.

'울 것 없어요. 그리고 그런 사람, 그런 비열한 사람 때문에 낙심할 필요도 없어요. 그냥 그를 쫓아내 버리면, 그것으로 얘기는 끝나는 거예요. 그리고 또 당신에게 맞는 사람, 사랑도 주고 도움도 될 수 있는 그런 사람을 찾아보지요. 그러면 그렇게 이를 갈며 낙심하지 않아도 될 거예요.' 내가 말했어.

하지만 그녀는 두 손을 내저었지. '그냥 내버려 둬요! 내버려 두라고요, 내버려 둬요!'

그러고는 침대에 쓰러지더니 머리를 베개 속에 파묻고는 절규하는 거야. 어찌나 심하게 울던지 옷이 터질 것 같더라고. 그 당시 내가 아는 사람 중에 유명한 상인이 한 명 있었는데(그의 아버지는 수로프 거리에 자기 상점을 가지고 있었지), 그는 나에게 언제나 간절하게 부탁을 했어.

'돔나 플라토노브나, 어떤 아가씨든지, 아니면 부인이라도 좋으니, 한 명만 소개시켜 줘요. 단, 교양 있는 여자라야 돼요. 교양 없는 여자는 참을 수가 없어요.'

그가 그렇게 말하는 데는 이유가 있었어. 왜냐하면 아버지를 비롯해서 그 집 남자들 모두 덜떨어진 여자들한테 장가를 간데다, 그의 아내 역시 어리석기 짝이 없는 여자였거든. 그 집에 가 보면 언제나 그녀는 그림이 그려진 과자만 먹고 있더라니까.

'레카니다와 이 남자를 만나게 해 주면 정말 더 이상 바랄 게 없겠다'라고 내심 생각하고 있었는데, 알고 보니까 이 여자가 더 멍청하잖아. 그래서 그녀를 그냥 놔뒀지. 갈 때까지 가 보라고.

그리고 두 달 동안 그녀에게 가질 않았어. 불쌍하긴 했지만,

이성적이지 못하고 자기 주위를 전혀 통제할 줄 모르는 사람은 도와줄 수 없다고 생각했거든.

그런데 추수철 즈음에 그녀의 집에 들르게 됐어. 레이스를 좀 팔고 나니까 갑자기 커피가 너무너무 마시고 싶어졌어. 그래서 레카니다 페트로브나에게 잠깐 들러 커피나 한잔 얻어 마셔야 겠다고 생각했지. 뒤쪽 계단으로 올라가서 부엌문을 열었는데, 아무것도 없더라고.

'이것 봐라, 활짝 열어 놓고 사네.' 나는 중얼거렸어.

가져가려면 가져가라는 듯이, 사모바르며, 냄비며, 다 선반에 놓여 있더라고.

그렇게 복도로 가는데, 짝짝, 짝짝 하는 소리가 들리지 않겠어.

'아이고, 하느님, 대체 무슨 소리지? 이게 도대체 뭔지, 제발 말해 주세요.' 그런 생각을 하며 그녀의 방문을 열어 봤어. 그랬더니 그녀의 선량한 친군가 뭔가 하는 사람이—그는 연극배우, 그것도 꽤 비중 있는 배우였는데, 스스로를 예술가라고 불렀어—글쎄, 한 손으로 그녀의 팔을 잡고, 다른 손에는 작은 채찍을 들고 있지 않겠어.

'이 불한당 같은 놈, 이 불한당 같은 놈! 너 이 불한당 같은 놈, 여자에게 무슨 짓을 하는 거야!' 나는 소리를 지르며 그들 사이로 달려들었지. 가방으로 몸을 가린 채 말이야. 알겠어? 그러니까 그들 사이로 마구 달려든 거라고. 이것 봐, 너희 남정네들이 우리 여자들에게 무슨 짓을 하는지 말이야!"

나는 잠자코 있었다.

"자, 나는 그렇게 그들을 갈라놓았어. 그는 그녀를 더 이상 때릴 생각은 못했어. 그런데 말이야, 그녀가 변명을 해 대지 않겠어?

'오해하지 마세요. 돔나 플라토노브나, 이건 장난치는 거예요.'

'좋습니다. 사모님, 하지만 그의 장난에 옆구리가 터지지 않도록 주의하세요.' 내가 말했지.

그런데도 그들은 같이 살더라고. 계속해서 그는 그녀 집에 살았지만, 그 사기꾼은 그녀에게, 아무것도, 정말이지 한 푼도 내질 않았다니까."

"그것으로 끝났나요?"

"아니야. 얼마 후에 그들에게 또다시 일이 터진 거야. 그가 그녀를 다시 날마다 괴롭히기 시작했지. 그때 그녀는 어떤 여자, 타지에서 온 상인 집 출신의 유한마담에게 세를 주고 있었어. 자네도 아마 잘 알 거야. 우리나라 상인 집 여자들이 어떤지. 그녀들은 집을 나오기가 무섭게 바로 일을 벌인다고. 어찌됐건 그는 이 세든 여자와 장사를 벌이기 시작했고, 그들 사이에는 이제, 내가 발길을 끊을 정도로 엄청난 일이 벌이지게 된 거야.

'너희들 일에 내 상관할 바 아니지. 하고 싶은 대로 하고 살아라.' 나는 생각했어.

그런데 9월 13일, 성십자가제(예수가 십자가를 진 사건을 기념하는 러시아 정교의 축일—옮긴이) 전날에 나는 즈나메니에 교회의 저녁 미사에 갔어. 저녁 미사를 마치고 나오는데, 교회 계단에서 레카니다 페트로브나가 보이지 않겠어. 초라한 모습에 낡은 아라비아 외투를 걸친 그녀가 한구석에 무릎을 꿇고 울고 있는 거야. 다시 동정심이 들었어.

'안녕하세요. 레카니다 페트로브나!' 내가 말했어.

'아, 상냥하신 분, 돔나 플라토노브나, 당신 정말 가식이 없으신 분이에요! 하느님이 나에게 당신을 보내셨어요.' 그러더니 그녀는 쓰디쓴 눈물을 줄줄 흘리더라고.

'자, 사모님, 하느님이 나를 보내신 건 아니에요. 하느님은 육체가 없는 천사들을 보내지만, 나는 내 몸집만큼이나 죄 많은 사람인걸요. 그렇지만 이제 그만 우시고 어디 가서 잠깐 앉아 무슨 일이 있었는지 말씀해 보세요. 머리를 짜내 보면 방법이 나올지도 모르잖아요.'

우리는 함께 걸었어.

'당신의 불한당이 또 당신에게 무슨 일을 저질렀나요?' 그녀에게 물어봤어.

'아무도, 이제 내게는 불한당마저도 없어요.' 그녀가 말했어.

쌍닭                                          155

'그런데 어디로 가시는 거죠?' 그녀의 집은 세스치라보치나야 가(術)에 있는데, 그녀가 그랴즈나야 쪽으로 방향을 바꾸기에 물었지.

줄줄 이어지는 말을 듣고 보니 사건의 전말이 밝혀지더라고. 그녀의 집은 없어졌고, 가구들은 빚 때문에 집 주인에게 빼앗긴 데다가, 애인은 사라져 버렸고─오히려 잘 된 셈이지만─아브도치야 이바노브나 디슬렌샤의 골방에 사는 처지가 된 거야. 그런데 아브도치야 이바노브나로 말할 것 같으면, 아무리 그녀가 소령의 딸이라는 귀족 신분으로 치장을 하더라도, 정말 이루 말할 수 없이 질이 안 좋은 여자거든. 언젠가 나는 멍청하게도 그 나쁜 년을 믿었던 덕분에 감옥에 갈 뻔했다니까. 그래서 레카니다 페트로브나에게 말했지.

'내가 디슬렌샤란 여자를 아주 잘 알고 있는데요. 그야말로 일등 사기꾼이죠.'

'그렇지만 어쩌겠어요! 돔나 플라토노브나, 어쩔 수 없잖아요?' 그녀가 말했어.

그녀가 작은 손을 부러질 정도로 거머쥐는 것을 보니까 어찌나 가여운지.

'잠깐 저희 집에 가시죠.' 그녀가 말했어.

'아니요. 사모님, 당신을 좋아하고 또 몹시 마음이 아프지만 디슬렌샤네 집구석엔 발도 들여놓고 싶지 않군요. 나는 그 불한당 같은 여자 때문에 거의 감방에 갈 뻔했다니까요. 나와 잠깐 이야기하고 싶으시면 저희 집으로 가시는 게 좋겠어요.' 내가 말했지.

그래서 우리 집으로 갔어. 나는 그녀에게 차를 대접해서 몸을 녹이도록 했지. 함께 저녁을 먹고는, 같이 잠자리에 들었어. 자네가 보기에도 정말 친절하게 대해 줬지?"

나는 고개를 끄덕였다.

"밤중에 그녀 때문에 또 얼마나 놀랐는지! 그녀는 한참동안 가만히 누워 있더니 갑자기 벌떡 일어나 침대에 앉아서는 자기 가슴을 때리는 거야.

'돔나 플라토노브나, 어쩌면 좋을까요?'

몇 시쯤 되었나 보니까 꽤 늦었더라고. 그래 내가 말했지.

'그만 괴로워하고 주무세요. 내일 생각하도록 하죠.'

'아, 아무리 해도 잠이 안 와요. 돔나 플라토노브나.'

아, 그렇지만 난 졸려 죽겠는데 어떡하겠어. 내가 워낙 푹 잠을 자거든.

나는 잘 만큼 자고 일어났지. 일어나보니 그녀가 루바슈카만 하나 걸친 채, 의자에 다리를 포개고 앉아 담배를 피우더라고. 얼마나 희고, 예쁘고 또 어린지. 정말 비단 위에 떨어진 솜털 같더라니까.

'사모바르 좀 준비해 줄 수 있겠어요?' 내가 물었어.

'가서 해볼게요.' 그녀가 말했어.

그녀가 플란넬 치마를 걸치고 부엌으로 갔어. 그런데 웬일인지 나는 영 일어나지질 않더라고. 그녀가 사모바르를 가지고 와서 함께 차를 마셨어.

'돔나 플라토노브나, 내가 무슨 생각을 했는지 알아요?'

'모르겠는데요. 남의 생각을 어떻게 알겠어요.' 내가 말했어.

'남편에게 가야겠어요.' 그녀가 말했어.

'신실한 아내가 되는 것보다 더 좋은 것이 어디 있겠어요. 그런데 그런다고 남편이 당신을 받아줄까요?' 내가 물었지.

'그는 나에게 잘해 주었어요. 그가 다른 사람들보다 착하다는 것을 이제야 알겠어요.' 그녀가 말했어.

'그가 착하다니 다행이군요. 그를 버린 지 오래되었나요?'

'이제 곧, 돔나 플라토노브나, 1년이 다 돼가네요.'

'벌써 1년이 지났다고요. 부인, 결코 짧은 시간이 아니군요.' 내가 말했지.

'돔나 플라토노브나, 무슨 뜻이죠?'

'그러니까 내 말은, 만두 잘 굽는 여자나 항아리를 잘 깨는 여자가 당신 자리를 차지하고 있지나 않을까 하는 거예요.'

'그런 생각은 해보질 않았어요, 돔나 플라토노브나.'

'사모님, 바로 그거예요. 생각하지 않았다는 거죠. 어떻게 그 생각을 안 할 수가 있죠! 생각을 해야 돼요. 당신이 만약 조금이

라도 생각을 하고 따져 봤더라면, 아마도 그렇게 많은 일이 당신에게 벌어지지는 않았을 거예요.'

이 말에 그녀가 얼마나 당황스러워 했는지! 그녀의 심장이 긁히는 것을 보는 듯했어. 그녀는 입술을 꽉 깨물고는 나지막이 중얼거렸어.

'그는 그럴 사람이 아니에요.'

'아, 이런 골 빈 여자가 있나! 자기는 산양처럼 맘껏 돌아다니고는, 남편은 남들을 건들지 않을 거라고?' 나는 생각했어.

그런 것들을 보면 내가 얼마나 열 받는지 자네는 아마 짐작도 못할 거야.

나는 곧바로 그녀에게 말했어. '죄송하지만, 사모님. 내 생각에 당신의 말은 얼토당토않아요. 당신의 남편이라고 특별한 이유가 없지요. 그런 사람이 아니라고요? 나는 죽으면 죽었지, 결코 믿을 수가 없어요. 내 생각에는 그 역시 다른 모든 사람들처럼, 살과 뼈로 만들어졌어요. 그리고 당신이 여자로서 그렇게 조신하지 않았다는 것을 생각하세요. 그러니까 그를 비난할 여지가 전혀 없다고요.'

왜냐하면, 여보게, 자네도 생각해 보라고. 남자란 매와 같은 거야. 꽉 움켜쥐고, 흥분해 대다가, 탈탈 털어 버리고는 그곳을 떠나 다시 자기 맘에 드는 곳으로 날아가 버리지. 그런데 우리 여인네들은 벽난로에서 문지방까지, 그게 다니는 길의 전부지. 너희 남정네들에게 우리 여자들은, 바보들에게 백파이프와 같을 뿐이야. 잠깐 가지고 놀다가는 버린다고. 어때, 내 말이 틀려?"

나는 아무런 이의를 달지 않았다.

그런데 돔나 플라토노브나는, 고맙게도, 내 대답을 기다리지 않고 말을 계속했다.

"나의 고귀하신 마님, 우리 레카니다 페트로브나가 내 말을 듣고 말했어.

'돔나 플라토노브나, 나는 아무것도 남편에게 숨기지 않을 거예요. 내 잘못을 모두 인정하고 고백할 거예요. 비록 그가 내 머리를 잘라버릴지라도 말이에요.'

그래서 내가 말했지. '이것 역시, 내 생각에는, 중요한 게 아니에요. 당신의 죄가 작다고 할 수는 없지만, 무엇 때문에 남편에게 그 이야기를 합니까? 과거는 지나갔어요. 남편도 별로 듣고 싶어 하지 않을 거예요. 그러니까 입 꽉 다물고 아무런 내색도 하지 마세요.'

'아, 안 돼요! 안 되고말고요. 거짓말하고 싶지 않아요.'

'하고 싶든 하고 싶지 않든, 그것은 중요하지 않아요! 도둑질은 죄지만 어쩔 수 없는 경우가 있다는 말이 있잖아요.'

'안 돼요, 안 돼. 나는 그러고 싶지 않아요. 싫어요! 속이는 건 죄예요.'

그녀는 같은 말을 계속 반복했지. 그러니 내가 어쩌겠어.

그녀가 말했어. '먼저 편지를 보내야겠어요. 만약 그가 용서한다면 답장을 할 테고, 그때 가면 되겠죠.'

'마음대로 하시구려. 도무지 말을 들으려 하질 않는군요. 다만 당신이 언제부터 그렇게 했는지 놀라울 뿐이에요. 정작 죄를 범할 때는 남편에게 물어보지도 않더니, 자기가 행한 (하느님, 용서하소서) 더러운 짓에 대해서 침묵하는 것은 죄가 된다고 두려워하다니. 젊으신 마님, 괜히 긁어 부스럼 만들지 않도록 조심하세요!

결국 모든 일이 내가 말한 대로 되고 말았지. 그녀는 편지에 모든 것(무슨 일인지는 하느님만이 아시겠지)을 다 썼음에 틀림없고, 답장은 오질 않았어. 그녀는 나한테 와서 하염없이 울었지. 답장이 오질 않는다면서.

그러면서 이렇게 말하는 거야. '내가 직접 가 봐야겠어요. 그의 하녀라도 되어야겠어요.'

나는 잠시 생각해 보고는, 그러라고 그랬지. 그녀는 예쁘니까, 남편이 처음에는 화를 내더라도, 그녀를 계속 보다 보면, 어쩌면 밤의 정령이 내려와, 모든 것을 잊게 할지도 모른다는 생각이 들더라고. 자네도 알겠지만, 밤 뻐꾸기가 낮 뻐꾸기보다 훨씬 강한 법이잖아.

'한번 가 보세요. 어쨌든 애인이 아니고 남편이니까, 빨리 누그러지겠죠.' 내가 말했어.

162

'그런데 돔나 플라토노브나, 여비를 어디서 마련하지요?'

'아니 돈이 한 푼도 없다는 거예요?' 내가 물었지.

'한 푼도 없어요. 디슬렌에게 빚까지 졌는걸요.'

'사모님, 이곳에서 돈을 마련하기란 쉽지가 않은데요.'

'내 눈물을 좀 봐서라도 어떻게 좀 해 주세요.' 그녀가 말했어.

'눈물이 무슨 소용이 있어요? 눈물은 눈물일 뿐이에요. 당신이 불쌍하기는 하지만, 그래도 모스크바는 눈물을 믿지 않는다, 라는 속담이 있잖아요. 눈물로는 돈이 생기지 않아요.'

그녀는 또 울었어. 나는 이번에도 그녀와 함께 앉아서 간간이 이야기를 나눴지. 그때 느닷없이 그 부대장이란 자가 내 방에 들어서는 거야…… 그 사람 이름이 뭐였더라?"

"넘어가요, 그 사람 이름이 뭐였는지는 아무 상관없잖아요."

"창기병 장교였는데……. 이 사람들을 뭐라고 부르더라? 엔지니어라고 그러던가?"

"그게 무슨 상관이에요, 돔나 플라토노브나."

"성이 라스토치킨(러시아말 제비에서 유래된 이름—옮긴이)이었던 것 같은데, 라스토치킨이 아니었던가? 어쨌든 어떤 새 이름이었는데, L로 시작했던가, K로 시작했던가?"

"나 원, 이름 타령 좀 그만하세요."

"내가 자주 이런다니까. 어디 사는지는 금방 찾아내는데, 이름은 통 기억해 내질 못하니. 할 수 없지, 뭐. 어쨌든 이 부대장이란 자가 들어오더니, 나한테 농담을 실실 하는 거야. 그러더니 내 귀에 대고 살짝 물어보더군.

'이 아가씨는 웬 아가씨지?'

그녀는 분명 귀부인인데도, 그는 아가씨라고 부르는 거야. 그만큼 어려 보였던 거지.

나는 그에게 그녀가 누구인지 말해줬어.

'시골 출신인가?' 그가 물었어.

'예, 바로 맞췄어요. 시골 출신이에요.'

그런데 그 사람은 바람둥이나 난봉꾼은 아니었어. 그 정도 위치에 있는 남자라면 당연한 일이겠지만, 그는 잠시 사귀는 여자라도 품위를 갖추어 대했지. 그런데 우리 피체르(페테르스부르크의 애칭—옮긴이) 여자들은 자네도 알겠지만 수치심 같은 것을 잘 모르잖나. 품위는 말할 것도 없고. 오히려 머리를 바짝 깎은 수도원 아가씨들의 머리에 있는 머리카락이 그들 품위보다도 많다니까."

"그래서요, 돔나 플라토노브나?"

"'자, 신경 좀 써 주게, 돔나 플라토노브나.'

부대장이란 자들은 모두 나를, 플라토노브나라고 하지 않고, 판탈로노브나(바지를 뜻하는 프랑스어 판탈롱에서 유래한 '판탈로늬이'를 여성 이름으로 변형한 말—옮긴이)라고 부르지.

'내 무엇이든 해줄 테니, 일이 성사되게 신경 좀 써 주게.' 그

164

가 말했어.

나는 그에게 아무런 확답을 주지 않고, 다만 '힘들다'라는 인상을 받게끔, 양 눈썹을 찌푸렸지.

'불가능하겠나?' 그가 말했어.

그래 내가 말했지. '친애하는 장군님, 확실히 그렇다고는 말씀을 못 드리겠습니다. 이것은 그녀의 마음과 의지에 달린 일이니까요. 장담은 할 수 없지만 노력은 해보지요.'

그랬더니 그가 바로 말하는 거야. '뭐, 긴 말 할 것 없네. 여기 50루블 줄 테니, 그녀에게 건네주게.'"

"그래서, 그것을 그녀에게 전해 주었나요?" 내가 물었다.

"그렇게 서두르지 말라고. 더 듣고 싶으면 가만히 있어. 그에게서 이 돈을 받고 생각해 봤지. 그녀와 이런 비슷한 얘기를 나눈 적도 없었고, 그런 선금을 받아도 되는지 알 수 없었지만, 페테르스부르크 물정을 잘 아는 나로서는 '아이고, 불쌍한 것, 보나마나 무척이나 좋아할 거야!'라고 생각했지.

나는 작은 방에 있는 그녀에게 가서 말했어. '레카니다 페트로브나, 당신은 정말 행운을 타고났군요. 돈 이야기를 하자마자, 이렇게 돈이 생겼네요.'

그녀 앞에 지폐를 펼쳐 놓았더니, 그녀가 물었어. '누가 이걸? 어떻게? 어디서?'

그래서 내가 '하느님이 당신에게 보내셨어요'라고 크게 말하고는 귀에 대고 속삭였어. '저기 저 양반이 당신의 관심을 한 번이라도 받아 보려고 당신에게 보낸 거예요. 빨리 챙기세요!'

아, 그랬더니 그녀의 눈에서 완두콩 같은 눈물이 뚝뚝 떨어지지 않겠어. 기쁨의 눈물인지, 슬픔의 눈물인지, 무슨 눈물인지 도무지 알 수 없더라고.

'이 돈을 챙기시고 잠깐 저 방에 가 계세요. 그 사이에 내가 여기 좀 치우지요.'

어때, 자네 생각에는, 내가 잘한 것 같은가?"

나는 돔나 플라토노브나를 바라보았다. 그녀는 눈썹 하나 까딱하지 않았고, 입가에는 교활함도 찾아볼 수 없었다. 그녀의 말은 모두 순박하고 진심어린 것이었다. 그녀의 얼굴에는 가련한 여인을 돕겠다는 선한 마음과, 갑작스럽게 닥친 행운을 어떡해서든 놓치지 않으려는 조바심, 자신이 아닌, 가련한 레카니다에 대한 걱정만이 나타나 있었다.

"자네 생각에는 어때? 나는 그녀를 위해 내가 할 수 있는 일은 모두 했다고 생각했어."

돔나 플라토노브나는 이렇게 말하고는 갑자기 벌떡 일어서서 주먹으로 책상을 내리쳤다. 그녀의 얼굴은 순식간에 벌겋게 되어 화난 표정이 되었다.

"그런데 글쎄, 그, 그 못된 년이! 내 말을 듣자마자 어떻게 손을 써 보기도 전에 앉은 자리에서 일어서더니 죽어라고 '엉엉'

울면서 곧바로 층계를 뛰어 내려가지 않겠어. 얼마나 창피하던 지! 나는 재빨리 구석으로 숨어 버렸고, 그 사람도 모자를 잡고 는 날라 버렸지. 사방을 둘러보았더니, 그녀가 메리노 양모로 된 낡은 숄을 두고 갔더라고.

'나 원, 두고 보자, 이 더러운 년! 다시 오기만 해봐라, 이 나쁜 년, 어디 이걸 그냥 돌려주나 보자.' 나는 이를 갈았지.

하루인가 이틀인가 후에 집에 돌아와 보니 그녀가 제 발로 와 있지 않겠어. 나는 원래 불같이 화를 내는 성격이지만, 화가 그 다지 오래 가지 않기 때문에, 그녀에 대한 감정이 그렇게 크게 남아 있지는 않았어. 그렇지만 나는 아주 심하게 화가 난 듯한 표정을 지었지.

'안녕하세요, 돔나 플라토노브나.' 그녀가 말했어.

'안녕하신가, 사모님! 숄 찾으러 왔나보죠? 저기 당신 숄 있 어요.' 나는 대꾸했지.

'돔나 플라토노브나, 용서하세요, 그때는 정말 너무 놀랐어 요.' 그녀가 말했어.

'그래요. 나도 진심으로 고마워하고 있답니다, 사모님. 당신 에 대한 나의 호의를 더할 나위 없이 망쳐 버린 데 대해서 말이 에요.' 그녀에게 말했어.

'너무 당황해서 그랬던 거예요. 돔나 플라토노브나, 용서해 주세요, 제발.'

그래서 내가 대답했지. '용서해 줄 것도 없어요. 내 집은 소동이나 피우고, 층계로 도망가면서 비명이나 지르는 곳이 아니에요. 여기 사는 사람들은 모두 점잖은 사람들이라고요. 집주인이 전당포를 하는데, 시도 때도 없이 사람들이 그를 찾아오지만, 그 사람 역시 그런 비명은 듣고 싶어 하지 않아요.'

　　'내가 잘못했어요, 돔나 플라토노브나. 그렇지만 당신 자신이 한번 그런 제안을 생각해 보세요.'

　　'당신이 뭐가 그렇게 특별나다고, 그 제안이 그렇게 당신을 수치스럽게 했나요? 당신이 도움을 필요로 했으니까, 그런 제안은 누구나 할 수 있지 않나요. 그리고 또 아무도 당신을 억지로 잡아끌지는 않았잖아요. 입이 찢어져라 그렇게 크게 소리 지를 필요는 없었다고요.'

　　그녀가 용서를 구했어.

　　나도 그녀를 용서했지. 그리고 다시 그녀와 이야기를 나누었고, 차를 한 잔 건넸어.

　　'당신에게 부탁이 있어요. 어떻게 하면 남편에게 갈 수 있는 여비를 마련할 수 있을까요?'

　　'어떻게 돈을 벌 수 있느냐고요, 부인? 기회가 있었는데 놓쳤잖아요. 이제 본인이 직접 생각해 보세요. 나는 더 이상 생각할 수 있는 게 없어요. 도대체 무슨 일을 할 수 있겠어요?'

　　'바느질은 할 수 있어요. 모자를 만들 수 있어요.'

'에구, 이 귀하신 양반아, 내 말 잘 들으세요. 나는 페테르스부르크 물정을 당신보다 잘 알고 있으니까요. 그 일로 일자리를 얻기는커녕 이미 오랫동안 그 일을 하던 전문 바느질쟁이들도, 말이 나왔으니 하는 말이지만, 외도를 해서라도 옷 살 돈을 마련하지 않으면 벌거벗고 다닐 정도예요.'

'그러면 내가 할 수 있는 일은 무엇일까요?' 그녀는 다시 양손을 깍지 끼고 말했어.

'그렇게 난리만 치지 않았으면, 벌써 그 다음날 남편에게 갔을 텐데요.' 내가 말했지.

에구머니, 이 말에 그녀의 얼굴이 또 얼마나 시뻘게지던지!

'무슨 말씀을 하시는 거예요, 돔나 플라토노브나? 정말로 내가 그런 추잡한 일을 할 수 있을 거라는 말이에요?' 그녀가 말했어.

'벌써 하지 않았나요.' 내가 말했지.

그녀의 얼굴은 점점 더 빨개졌어.

'그것은, 내가 그런 죄를 진 건, 내 감정이 끌렸기 때문이에요. 그런데 내가 뉘우치고 남편에게 돌아가려고 하는데 또 그런 더러운 방법으로 간다는 것은 있을 수 없는 일이에요!' 그녀가 말했어.

'마님, 나는 당신의 말을 전혀 이해할 수가 없군요. 나는 그것이 전혀 더럽다고 생각지 않는데요. 내 생각에는, 어떤 여자가 올바른 길로 돌아가려고 한다면, 그런 것쯤은 감수해야 할 것 같은데요.' 내가 말했어.

'나는 이 제안을 안 들은 것으로 하겠어요.' 그 여자가 그러지 않겠어.

정말 대단한 부인이지! 그 곰보하고는 아무 거리낌도 없이 실컷 놀아나고는, 자기 자신의 안정을 위해서, 올바른 생활로 돌아가기 위해서는 한 치도 움직이려고 하지 않고, 잠시 잠깐일 뿐인데도 곤란하다고 하다니 말이야."

나는 다시 돔나 플라토노브나를 바라보았으나, 그녀에게는 '공공의 죄악'을 위한 희생물을 길러내는 꾼들이 지니는 그 어떤 흔적도 찾아볼 수가 없었다. 그 대신 내 앞에는 너무나 순박한 여자가 앉아서 자기의 선량함과 레카니다 부인의 어쩔 수 없는 어리석음을 전적으로 확신하면서 자신의 불쾌한 감정을 토로하고 있었다.

돔나 플라토노브나는 이야기를 계속했다.

"'여기는 수도예요. 여기서는 마님, 그 누구도 공짜로 무엇을 주거나, 당신을 위해 한 발짝도 움직이지 않을 거예요. 돈은 말할 것도 없지요.'

이런 식으로 조금 이야기를 나누고 그녀는 갔어. 그러고는 내 생각에 한 2주 정도 보이질 않았어. 그러더니 그녀는 결국 다시 눈물을 흘리며 나타나 '오오'하며 탄식을 하는 거야.

그래서 내가 말했지. '내가 페테르스부르크 물정을 잘 아는데, 당신이 아무리 가슴이 무너져라 울고불고 해도, 도와줄 사람은 없어요.'

그랬더니 그녀가 말하는 거야. '오, 하느님! 이제는 더 이상 눈에서 눈물도 나오지 않고, 머리는 터질 것 같고, 가슴이 아파요. 나는 벌써 온갖 자선 단체들의 문턱을 다 넘어보았지만 아무것도 나온 것은 없답니다.'

그래서 내가 말했어. '다 자업자득이지요. 그 단체들이 어떤 곳인지 진작 내게 물어봤어야지요. 그런 곳은 가 봤자 마지막 남은 신발축만 닳을 뿐이에요.'

'내 모습이 어떤지 한번 봐주세요. 내가 어떻게 보이죠?' 그녀가 말했어.

그래서 내가 대답했지. '보고 있어요. 하지만 놀랄 만한 건 전혀 없어요. 슬픔 때문에 얼굴이 빨개져 있어요. 하지만 빨개져서 예쁜 건 바다에 사는 게밖에 없어요. 어떤 것으로도 당신을 도와줄 수가 없어요.'

그러자 그녀는 한 시간 정도 계속 울어 댔어. 솔직히 말하면 정말 질릴 정도였다니까.

그래서 마침내 내가 말했지. '울 것 없어요. 울어 봤자 아무 도움이 안 돼요. 순순히 따르는 게 현명한 일이에요.'

그녀는 울면서 듣고 있더라고. 더 이상 화도 내지 않고.

그래서 내가 말했지. '내 사랑하는 친구 양반, 어쩔 수가 없어요. 당신이 처음도 아니고, 그렇다고 마지막이 되지도 않아요.'

그녀가 말했어. '50루블이라도 좋으니 빌릴 수는 없을까요, 돈나 플라토노브나?'

'50루블은커녕, 단돈 50코페이카도 빌리는 건 불가능해요. 여기는 다른 어디도 아닌 수도란 말이에요. 당신 손에 정확히 50루블이 있었는데도 당신은 잡을 생각을 안 했잖아요. 그런데 뭘 어쩌겠어요?' 내가 말했지.

그녀는 잠시 더 울더니 가 버렸어. 내 기억에 그때가 바로 성요한 르일스키의 제일이었어. 그러니까 카잔의 성모 마리아상 축일 이틀 전이었지. 그날 나는 무엇 때문인지 몸이 몹시 좋질 않았어. 이튿날 저녁에 오흐타에 있는 상인의 부인을 만나고 왔는데, 그때 감기에 걸렸던 게 틀림없어. 정말이지 강제 노동하러 가는 유형길 같았다니까. 너무 몸이 안 좋아서 아무데도 가질 않았어. 심지어 아침 미사도 빠졌다니까. 코에 기름을 바르고는 침대에 앉아 있었어. 그런데 레카니다 페트로브나가 오는 게 보였어. 외투도 없이 머릿수건 하나만 달랑 쓰고 말이야.

'안녕하세요, 돈나 플라토노브나.' 그녀가 말했어.

'안녕하신가, 귀여운 양반. 그런데 옷차림이 왜 그래요?' 내가 물었어.

'그냥 단숨에 뛰쳐나왔어요.' 그녀가 그렇게 말하기에, 봤더니 얼굴이 말이 아니더라고. 울지는 않은 것 같은데, 붉으락푸르락하는 거야. 그때 얼핏, 디슬렌샤가 그녀를 쫓아냈구나, 하는 생각이 들었지.

그래 물었지. '혹시 디슬렌샤하고 무슨 일이 있었어요?' 그랬더니 그녀의 입술이 움찔움찔하는 게, 무슨 말을 하고 싶긴 한데 애써 참는 모양이더라고.

'빨리 말해 보세요. 무슨 일이 있었는지.' 내가 말했어.

'제가, 돔나 플라토노브나, 당신을 찾아온 건……' 그녀가 말문을 열기에 나는 아무 말 않고 있었지.

'돔나 플라토노브나, 요즘 어떻게 지내세요?'

'별일 없죠, 친구 양반. 내 생활은 언제나 똑같아요.'

'그런데 저는……, 아, 저는 완전히 지쳐 쓰러질 것 같아요.'

'보아하니 당신도 여전하군요.'

'모든 게 똑같아요. 나는 안 찾아가 본 곳이 없어요. 이미 수치라는 건 다 잊어버렸지요. 부자들에게 모두 찾아가서 부탁을 해 봤어요. 쿠즈네츠키 가에 사는 부자가 가난한 사람들을 도와준다기에 거기도 가봤고, 즈나멘스카야 가에도 가봤어요.' 그녀가 말했어.

'그래서요, 그 사람들한테서 많은 것을 얻어 냈나요?' 내가 말했어.

'3루블씩 얻었어요.'

'그만하면 많이 얻었네요. 내가 아는 상인은 퍄티 가 모퉁이에 사는데, 1루블을 코페이카로 바꿔서 일요일에 나눠주지요. 그러면서 이렇게 하면 백 가지 선행이 되는 셈이야, 라고 말한답니다. 하지만 내 생각에, 페테르스부르크에 사는 어떤 부자도 당신이 필요로 하는 50루블을 공짜로 주지는 않을 거예요.' 내가 말했어.

그랬더니 그녀가 이렇게 말하는 거야. '아니에요. 그런 사람이 있다던데요.'

'누가 당신에게 그런 말을 했죠? 이곳에서 그런 사람을 봤다는 사람이 누구예요?'

'어떤 부인이 그러는데…… 쿠즈네츠키의 부잣집에서 도움을 받으려고 나와 함께 대기하고 있던 여자였는데, 그랬어요. 네프스키 대로에 그리스인이 사는데, 그 사람이 많이 도와준다고.'

'도대체 어떤 위인이기에, 무엇을 어떻게 도와준다는 거죠?' 내가 물었어.

'그냥 그렇게, 단순히 그냥 도와준대요, 돔나 플라토노브나.' 그녀가 말했어.

그래서 내가 말했지. '부탁이니 그런 말도 안 되는 말은 하지 마세요. 완전히 헛소리예요.'

'그 여자가 직접 자기 이야기를 해 줬는데, 왜 그래요? 그녀는 남편과 헤어진 지 이미 6년이 됐는데, 그 집에 찾아갈 때마다 50루블씩 받았대요.' 그녀가 말했어.

'거짓말이에요. 그 여자가 거짓말을 한 거예요.' 내가 말했지.

'아니에요. 거짓말이 아니라니까요.' 그녀가 말했어.

그래서 내가 말했지. '거짓말, 거짓말이라니까. 도대체 이 세
상에 남자가 여자에게 공짜로 50루블을 줬다는 것을 어떻게 믿
겠어요.'

그랬더니 그녀가 이러는 거야. '사실이라는 것을 내가 확인
시켜 줄 수 있어요.'

'그러니까 당신이, 직접 가 봤다는 말이에요?' 내가 말했어.

그랬더니 그녀의 얼굴이 점점 빨개지더니 눈을 어디다 둬야
할지 모르는 거야.

'무슨 생각을 하시는 거예요, 돈나 플라토노브나? 제발 그런
생각은 하지 마세요! 그 사람은 여든 살이에요. 많은 여자들이
찾아오지만 그는 그들에게 아무것도 요구하지 않아요.' 그녀가
말했어.

'그렇다면, 그가 당신의 미모만 보고 즐겼다는 거예요, 뭐예
요?' 내가 말했어.

'미모라고요? 왜 당신은, 내가 거기에 갔었다고 확신하는 거
죠?' 그렇게 말하면서 그녀는 얼굴을 장미처럼 붉히는 거야.

그래서 내가 말했어. '어떻게 확신하지 않을 수 있겠어요. 간
게 분명한데.'

'갔으면 어쩔 거예요? 그래요, 갔었어요.'

'누가 뭐래요, 좋은 집에 갔었다니, 당신의 행운에 몹시 기쁠 뿐이죠.' 내가 말했어.

'그 집에는, 좋지 않은 것은 하나도 없었어요. 나는 그냥 한번 가 봤어요. 그 여자를 찾아가서 내 사정 얘길 했죠…… 처음에 그녀는 모두들 하는 그런 제안을 하더라고요……. 나는 싫다고 그랬어요. 그랬더니 그녀가, 그렇다면, 부자 그리스인한테 한번 가 보지 않을래요? 그 사람은 아무것도 요구하지 않고 괜찮은 여자들에게 많은 도움을 준답니다. 내가 주소를 줄게요. 그 사람 딸이 피아노를 배우는데, 당신은 그냥 선생님인 것처럼 하고 들어가서 그 사람에게 바로 가면 돼요. 당신을 괴롭히는 일은 하질 않을 거예요. 그래도 돈은 얻을 수 있어요, 라고 그러는 거예요. 그 사람은, 말했다시피, 돔나 플라토노브나. 그 사람은 이미 상늙은이에요.' 그녀가 그러더라고.

'전혀, 이해할 수가 없군요.' 내가 말했어.

보니까 그녀는 내가 이해하지 못한다니까 화를 내더라고. 하하, 그런데 내가 그걸 모를 리가 있겠어. 나는 그런 일이 어떤 식으로 전개될지 전부, 아주 잘 알고 있지. 단지 그녀가 조금이라도 양심이 있다면, 수치를 느끼게 해 줄 심산이었지.

'정말, 이해 못하겠어요?' 그녀가 말했어.

'정말, 전혀 이해할 수가 없군요. 그리고 이해하고 싶지도 않고요.' 내가 말했지.

'왜 그렇죠?'

'왜냐하면, 그건 혐오스럽고 추악하기 때문이지, 퉤!' 나는 그녀에게 모욕을 주었어. 그런데 보니까 그녀가 눈을 깜박깜박하더니 내 어깨에 기대서는 입을 맞추고 울면서 이렇게 말하는 거야.

'그러면 도대체 나는 무슨 돈으로 길을 떠나죠?'

'아니 무슨 돈으로 길을 떠나다니? 그가 준 돈으로 떠나면 되잖아요.'

'그 사람은 10루블밖에 안 줬어요.' 그녀가 말했어.

'아니 왜 10루블이죠? 모두에게 50루블을 줬다면서, 왜 당신에겐 10루블밖에 안 줘요?' 내가 물었지.

'그걸 내가 어떻게 알겠어요!' 그녀는 화를 냈어.

분노 때문에 눈물까지 뚝 멈춰버리는 거야.

'음, 그러니까, 그렇지! …… 보아하니 당신이 그의 마음에 들지 않았던 거군요. 아, 당신들, 높으신 부인네들! 그러기에 나 같은 무식한 여편네가, 당신의 그 고귀한 부인보다는 더 점잖은 걸 권하지 않았나요?'

'이제는, 돔나 플라토노브나, 나도 알겠어요.' 그녀가 말했어.

'좀 더 일찍 알았어야죠.' 내가 말했지.

'저, 돔나 플라토노브나…… 이제 결심했어요.' 그녀는 눈을

쌈닭                                                                    177

아래로 내리깔았어.

'무슨 결심을 했는데요?' 내가 물었지.

'그거…… 돔나 플라토노브나, 당신이 말한 대로 하기로……
이제는 어쩔 수가 없다는 것을 알겠어요. 만약에…… 좋은 사람
이라면…….' 그녀가 말했어.

'그렇다면 내가 힘써 보지요. 한번 알아볼게요. 그렇지만 또
까탈 부리지 말아요.' 나는 그녀가 부끄러워하지 않도록 그녀의
말문을 막았어.

'아니, 절대로!' 그녀가 말했어. 보니까 숨을 삼키면서 아주
단호하게 대답하더라고. '예. 힘들더라도 해 주세요. 돔나 플라
토노브나, 까탈 부리지 않을게요.' 잠시 더 앉아서 나는 그 비열
한 디슬렌샤가 그녀를 어떻게 쫓아냈는지 들었어. 이 불쌍한 여
자가 그리스인에게 받은 10루블까지도 빼앗아 버리고 쫓아냈
다더군. 게다가 옷가지들, 그녀가 거기서 입던 루바슈카, 하다
못해 빨랫감까지도 담보로 빼앗아 버리고는 마치 고양이처럼
꼬리를 잡아 길거리에 팽개친 거지.

'그렇죠. 디슬렌샤는 그렇다니까요.' 내가 말했어.

'돔나 플라토노브나, 그녀는 그저 나를 가지고 장사를 하려
는 것 같아요.'

'그 여자에게 뭘 바라겠어요.' 내가 대답했어.

'돈이 있을 때, 나는 그녀를 자주 도와줬어요. 그런데 그녀는

나를 그렇게 심하게 대하는군요.'

'자, 사랑스러운 양반, 오늘날엔 사람들에게 호의를 기대하지 않는 게 좋아요. 요즘엔 당신이 누군가에게 선행을 베풀면 베풀수록, 그 사람은 점점 더 당신을 망치려고만 드니까요. 물에 빠진 놈 건져 놓으니까 봇짐 내놓으라는 격이죠.'

나는 그녀와 얘기를 나누면서도, 그녀가, 그러니까 레카니다 페트로브나 그 나쁜 년이 내게 어떤 식으로 은혜를 갚을지는 전혀 예상도 못했어."

돕나 플라토노브나는 한숨을 쉬었다.

"그녀가 계속 비비적거리고 있기에, 내가 말했지. '무슨 할 얘기라도 있나요? 말해 봐요. 여기엔 허튼 놈은 없어요. 경찰에 달려가 일러바칠 자는 없으니까.'

'언제쯤이죠?' 그녀가 물었어.

'글쎄, 좀 기다려야 돼요. 얼렁뚱땅되는 일이 아니니까.' 내가 말했지.

'돕나 플라토노브나, 저는 있을 곳이 없어요.' 그녀가 말했어.

우리 집엔……. 언제 우리 집에 들르면 자네에게도 보여줄게. 우리 집엔 작은 골방이 하나 있어. 물건을 보관해 두기도 하고, 어떤 처자가 방이 필요하다거나 누군가를 기다릴 장소가 필요하다고 하면 잠시 빌려주기도 하는 곳이지. 마침 그때 골방이 비어 있었어. 그래서 내가 말했지. '들어와서 살아요.'

이사라고 해 봤자 그냥 그대로 눌러 앉으면 되는 거였어. 모든 걸 디슬렌샤, 그 못된 년이 담보로 가로채 버렸으니까.

그녀의 불쌍한 처지를 보고, 나는 그녀에게 입을 것을 주었어. 어떤 상인이 선물로 준 것이었는데, 아주 좋은 옷이었어. 크레프로셀인가 쉬크쉬네인가, 그 옷감이 뭔지는 잊어버렸는데 나한테는 허리 부분이 너무 꼈어. 그 아무짝에도 쓸모없는 재봉사 여편네가 내 생각은 전혀 하지 않은 거지. 솔직히 말하면, 나는 그런 맵시 있는 옷은 별로 안 좋아해. 가슴이 너무 꽉 끼니까 말이야. 그래서 이런 헐렁한 실내복을 입고 다니지.

어쨌든 나는 그녀에게 옷하고 레이스를 줬어. 그랬더니 그녀가 직접 그 옷을 손보더라고. 그리고 레이스로 여기저기 장식을 하니까, 아주 기막힌 옷이 되더라고. 나는 쉬친보크 거리로 달려가서 그녀에게 반장화를 사줬지. 아주 멋진 끈과 술 장식에 뒤축까지 달린 것으로 말이야. 거기에다 옷깃하고 가슴 장식까지 줬다니까. 한마디로, 완전히 다른 사람을 만들어 버렸어. 자기가 보든, 다른 사람이 보든 전혀 손색이 없게 말이야. 나는 도저히 그냥 있을 수가 없어서 그녀에게 농담을 했지.

'정말 그야말로 멋쟁이네요! 어떻게 그렇게 어울리게 꾸밀 수 있죠.'

그 후 우리는 일주일을 함께 보내고, 또 한 주일을 더 살았어. 모든 게 훌륭했지. 나는 내 일을 보러 다녔고, 그녀는 집에 남아 있었어. 그런데 그때 갑자기 보통 여인네가 아니라 정말이지 고귀한 부인, 그러니까 나이가 지긋하신 말하자면, 주여, 용서하소서! 동방의 별과 같은, 그런 부인 댁에 일이 있어 가게 되었어. 그녀는 아들의 가정교사가 되어 줄 대학생을 찾고 있더라고. 나는 진작부터 그녀가 어떤 대학생을 찾는지 알고 있었어.

'말끔한 사람이어야 하네. 빈둥대는 시실리 사람들 같아서는 안 돼. 그런 사람들은 어디에서 비누를 파는지도 모르지.' 그녀가 말했어.

'별 말씀을 다 하시네요? 그런 사람들을 어디에 쓰겠어요!' 내가 말했지.

'그리고 나이가 좀 있어야 하네. 어린아이처럼 보여서는 안 돼, 그러면 아이들이 말을 듣지 않을 테니 말일세.'

'잘 알겠습니다.'

나는 대학생 한 명을 찾아 냈어. 앳된 청년인데도 아주 빈틈없는데다가 물로 헹궈 놓은 듯 말끔했는데, 말귀도 빠르더군. 그 일 덕분에 그 부인 댁에 가서 그녀에게 주소를 전해주면서 이리저리해서 여차여차하니 그를 한번 보시고 맘에 안 들면 다른 사람을 구해 보겠다고 말했지. 얘기를 끝내고 계단을 막 내려오는데, 수위실에서 장군을 딱 만난 거야. 이분으로 말할 것 같으면, 관직에 있긴 했지만 아주 교양이 있었어. 그의 집은 온통 화려함의 극치였지. 거울이며 전등이며 사방에 금칠한 것이 그득하고, 양탄자에 장갑 낀 하인들까지. 게다가 모든 것에서 향기가 풍겼지. 한마디로 그 집에 어울리게 산다고 할 수 있지. 그 집안은 두 층을 사용하고 있었어. 그는 수위실 왼쪽에 있는 방 여덟 개를 혼자 쓰고 있었고, 오른쪽에 있는 반쪽은 결혼한 지 2년째 되는 그의 큰아들이 살고 있었어. 그 아들은 아주 부잣집 여자와 결혼했는데, 그 집에서는 모두들 그녀를 착하다고 엄청 칭찬해 댔지. 그런데 그녀는 폐병을 앓고 있었던 것 같아. 아주 바짝 말랐거든. 그건 그렇고, 그 계단 위쪽에는—아주 넓디넓은 계단으로 온통 꽃으로 치장을 해 놓았지—바로 그 노파가, 꼭 교미장에 있는 검은 뇌조鷦鷯처럼 살고 있었어. 이제 알겠지. 그들이 얼마나 호화롭게 사는지!

장군이 나를 보더니 말했어. '안녕하신가, 돔나 플라토노브나!'

아주 친절한 양반이지.

'안녕하십니까? 나리.'

'안방에서 나오는 길인가?' 그가 물었어.

'그렇습니다. 대감마님, 안부인을 뵙고 오는 길입니다. 옛날 레이스가 있어서요.' 내가 말했지.

'그래, 레이스 말고 뭐 다른 건 없는가?'

'없을 리가 있겠습니까, 대감마님. 선량한 사람들에게는 항상 좋은 것이 있기 마련이죠.' 내가 말했어.

'그래, 우리 같이 좀 걸을까. 공기가 아주 신선하군.'

'이렇게 좋은 날씨는 흔치 않은 법이죠.' 내가 대답했어.

그는 거리로 나갔고, 나는 그의 뒤에, 그리고 마차는 우리 뒤를 따라왔어. 그렇게 우리는 모호바야 거리를 따라 함께 걸었어. 하느님 앞에 맹세하지만 이건 사실이야. 자네에게 말했듯이 그 사람은 정말 깨끗한 양반이라니까!

'그래, 돔나 플라토노브나, 자네가 추천해 줄 수 있는 게 뭐지?' 그가 물었어.

'아주 특별한 겁죠, 대감마님.'

'오, 그래, 정말인가?' 그는 이렇게 대답하면서도 내 말을 믿지는 않았어. 왜냐하면 그는 산전수전 다 겪은 사람이어서, 항상 서커스단이나 발레단 같은 것에 무서울 정도의 관심을 갖고 쫓아다니곤 했어.

'나리 앞에서 자랑은 하지 않겠습니다. 저는 괜한 거짓말을 늘어놓는 사람이 아닙니다. 괜찮으시다면 한번 들러보시죠. 백문이 불이일견이니까요.' 내가 말했지.

'그러니까 허튼소리가 아니라는 뜻이군. 돔나 플라토노브나, 그럴 만한 가치가 있는 물건이란 말이지?'

나는 그에게 대답했어. '더 이상 한 마디도 덧붙이고 싶지 않습니다, 대감마님. 자랑 따위가 필요 없는 물건이니까요.'

'그렇다면 한번 보러 가지.' 그가 말했어.

'황송하지만 언제쯤 오실는지요?' 내가 물었어.

'가까운 시일 안에 한번 들르지.'

'안 됩니다, 대감마님. 날짜를 정해 주시면 기다리겠습니다. 저 역시 집에만 있지는 않으니까요. 늑대라도 먹고살려면 발품을 팔아야 하는 법이지요.' 내가 말했지.

'그렇다면 내일모레 퇴근길에 한번 들르지.'

'좋습니다. 그녀에게 기다리라고 얘기해 놓겠습니다.'

'거기 자네 보따리에 뭐 좋은 게 들어 있는가?' 그가 물었어.

'있습죠. 검은색 비단 레이스인데, 아주 상품입니다.' 이렇게 대답하고 나는 살짝 거짓말을 덧붙였어. '절반은, 절반은 안부인께서 사시고, 꼭 20루블 어치가 남았습니다.'

'그렇다면 내 이름으로 그 레이스들을 그녀에게 전해 주게. 선한 천사가 그녀에게 보냈다는 말과 함께.' 이렇게 농담을 하면서, 직접 25루블짜리 지폐를 주더니 거스름돈은 필요 없다고 말하는 거야. 호두나 사 먹으라고.

그녀를 눈으로 직접 보지도 않고 이런 선물을 한다는 게 놀랍지 않아?

그는 거기 세미오노프 다리에서 마차에 오르더니 가 버렸고, 나는 폰탈카 강변을 따라 집으로 걸어갔지.

'자, 레카니다 페트로브나, 당신을 위해 행운을 찾아냈답니다.' 내가 말했어.

'그게 뭐죠?' 그녀가 물었어.

나는 그녀에게 모든 것을 차근차근 이야기해 줬어. 더 이상 좋을 수가 없다고 그를 칭찬했지. 나이가 좀 들긴 했지만, 훌륭한 용모에 풍채도 좋은데다, 세련되고 금테 안경을 썼다고. 그런데 그녀는 와들와들 떠는 거야.

그래서 내가 말했지. '그를 무서워할 것 없어요. 다른 사람들은 그의 지위 때문에 두려워할 수 있겠지만, 당신이 그와 함께 할 일은 아주 특별한 거니까. 그냥 그가 당신의 손과 발에 키스하도록 내버려 두면 돼요. 어떤 폴란드 여인네는 (그에게 그녀를 소개시켜 준 것도 나예요) 제멋대로인데다가 애인들도 있었는데, 글쎄 그는 그 애인들에게까지 좋은 일자리를 구해 줬지 뭐예요. 그녀가 애인들을 자기 형제라고 속였기 때문이죠. 내 말을 믿어요. 그 사람은 조금도 두려워할 필요가 없다니까. 나는 그를 아주 잘 알아요. 그 폴란드 여자는 그에게 손찌검을 한 적도 있다니까요. 히스테리를 부리면서 손으로 그의 안경을 친 적이 있는데 안경알에 금이 가는 정도였기에 망정이지. 당신도 그 여자한테 뒤지지 않아요. 그리고 여기, 그가 보낸 선물이 있어요.' 나는 레이스를 꺼내서 그녀 앞에 놓았어.

저녁 때 다시 집에 돌아와 보니, 그녀가 자기 스타킹을 꿰매고 있는데 울었는지 온통 눈이 부어 있더라고. 레이스는 내가 놔 둔 그곳에 그대로 있고.

'그걸 받아요. 아니면 내 옷장에라도 넣어 둬요. 그거 비싼 물건이에요.' 내가 말했어.

'그게 내게 무슨 소용이죠?' 그녀가 물었어.

'마음에 들지 않으면, 대신 당신에게 10루블을 줄게요.'

'마음대로 하세요.' 그래, 나는 레이스들이 모두 다 있는지 살펴보고는, 잘 접어서, 재어 보지도 않고 그냥 내 가방에 넣었어.

'난 당신에게 과도하게 받을 생각은 없어요. 그러니까, 당신이 옷값으로 갚아야 할 게 7루블이고, 반장화 값으로 3루블이면, 가만, 계산 끝났네요. 나머지는, 다음에 또 계산하죠.' 내가 말했어.

'좋아요.' 그러더니 그녀는 다시 우는 거야.

'지금 와서 울 건 또 뭐예요.' 내가 말했어.

그랬더니 그녀가 그러는 거야.

'제발 내가 마지막 눈물을 흘리도록 내버려 두세요. 걱정하실 필요 없어요. 겁내지 마세요. 마음에 들도록 할게요!'

'아니, 지금 뭐 하시는 거예요. 부인. 내가 도와줬더니 오히려 화를 내는 거예요? 살다보니 별일 다 보겠네. 기껏 먹여 주고 입혀 줬더니 사람 잡으려고 하네!'

그때부터 난 그녀하고 더 이상 말을 하지 않았어.

목요일이 지났지만 그녀와 말을 하지 않았지. 금요일에 차를 마시고 나가면서 얘기했어. '마님, 준비해 두세요. 그가 오늘 올 거예요.'

그녀는 펄쩍 뛰었어. '왜 하필 오늘이죠! 왜, 오늘이에요!'

'분명히 내가 말했을 텐데요. 그가 금요일에 오기로 했다고. 내 생각에, 어제가 목요일이었던 것 같은데요.'

'사랑스러운 양반, 돔나 플라토노브나!' 그녀는 손톱을 물어뜯더니, 순식간에 내 다리를 잡고 늘어지는 거야.

'왜 그래요, 미쳤어요? 뭐 하는 거예요?'

'구해 주세요!'

'무엇에서, 무엇에서 구해 달라는 거예요?' 내가 말했어.

'저를 지켜 주세요! 불쌍히 여겨 주세요!'

'이게 웬 미친 짓이에요? 당신 자신이 원한 거 아니에요?'

그랬더니 그녀가 다시 손으로 두 뺨을 감싸고는 울부짖는 거야. '아주머니, 내일 하게 해 주세요. 아니 내일모레 하게 해 주세요.'

보아하니 그 바보 같은 여자의 말을 듣고 있을 필요가 없겠더라고. 그래서 문을 쾅 닫고 나가 버렸지. 그가 찾아오면 스스로들 알아서 할 거라고 생각했던 거야. 그런 경우를 한두 번 본 게 아니니까. 언제나 처음에는 그렇게 소동을 피우는 법이야. 자네, 왜 그런 눈으로 나를 보는 거야? 믿어 줘. 나는 사실을 말하는 거야. 모두들 그렇게 죽을 듯이 난리를 부린다니까."

"계속 말씀하세요, 돔나 플라토노브나." 내가 말했다.

"그래, 자네는 그 몹쓸 년이 어떻게 했을 거라고 생각하나?"

"악마가 그녀에게 한 짓을 내가 어떻게 알겠어요!" 나는 쏘아붙였다.

"악마가 그녀를 사주했다는 자네 말이 정말이지 딱 맞는 말이야."

돔나 플라토노브나가 내 예지력을 칭찬했다.

"그런 사람, 그런 고관대작을 그 여자, 그 몹쓸 것이 집 안에도 못 들어오게 한 거야! 문을 아무리 두드리고 벨을 아무리 울려 대도—그녀가 최소한 인기척이라도 냈더라면 좋았을 텐데. 그 교활한 것이 그렇게까지 대담할 줄은 몰랐어! 아니 글쎄, 문을 잠그고는 쥐 죽은 듯이 앉아 있었던 거야. 저녁때 나는 그에게 들렀지—사람들이 들여보내 줬거든—그리고 그에게 물었어. '어디, 제가 나리한테 괜한 말씀을 드렸나요, 대감마님?' 그런데 그는 아주 불쾌한 듯이 얼굴을 잔뜩 찌푸렸어. 그가 이야기하기를, 우리 집에 갔었는데, 그림자 하나 보지 못했다는 거야.

'돔나 플라토노브나, 점잖은 사람을 이런 식으로 대하면 안되지.'

'어르신, 그럴 리가 없는데요! 아마 그녀가 어디 잠깐 나갔거나 듣지 못했을 겁니다.' 이렇게 말하면서 나는 생각했어. '내, 이 상년, 이 못된 년, 이 염치없는 년을 그냥!'

'대감마님, 내일 다시 와 주십시오. 틀림없이 모든 걸 제대로 준비해 놓겠습니다.' 나는 부탁했어.

쌈닭

그렇게 그 집에서 나와 쏜살같이 집으로 달려갔어. 그리고 집에 도착하자마자 소리쳤지.

'이 상년! 너 도대체 무슨 짓을 한 거야? 너 누구 망하는 꼴 보려고 그래? 너하고 네 집, 그리고 너희 온 고을을 다 합쳐도 그 사람 낡은 장화 한 켤레만도 못해! 그 사람은 너희와 너희 동네의 모든 수령들을 한 방에 날려 버릴 수 있는 사람이라고. 어쩌자고 그런 짓을 한 거야, 이 도둑년. 내가 공짜로 너를 먹여 줄 줄 알아? 나도 불쌍한 여자라고. 네 눈에는 내가 이렇게 밤낮 없이 힘들어하는 게 안 보여? 네 눈에는 내가 비천하게 사는 게 안 보여? 이 쓸모없는 기생충 같은 년!'

그때 내가 그녀에게 얼마나 욕을 해 댔던지! 얼마나 내가 무섭게 성질을 내면서 욕을 해 댔는지, 자네는 아마 상상도 못할 거야. 정말이지 그녀의 눈알을 후벼 낼 정도로 화가 났었다니까."

돔나 플라토노브나는 한쪽 눈에서 흘러나온 눈물을 닦았다.

"지금 생각하면 그때 내가 왜 그렇게 그녀를 다그쳤는지 후회가 될 정도라니까.

'너 이 거지 같은 귀족 년! 당장 나가! 여기서 당장 꺼져. 그림자도 얼씬거리지 말라고!' 그러고는 그녀의 팔을 잡고 문가로 내쳐 버렸어. 사람이 화가 나면 무슨 짓이라도 하게 되잖아. 내 입으로 그녀를 내일 그 귀하신 분에게 선보이겠다고 말해놓고는, 오늘 사정없이 쫓아 버리게 되더라고! 그런데 그녀는 이 말을 듣고는 바로 문 있는 데로 가려는 거야.

사실 그녀가 계속 아무 말 없이 서 있을 때 벌써 화가 거의 진정되었는데 그녀가 문 쪽으로 돌아서는 걸 보니까, 다시 천불이 끓어오르는 거야.

'너, 너, 어디, 어디를 가려는 거야?'

그러고는 무슨 말로 그녀에게 욕을 해 댔는지, 지금은 기억조차 나질 않아.

'거기 서. 어딜 감히 가려는 거야!'

'아니에요. 갈 거예요.' 그녀가 말했어.

'간다고? 감히 어딜 가겠다는 거야?'

'당신이 그렇게 화를 내시니, 가는 게 낫겠어요, 돔나 플라토노브나.'

'화를 낸다고! 너, 내가 정말 화내는 걸 보고 싶어? 어디 한번 맞아볼래?'

그러고 나서 소리를 지르면서 문 쪽으로 뛰어가는 그녀의 팔을 잡아 돌려 세워 놓고는 귀싸대기를 여섯 대 정도 불이 나게 갈겨줬지.

'너는 귀부인이 아니라 도둑년이야.'

나는 그녀에게 소리를 질러 댔어. 그녀는 구석에서 온몸을 단풍 잎사귀처럼 떨며 서 있었어. 그러더니 문득 귀족 신분에 자존심이 상한 것 같았어.

'도대체 내가 뭘 훔쳤다고 그러는 거예요?' 그녀가 물었어.

나는 온통 산발이 된 그녀의 머리를 보며 말했어. '엉클어진 머리나 똑바로 해. 네가 뭘 훔쳤냐고? 내가 이주일 동안이나 너 같은 상년을 먹고 마시게 해 주고, 또 신겨 주고 입혀 준 건 뭐지? 나는 한시도 쉬지 않고 끙끙거리며 근근이 살아가면서도 네게 그런 호의를 베풀었는데, 너는 그런 분 심기를 거슬려서 내 마지막 밥줄까지 끊어지게 만들어!'

그러자 그녀는 조용히 머리를 묶더니 단지에 찬물을 받아와서 세수를 하고는, 다시 머리를 풀어 빗더라고. 그리고 창가에 얌전히 앉아서는 엷은 함석판 거울을 조용히 볼에 대고 있는 거야. 나는 안 보는 척하면서 식탁에 식탁보를 깔았지만, 그녀의 볼이 벌겋게 달아오른 것을 다 보고 있었어.

'아, 내가 나쁜 년이지. 그녀를 그렇게까지 모질게 대하는 것이 아닌데!' 하는 생각이 들었어.

식탁에 기대어 생각하면 할수록 그녀가 너무 불쌍해지더라고.

아, 마음이 착한 것도 죄지! 내 마음을 어떻게 추스를 수가 없었어. 그녀가 잘못을 했고, 또 그렇게 혼이 나는 게 당연하다는 것을 알면서도, 그녀가 불쌍하게 느껴진다는 게 화가 났어.

나는 잠깐 밖으로 뛰어나갔어. 그리고 우리 집 아래층에 빵집이 있는데, 거기 가서 카스텔라 열 개를 사 가지고 왔지. 사모바르도 데웠고, 그러고는 차를 따라 카스텔라 한 쪽과 함께 그녀에게 건네줬어. 그녀는 차와 카스텔라를 받아서는, 빵을 조금 베어 물더니, 그냥 물고 있는 거야. 그러더니 갑자기 웃기 시작하더라고. 계속 그렇게 한참을 웃어 댔지. 정말 기쁜 일이라도 있는 듯이 말이야. 그런데 눈에서는 눈물이 뚝뚝 솟구쳐 나오는 거야. 이건 그냥 흐르는 게 아니고, 레몬을 쥐어짤 때 액즙이 솟구쳐 나오는 것 같더라고.

'그만해요. 너무 나쁘게 생각 말아요.' 내가 말했지.

'아니에요. 저는 그냥, 저는 그냥, 저는 그냥……' 그녀는 계속 '저는 그냥'알고 똑같은 말을 반복하는 거야.

'오, 하느님! 그녀가 어떻게 된 것은 아닐까?' 이렇게 생각하면서 그녀에게 물을 뿌렸더니, 그녀는 점차 조용해지면서 안정을 되찾더라고. 그러고는 침대 구석에 앉더니 꼼짝도 않는 거야. 그러니까 나는 점점 더 그녀에게 몹쓸 짓을 한 것 같아 양심이 찔리더라고. 나는 하느님께 기도했어. 내가 므첸스크 군에 있을 때, 사제가 가르쳐준 기도문이 있거든. 정신이 혼란스러울 때 외우라면서 말이야. '거룩하신 왕의 거룩하신 어머니시여. 순결하고 순결하신 분이시여.' 나는 옷을 벗고 속치마 차림으로 그녀에게 다가갔어.

'잘 들어봐요, 레카니다 페트로브나! 성경에 이런 말이 있지요. 해가 지도록 분을 품지 말라, 라는. 심하게 군 것 용서해 줘

요. 우리 화해하자고요!'

나는 그녀 앞에 엎드려 그녀의 손에 입을 맞췄어. 하느님께 맹세하지만, 그건 정말이지 진심에서 우러나온 것이었어. 그랬더니 그녀도 나에게 몸을 숙이고는 내 어깨에 키스를 하고 또똑같이 내 손에도 입을 맞추더라고. 그렇게 우리는 서로를 부둥켜안고 입을 맞춰 댔지.

'내 귀한 양반, 악의가 있거나, 사리사욕을 위해서 그런 것은 아니에요. 당신 좋으라고 그런 거라고요!'

나는 그녀의 머리를 쓰다듬어 줬어. 그랬더니 그녀가 다시 똑같은 말을 반복해 대는 거야.

'괜찮아요, 괜찮아요. 고마워요, 돔나 플라토노브나, 고마워요.'

'내일 다시 그 사람이 올 거예요.' 내가 말했어.

'뭘 어쩌겠어요, 뭘 어쩌겠어요! 좋아요, 오라고 하세요.' 그녀가 말했지.

나는 다시 한번 그녀의 머리를 쓰다듬으면서 머리카락을 귀뒤로 가지런히 넘겨줬어. 그런데 그녀는 가만히 앉아 성화 앞등불을 뚫어져라 보는 거야. 등불이 얼마나 조용히 타오르고 있던지 성화에서 나오는 빛이 그녀를 비추는 것 같았어. 나는 갑자기 그녀의 입술이 무언가 중얼거리는 것을 보았어.

'뭐 하는 거죠? 하느님께 기도라도 하나요?' 내가 물었어.

'아니에요. 아무것도 아니에요, 돔나 플라토노브나.'

'기도하는 건 줄 알았는데. 그렇게 혼자 중얼거리는 건 안 좋아요. 실성한 사람들이나 그러는 거예요.'

'아, 돔나 플라토노브나. 내 생각에도, 내가 실성한 게 아닌가 싶어요. 내가 무슨 짓을 하는 건지! 내가 왜 이런 짓을 하는 건지!' 그러더니 그녀는 갑자기 자기 가슴을 있는 힘껏 때리는 거야.

'뭘 어쩌겠어요? 아마도 당신 팔자가 센가 보죠.'

'어떻게 나한테 이런 운명이 주어질 수 있죠? 나는 정숙한 처녀였어요! 정숙한 아내였다고요! 하느님! 하느님! 도대체 어디 계신 거죠? 도대체 어디에, 당신은 어디에 계신 거죠?' 그녀는 말했어.

'아직 그 누구도, 그리고 그 어느 곳에서도 하느님을 본 사람은 없다고 쓰여 있죠.' 내가 말했어.

'그렇다면 자비롭고 선량한 그리스도교인들은 도대체 어디에 있는 거죠? 도대체 그들은 어디에? 어디에 있는 거죠?'

'여기에 있잖아요.'

'어디요?'

'어디라니, 무슨 말이에요? 온 러시아에, 온통 그리스도교인들이잖아요. 당신과 나도 그리스도교인이고.'

'그렇죠. 그렇죠. 우리도 그리스도교인이죠.' 이 말을 하는 그녀의 얼굴 표정이 무섭게 변했어. 마치 눈에 보이지 않는 무엇

하고 이야기라도 하는 것처럼 말이야.

'그만둬요. 혹시 진짜로 미쳐 버린 거 아니에요? 왜 사람을 그렇게 놀라게 해요? 어떻게 자기 창조주를 불평할 수 있죠?' 내가 말했어.

그러자 그녀는 풀이 죽더니, 또다시 조용히 울먹이면서 신세 타령을 했어.

'어쩌자고 이런 짓을 한 거지? 도대체 내가 왜 그 사람들의 말에 귀를 기울인 걸까? 사람들은 나를 남편과 갈라놓고는 남편이 독재자라고, 야만인이라고 말했어. 그러나 그건 사실이 아니었어. 오히려 그를 못살게 굴고, 그 사람의 인생을 망쳐 놓은 건 나, 욕을 먹어도 싸고 천한데다 변덕스럽기까지 한 바로 나 자신이야. 당신네들! 못된 사람들! 당신네들이 나를 이 지경으로 만들었어. 여기에 황금 산이 있다면서, 불의 강이 있다는 얘기는 전혀 하지 않았어. 이제 남편은 나를 버렸고, 나를 쳐다보려고 하지도 않아. 내 편지를 읽지도 않고, 그런데다 내일이면 나는…… 아!'

그녀는 온몸을 떨었어.

'엄마!' 그녀는 엄마를 부르기 시작했어. '엄마! 귀하신 분, 엄마가 지금 내 모습을 본다면? 엄마처럼 순수하신 분이 지금 무덤에서 나와 내 모습을 보신다면? 우리 엄마가 우리를 어떻게 키웠는데! 우리가 얼마나 행복하게 살았었는데. 언제나 깨끗하게 차리고 다녔지. 우리 집에 있는 것은 모두 그렇게 좋았어. 엄마는 꽃을 좋아하셨고, 자주 내 손을 잡고 멀리까지 가셨지. 초원을 거닐기도 하고⋯⋯.'

그런데 말이지, 이젠 자네도 알겠지만, 내 잠버릇이 정말 이상하잖아. 그녀가 추억하는 것들이 어찌나 아름답던지 그걸 듣다가 그만 갑자기 잠이 들어 버린 거야.

한번 상상해 봐. 그녀 옆에서 잠이 든 거야. 그녀의 침대에서 말이야. 그 차림 그대로, 그야말로 완전히 속치마 차림으로 잠이 든 거야. 다시 한번 말하지만, 나는 완전히 푹 잠을 자거든. 도둑이 들기 전에는 꿈같은 것은 결코 꾸질 않아. 그런데 그날은 꿈에 어떤 숲이, 조그마한 정원이, 그리고 그녀 레카니다 페트로브나가 계속 나타나는 거야. 거기서 그녀는 아주 작고, 귀여웠어. 황갈색 곱슬머리에, 손에는 화관을 들고 있었어. 그리고 그녀 뒤에는 작은 강아지, 아주 하얀 강아지가 따라왔는데, 나를 보고 계속 멍멍 하고 짖는 거야. 마치 화가 나서 나를 물려는 듯이 말이야. 그래서 나는 막대기를 주워서 강아지를 쫓으려고 몸을 굽혔지. 그런데 갑자기 땅 속에서 죽은 사람의 커다란 손이 쑥 올라오더니 여기, 바로 이 자리, 내 뼈를 잡는 게 아니겠어. 나는 펄쩍 뛰었어. 그러고는 잠이 깨어 보니, 팔이 아주 불편하게 비틀려 있었던 거야. 휴, 나는 옷을 입고, 하느님께 기도를 하고는 차를 마셨어. 그녀는 계속 자더라고.

내가 말했지. '레카니다 페트로브나, 일어날 시간이에요. 차는 사모바르의 뚜껑 위에 놓여 있어요. 자, 그럼 나는 먼저 갑니다.'

나는 침대에 누워 있는 그녀의 이마에 키스를 했지. 진심으로 하는 말이지만 내 친딸처럼 그녀에게 가여운 마음이 들었어. 나는 문으로 나가 열쇠를 몰래 빼내서 주머니에 넣었어.

'이렇게 해야 일이 잘 성사되겠지.' 나는 그렇게 생각했던 거야.

나는 장군에게 들렀어, '자, 나리, 이제 제가 할 일은 다 했습니다. 빨리 가보시죠.' 나는 그에게 열쇠를 건네 주었지."

"그래서요, 돔나 플라토노브나, 그걸로 이야기가 끝난 건 아니겠죠?" 내가 물었다.

돔나 플라토노브나는 웃음을 터뜨리더니 이 세상에 얼마나 황당한 인간들이 많은지를 말하려는 듯 머리를 흔들었다.

"일부러 조금 늦게 집에 돌아가 보니 불이 꺼져 있더라고.

'레카니다 페트로브나!' 내가 불렀지.

그녀가 내 침대에서 몸을 뒤척이는 소리가 들렸어.

'자요?' 나는 웃음이 나는 걸 억지로 참고 물어보았어.

'아니요. 안 자요.' 그녀가 대답하더라고.

'왜 불을 안 켰죠?'

'불이 무슨 소용이 있어요?'

나는 촛불을 켜고, 사모바르를 데워 놓고는 차를 마시라고 그녀를 불렀지.

'싫어요.' 그녀는 이렇게 말하고는 벽으로 돌아누웠어.

'그럼, 일어나서 당신 침대로 가기라도 해요. 나도 잘 준비를 해야 되니까.' 내가 말했어.

그녀는 마치 잔뜩 화가 난 늑대처럼 몸을 일으키더니, 양미 간을 찌푸린 채 촛불을 한번 쳐다보고는 손으로 눈을 가리는 거야.

'왜 눈을 가리고 그래요?' 내가 물었어.

'빛을 보는 게 고통스러워요.'

그녀는 이렇게 말하고는 가 버렸어. 그녀가 옷을 벗고 침대에 몸을 던지는 소리가 들렸어.

나도 옷을 벗고는 기도를 올렸지. 하지만 내가 없는 사이에 그들 사이에 무슨 일이 있었는지 궁금해서 견딜 수가 없었어. 또 무슨 불상사가 있었을지 몰라서, 직접 장군에게 가기는 무 서웠어. 그녀에게 물어볼 수밖에 없었는데, 그녀는 전혀 접근할 기회를 안 주지 뭐야. 꾀를 써서 그녀에게 캐낼 수밖에 없다고 생각하고는 그녀의 방으로 갔지.

'레카니다 페트로브나, 내가 없는 사이에 아무도 안 왔나요?'

아무 말이 없었어.

'왜 그래요? 대답하기 싫어요?'

그랬더니 그녀가 화를 내는 거야. '묻기는 왜 물어요?'

'묻기는 왜 묻냐니? 나는 여기 집주인이에요.'

'전부 다 잘 알잖아요.' 이렇게 말하는 그녀의 말투는 이전과는 완전히 달랐어.

물론 나는 무슨 일이 있었는지 감을 잡았지.

그녀는 계속 한숨만 쉬었어. 내가 잠이 들 때까지도 한숨 소리가 계속 들리더라고."

"그게 끝이죠, 돔나 플라토노브나?" 내가 물었다.

"첫 번째 막은 끝이 났지."

"그럼 두 번째 막이 또 있다는 건가요?"

"두 번째 막에서는 그 파렴치한 년이 나에게 등을 돌리게 되지. 두 번째 막에서는 말이야."

"뭐라고요, 돔나 플라토노브나? 정말 재미있군요. 어떻게 그럴 수가 있죠?" 내가 물었다.

"그거 세상사가 그렇지. 사람이란 자기에게 조금이라도 힘이 있다고 느끼면 곧바로 돼지가 되거든."

"그럼 그 즉시 그녀가 당신을 대하는 태도를 바꿨나요?"

"바로 그 자리에서 그렇게 됐지. 바로 그 다음날 그녀는 자기 본색을 드러냈어. 그 다음날 나는 평상시처럼 제 시간에 일어나 사모바르를 올려놨어. 그러고는 그녀의 침대 옆에 앉아 말했어.

'일어나요, 레카니다 페트로브나. 어서 씻고 아침 기도를 드려요. 차 마실 시간이에요.'

그녀는 아무 말도 안 하고 벌떡 일어나더라고. 그런데 보니까, 주머니에서 지폐가 떨어지는 거야. 나는 지폐를 주우려고 몸을 굽혔지. 그랬더니 그녀가 갑자기 매처럼 달려드는 거야.

'건드리지 말아요!' 그녀는 그렇게 말하면서 지폐를 가로채더라고.

보니까 백 루블짜리 지폐지 뭐야.

'뭘 그렇게 으르렁거립니까, 마님?' 내가 말했어.

'으르렁거리든 말든 내 맘이죠.'

'진정하세요, 아가씨. 나는 디슬렌샤가 아니에요. 우리 집에서 당신 것을 빼앗아갈 사람은 없어요.'

그녀는 한마디 대답도 하질 않았어. 내가 준 차를 마시면서도, 나를 쳐다보려고 하지는 않더라고. 자네도 한번 생각해 봐. 그런 일을 당하면 누구나 마음이 편하질 않지. 하지만 나는 그녀를 그냥 내버려뒀어. 그녀가 또 제정신이 아니라고 생각한 거지. 그도 그럴 것이 그녀가 목이 넓게 파인 루바슈카를 입고 있어서, 가슴이 덜덜 떨리는 것이 다 보이더라고. 자네한테 몇 번 이야기했지만, 그녀의 몸은 꼭 비단 위의 솜털처럼 하얗고 장밋빛이 나는데, 그때만은 그녀의 몸이 검게 보이는 거야. 그리고 맨살이 드러난 어깨에는 온통 한기가 든 것처럼 소름이 돋아 있었어. 온실의 화초처럼 자란 사람에게 첫눈은 고통스러운 법이지. 나는 아무 말도 하지 않았지만 그녀가 가엽기만 했어. 그래서 그녀가 실제로 얼마나 독한지는 상상도 못했다니까.

저녁 때 집으로 돌아와 보니 그녀가 등불 앞에 앉아 새 루바슈카를 꿰매고 있더라고. 또 그녀 앞의 식탁 위에는 마름질한 루바슈카가 서너 벌 정도 놓여 있었어.

'이거 얼마 주고 산 거죠?' 내가 물었어.

그랬더니 그녀는 아주 작은 소리로 대답하는 거야.

'제가 부탁했지요, 돔나 플라토노브나, 말 걸지 말라고.'

그녀는 전혀 화난 기색도 없이 아주 침착하더라고. 그래, 내가 그런 식으로 나온다면 나도 생각이 있지, 라고 생각한 후에 그녀에게 말했어.

'레카니다 페트로브나, 나는 이 집의 주인이에요. 무슨 말이든 할 수 있어요. 내 말이 당신 마음에 들지 않아서 불편하다면, 편한 곳으로 가세요.'

'걱정하지 마세요. 나갈 테니까요.'

'하지만 그 전에 계산은 해야지요. 점잖은 사람들은 계산하지 않고 떠나는 법이 없으니까요.'

'다시 한번 말하지만 걱정하지 마세요.'

'걱정 안 해요.' 나는 그렇게 대답하고는 그녀에게 계산을 해줬어. 한 달 반 집세가 10루블, 먹고 마신 것이 15루블, 차 값이 적어도 3루블, 그러니까 31루블이었어. 그런데 그만 양초 값은 빼먹었고, 또 두 번이나 그녀를 목욕탕에 데리고 간 것도 잊어

버렸어.

'좋아요. 전부 계산해 드리죠.' 그녀가 대답했어.

다음날 저녁에 다시 집에 돌아와 보니, 그녀가 또 셔츠를 꿰매고 있는 거야. 맞은편 옷걸이에는 검정색 공단으로 만든 숄이 걸려 있는데, 그로데나플 산 털로 안감을 댄 멋진 것이었어. 그러자 또 속이 끓어오르더군. 이런 것들을 갖게 된 것은 전부 내 덕분, 바로 내가 도와준 덕분인데, 그녀가 나 없이 나 몰래 이런 것들을 사들였다고 생각해 봐.

'내 생각에 숄 같은 것은 빚을 갚은 후에 샀어도 될 것 같은데요.' 내가 말했어.

내 말이 떨어지자마자 그녀는 희고 작은 손을 주머니에 쑥 집어넣더니, 거기서 종이뭉치를 꺼내 주지 않겠어. 보니까 그 속에 정확히 31루블이 들어 있지 뭐야.

돈을 받고는 말했지. '감사드립니다, 레카니다 페트로브나 마님.' 알겠어? 나는 그녀에게 일부러 깍듯하게 존칭을 썼어.

'천만의 말씀을요.' 이렇게 대답하면서 그녀는 날 쳐다보지도 않는 거야. 그러고는 하던 일에서 눈도 떼지 않고 계속 바느질만 했어. 왔다 갔다 하는 바늘만 보였지.

'너 이 시퍼런 능구렁이 같은 년, 어디 두고 보자. 나하고 계산이 끝났다고 그렇게 우쭐거리지 말라고.' 나는 생각했어.

'레카니다 페트로브나, 당신은 내게 빚진 걸 갚았는데, 그동안 내가 들인 공은 어떻게 갚을 생각이죠?' 내가 물었어.

'무슨 공을 말하는 거죠?' 그녀가 물었어.

'꼭 설명을 해야 되나요? 본인이 잘 아실 텐데요.' 내가 말했지.

그런데 그녀는 계속 바느질을 하고 골무로 바느질한 부분을 다듬으면서, 나는 쳐다보지도 않는 거야.

'당신 공에 대한 보상은 그것을 필요로 했던 사람에게 알아보세요.'

'그런데 그것을 가장 필요로 했던 사람은 당신 아닌가요?' 내가 말했어.

'아니요. 그런 것은 필요 없었어요. 그건 그렇고 부탁인데, 나 좀 조용히 놔두세요.' 그녀가 말했어.

어떻게 저렇게 뻔뻔스러울 수가! 그렇지만 나는 개의치 않았어. 개의치 않고 그냥 놔뒀지. 아무 말도, 한마디도 하지 않았어.

다음날 아침 차 마실 시간에 보니까 그녀가 짐을 다 쌌더라고. 밤에 꿰맨 루바슈카는 입었고, 아직 다 꿰매지 않은 것들은 보자기 속에 개켜 넣었더군. 그녀는 몸을 굽혀 침대 밑에서 상자를 끌어내더니 거기서 모자를 하나 꺼내더라고. 아주 멋진 모자였어. 정말 그녀에게 잘 어울리더라고. 그녀는 그걸 쓰고는 '안녕히 계세요, 돔나 플라토노브나'라고 말하는 거야.

나는 그녀가 다시 내 친딸처럼 가여워졌어. 그래서 말했지.

'잠깐만 기다려요. 잠깐 차라고 한잔 하고 가요.'

'정말 감사드려요. 하지만 차는 우리 집에서 마시겠어요.' 그녀가 말했어.

이해하겠니? '우리 집'이 뭘 말하는지! 그래, 아무렴 어때. 나는 이 말도 못 들은 척했어.

'근데 대체 어디서 사실 작정인데요?' 내가 물었어.

'블라지미르 가의 타르호프 집에서요.'

'내가 아는 집이죠. 훌륭한 집이에요. 문지기들이 건달들이기는 하지만요.' 내가 말했어.

'문지기들하고는 상관할 일 없어요.'

'당연하지요, 암요, 당연해요! 거기에다 방이라도 빌렸나 보죠?'

'아니에요. 독채를 얻었어요. 가정부와 함께 살 거예요.' 그녀가 대답했어.

아, 이제야 알겠군!

'아하, 영리하시네요, 정말 영리해요! 그런데 왜 나한테는 남편한테 가고 싶다고 연막을 친 거죠?' 농담조로 말하며 나는 손가락으로 그녀를 위협했어.

'당신 생각에는, 내가 당신을 속인 것 같은가요?' 그녀가 말했어.

'당연하지요. 그럼 아닌가요! 떠날 생각이었다면, 독채를 얻

을 리가 있겠어요?' 내가 말했어.

'아, 돔나 플라토노브나! 당신은 정말이지 답답해요. 당신은 전혀 이해를 못 하는군요.'

'자, 귀여운 마나님, 나를 속일 생각일랑 하지 말아요. 내 눈엔 당신이 이 일을 어떻게 자신에게 유리하게 만들었는지 다 보이는걸요.'

'무슨 말을 하는 거예요? 정말이지 나 같은 못된 년이 남편에게 갈 거라고 생각했나요?' 그녀가 말했어.

'아, 마나님, 왜 그렇게 자신을 나쁘게만 여기나요! 당신보다 몇 배나 더 나쁜 짓을 하고도, 남편과 함께 사는 사람들이 얼마나 많은데요.' 내가 대답했어.

그러자 벌써 문지방까지 나선 그녀가 갑자기 웃는 거야. 그리고 말했지. '아니에요, 돔나 플라토노브나, 화낸 것, 용서하세요. 이제 보니 당신에겐 화를 내서는 안 되겠군요. 당신은 정말이지 어리석기 짝이 없으니까.'

이별의 말 대신 한 말이 바로 그거야! 어때, 자네 맘에는 드나? 나는 그녀의 뒷모습을 보며 생각했어. '내가 아무리 어리석어도 너보다는 똑똑할걸. 어쨌든 교육까지 받은, 똑똑한 너를 상대로 내가 하고 싶은 것은 다 했으니까.'

그렇게 그녀는 떠나갔어. 싸우고 헤어진 건 아니지만 어쨌든 개운하게 헤어진 건 아니지. 그 후로 나는 그녀를 보지 못했어.

내 생각에는 한 일 년 이상은 보지 못했던 것 같아. 그동안에 나는 하느님의 은총으로 일이 참 많았지. 상인 네 명을 결혼시켰고, 부대장 딸 한 명을 시집보냈고, 7등 문관 한 명을 상인의 미망인과 결혼시키는 등, 여러 가지 일들이 계속 생겼어. 그리고 또 고향에서 보내온 물건들도 받아서 처리했지. 그렇게 시간이 흘러갔어.

그런데 한번은 이런 일이 생겼어. 그러니까 내가 레카니다를 소개해 주었던 바로 그 장군 집엘 가게 된 거야. 그 집 새색시에게 들른 거지. 나는 그 집 아들하고도 오래전부터 알고 있었는데, 정말 그 아버지에 그 아들이었지. 그런데 그 집의 젊은 색시가 레이스 1만 틸라를 팔겠다고 그러 거야. 그런데 그녀는 집에 없더라고. 미트로파니 성자를 만나려고 보로네쉬에 갔다는 거야.(당시 러시아의 귀부인들은 휴양을 하며 삶의 조언을 얻기 위해 성자로 알려진 성직자들을 찾아 숲 속의 수도원을 방문했다—옮긴이)

간만에 주인어른이나 한번 보고 갈까, 하는 생각이 들었지.

뒤로 통로로 올라가 보니 아무도 없었어. 조용히 사뿐사뿐, 한 방을 지나, 또 다른 방을 지나는데, 갑자기, 하느님 맙소사, 레카니다의 목소리가 들리는 거야.

'사랑하는 나의 임!' 바로 그녀의 목소리였어.

'나는 당신을 사랑해요. 이 세상에서 당신만이 내 유일한 행복이랍니다.'

정말 굉장하군. 나의 레카니다 페트로브나가 아버지뿐만 아니라 아들하고도 정사를 벌이다니, 나는 그렇게 생각했어. 나는 들어올 때처럼 사뿐사뿐 뒷걸음질을 쳐서 밖으로 나왔지. 나는 어떻게 그녀가 이 젊은 친구를 알게 되었는지 캐내었어. 얘기는 이렇게 된 거야. 그 젊은이의 아내가 그녀를 불쌍히 여겨서 그녀를 몰래 찾아갔던 거야. 그렇게도 교양 있고 정숙한 여인이 그렇게 된 것이 너무도 불쌍했던 거지. 그런데 그 레카니다란 년은 나에게 했던 것보다 별반 나을 게 없이 그녀에게 감사의 표시를 한 거야. 그렇지만 그건 나와는 상관이 없는 일이지. 나는 그 모든 걸 알고도 가만히 있었어. 게다가 그녀의 이런 악덕을 눈감아 주면서 티도 안 냈어. 그런 식으로 또 거의 일 년이 지나갔지. 레카디나란 년은 그때 키르피치느이 골목에 살고 있었어. 대금욕기간의 네 번째 주에 교회에 가려고 키르피치느이 골목을 지나가는데 그녀가 살고 있는 집이 보이는 거야. 그런데 문득 이런 생각이 들었어. 이렇게 오랫동안 레카니다 페트로브나하고 사이가 안 좋게 지내다니. 성체와 성혈을 받으러 가는 마당인데, 그녀에게 들려 화해를 하자! 그래서 갔지. 집 안 장식이 그야말로 대단하더군. 하녀도 꼭 무슨 귀족 아가씨 같더라고.

'레이스 상인 돔나 플라토노브나가 뵙기를 원한다고 전해 주세요, 아가씨.' 내가 말했어.

그녀가 응접실에 들어갔다가 나와서 말했어. '들어오세요.'

응접실로 들어갔어. 거기도 휘황찬란했지. 소파에는 바로 그 레카니다가 장군의 며느리와 함께 앉아 있었어. 둘은 커피를 마시고 있었지. 레카니다는 아무 일도 없었다는 듯이, 마치 바로 어제 헤어진 것처럼 내게 인사를 건네었어.

나 역시 아주 허물없이 말했어. '잘 살고 계시는군요, 귀여운 양반. 더욱 잘 지내시길 기원합니다.'

그러자 그녀가 갑자기 프랑스말로 장군의 며느리와 이야기를 나누는 거야. 그들이 나누는 말을 전혀 알아들을 수가 없더라고. 그래서 그냥 바보같이 앉아서 방을 둘러보는데, 하품이 나오기 시작했어.

'아, 돔나 플라토노브나, 커피 드실래요?' 갑자기 레카니다가 말했어.

'그럴까요. 한 잔만 주시죠.' 내가 말했어.

그녀는 곧바로 은종을 울려 하녀를 불렀어. '다샤, 돔나 플라토노브나에게 커피를 마시게 해 줘요.'

그때 나는 바보같이 마시게 '해 줘요'라는 말이 무슨 뜻인지 금방 알아채질 못했어. 그래서 한 10분 정도 있다가 그 다샤라는 계집이 다시 들어와서 그녀에게 말하는 것을 그냥 가만히 듣고만 있었지.

'준비됐습니다, 마님.'

'좋아요.' 레카니다는 그렇게 대답하더니 나를 보고 말하는
거야.

'가보시죠, 돔나 플라토노브나, 그녀가 커피를 마시게 해 줄
겁니다.'

오, 그래 이런 식으로 내 울화통을 터뜨린단 말이지! 나는 그
녀를 바닥에 내동댕이치려다가 겨우 참았어. 그리고 일어나서
말했지.

'아닙니다. 당신의 접대는 정말이지 고맙습니다, 레카니다
페트로브나. 내 비록 가난한 여편네이긴 하지만, 내가 마실 커
피 정도는 있습니다.'

'왜 그렇게 화를 내죠?' 그녀가 말했어.

'당신은 내가 주는 빵과 소금(빵과 소금으로 손님을 맞는다는 것
은 환대를 했다는 러시아의 관용어—옮긴이)을 먹었으면서, 나를 하
녀에게 보내 버리다니요. 화가 나지 않을 수가 있나요.' 나는 그
녀의 눈을 똑바로 보며 말했어.

'하지만 우리 다샤는 정숙한 아가씨랍니다. 그녀와 함께 커
피를 마신다고 기분 나빠할 건 없어요.' 그녀는 웃고 있는 것 같
았어.

너, 이 뱀 같은 년, 내가 가슴에 품어 주었더니, 이제는 내 배
위를 기어 다녀, 라고 생각하며 이렇게 말했지.

'나는 이 처녀를 무시하려는 게 아닙니다. 다만, 레카니다 페

트로브나, 당신이 나를 당신의 하녀와 한 식탁에 앉게 하는 것이 말이 안 된다는 거지요.'

'왜 말이 안 되나요, 돔나 플라토노브나?' 그녀가 물었어.

'왜냐하면, 마님, 당신은 전에 어떤 사람이었는가를 기억해야 하니까요. 당신이 지금 이럴 수 있는 것이 누구 덕분인지 생각해보시죠.'

'내가 정숙한 여자였다는 것을 아주 잘 기억하고 있어요. 그런데 지금 이렇게 더러운 여자가 되어 버린 것은 바로 당신 때문이죠. 바로 당신의 호의 때문이라고요. 돔나 플라토노브나.' 그녀가 말하더군.

'그래, 정말 옳은 말이야. 당신은 더러운 여자 그 이상도 그 이하도 아니지. 아무리 여기가 당신 집이라고 해도 나는 두려울 게 없어. 당신은 더러운 여자였고, 지금도 더러운 여자야. 그리고 당신을 더러운 여자로 만든 것은 내가 아니야.'

나는 그렇게 말하고 내 손가방을 집어 들었어.

'잘 있어요, 훌륭한 부인 마님!'

그런데 그때 폐병에 걸려 약하디 약한 장군의 며느리가 벌떡 일어섰어.

'어떻게 감히 당신이 레카니다 페트로브나를 모욕할 수가 있죠?'

'예, 감히 그럴 수 있습니다. 마님!' 내가 말했지.

'레카니다 페트로브나는 아주 선량한 여자예요. 내가 있는 곳에서 그녀를 모욕하는 것은 결코 참을 수 없어요. 그녀는 내 친구니까요.' 그녀가 말했어.

'좋은 친구죠!' 내가 말했어.

그러자 이번엔 레카니다 년이 벌떡 일어서더니 소리를 치는 거야.

'나가! 이 나쁜 년!'

'뭐! 나쁜 년이라고? 그래, 나는 나쁜 년이야. 그렇지만 낯선 유부남들과 정사를 벌이지는 않아. 내가 아무리 나빠도, 아버지와 아들을 번갈아가며 홀리는 그런 짓은 하지 않는다고! 죄송하지만, 마님, 당신의 친구는 정말이지 모든 면에서 훌륭한 친구랍니다.' 내가 말했어.

'거짓말하지 말아요! 나는 당신의 말을 믿지 않아요. 당신은 화가 나서 레카니다 페트로브나에게 이런 말을 하는 거예요.' 그녀가 말했어.

'그렇다면, 기왕 화를 내는 김에 남은 얘기를 다 하지요. 레카니다 페트로브나, 미안하지만, 이제 당신은 끝장이야.'

그러고는 내가 그때 들었던 것을 모두, 그러니까 레카니다 페트로브나가 그녀의 남편과 함께 지껄였던 것을 전부 이야기해버렸어. 그런 다음 탁자 위에 있던 것을 전부 엎어버리고는 나와 버렸지."

"그래서요, 돔나 플라토노브나?" 나는 물었다.

"그 일이 있은 후에 노인이 그녀를 버렸지."

"그럼 아들은요?"

"아들하고는, 돈 때문이 아니었어! 아들하고는 흔히 말하는 순전한 사랑 그 자체였지. 이제 자네도 알겠지만, 그런 걸레 같은 여자도 사랑 없이는 살아갈 수가 없었던 거야. 어쩌겠어! 바지를 안 입은 형사는 있을 수 없잖아. 그때부터는 물론 사랑 없이 살아야 했지만."

"어떻게 그녀가 사랑 없이 살아갈 수밖에 없다는 것을 알았죠? 내가 물었다.

"어떻게 모를 수가 있겠어! 그렇게 살아갈 수밖에 없잖아. 지금 그녀가 그렇게 살아가고 있듯이, 오늘은 이 공후에게, 내일은 다른 공작에게, 또 오늘은 영국인에게, 내일은 이탈리아인이나 스페인 사람에게. 그렇게 사는 거지. 이제는 사랑이 아니라 돈이 문제지. 마치 무엇에 홀린 사람처럼 사냥하듯 상점을 훑고 다니기도 하고 또 멋진 준마가 끄는 마차를 타고 네프스키 거리를 이리저리 돌기도 하면서……."

"그러면 그 이후로 그녀를 다시는 보지 못한 거로군요?"

"아니야. 그녀에게 원한을 품은 건 아니었지만, 더 이상 그녀를 찾아가지는 않았지. 그런데 올 가을에 모르스카야 거리에 있는 어느 부인 집에서 나오다가 그녀와 마주쳤어. 마침 그녀가

싸닭                                                                 215

계단을 올라오고 있더라고. 나는 길을 비켜 주며 말했지.

'안녕하신가요, 레카니다 페트로브나!'

그랬더니 갑자기 새파래져서는 내 코앞까지 몸을 굽혀 절을 하더니 친절한 얼굴로 이렇게 대답하는 거야.

'안녕하신가, 이 나쁜 년아!'

나는 터져 나오는 웃음을 참을 수가 없었어.

하느님 맙소사! '안녕하신가, 이 나쁜 년아!'라고 그녀가 말한 거야. 그래서 나는 이렇게 말해 주려고 했어. '못된 마님, 당신이나 이제 나쁜 짓 하지 말라고.' 그러다가 그녀 뒤에 하인이 서 있는 걸 보고는 그만두었어. 그의 손에는 커다란 우산이 들려 있었거든. 그래서 나는 한쪽으로 비켜 주었어. 그야말로 프랑스 왕후 같더라고."

# 4

돔나 플라토노브나가 나에게 레카니다 페트로브나의 이야기를 들려준 지 5년이 지났다. 그 5년 동안 나는 페테르스부르크를 떠났다가 다시 돌아와 잠들지 않는 그곳의 굉음을 들었고, 창백하고 걱정이 가득한 찌든 얼굴들을 보았으며, 증발되어 스멀스멀 기어 올라오는 악취를 호흡했고, 또 그곳 백야의 결핵에 걸린 듯한 인상에 짓눌려 우울한 생각들에 끌려 다니고 있었다. 돔나 플라토노브나는 그대로였다. 어디에서나 그녀는 우연처럼 나를 찾아내 허물없는 친구로서 키스와 포옹으로 인사를 건네었다. 그리고 또 언제나 인간들의 간악한 음모에 관해 끊임없이 불평했는데, 하필 그 인간들은 그들의 희생물로, 장난감으로 꼭 그녀, 돔나 플라토노브나를 선택한다는 것이었다. 돔나 플라토노브나는 나에게 지난 5년간 있었던 다양한 일들에 관해 들려주었는데, 그녀는 언제나 자기의 선량함과, 어려움에 처한 사람들을 위한 노력 때문에 자신이 무시당하고, 모욕 받고, 화를 입는다고 했다.

나의 선량한 돔나 플라토노브나의 재미있고 소박한 이야기들은 다채롭고 기이했으며 또 온갖 모험으로 가득 찬 것이었다. 나는 그녀에게서 여러 결혼과 죽음, 유산 문제, 절도와 사기 같은 것에 대해, 모든 공공연하고 비밀스러운 악덕에 관해, 페테르스부르크의 온갖 미스터리와 여러 사람에 관해, 교훈이 담긴 여러 사람의 모험과 나의 친애하는 레카니다 페트로브나의 동향 여인들에 관해 들었다. 또 자유로운 볼가강에서, 사라토프의 광활한 초원에서, 고요한 오카강에서, 그리고 축복받은 황금의 땅 우크라니아에서 생기 넘치고 건강한 육체, 곧잘 흥분하면서도 악의라고는 없는 마음씨, 운명과 우연에 거는 여러 사람의 말도 안 되는 희망, 그리고 아무짝에도 쓸모없는 힘을 믿고 페테르스부르크를 찾아온 여러 사람에 관한 많은 이야기를 들었다.

하지만 우리의 친구인 돔나 플라토노브나의 이야기로 돌아가자. 관대한 독자들이여, 당신이 누구든, 내가 돔나 플라토노브나를 우리의 친구라고 불렀다는 것에 대해 기분 나빠하지 않기를 바란다. 모든 독자들이 셰익스피어를 조금이라도 알고 있다는 전제 하에 햄릿의 저 말을 상기해 보기 바란다. 즉 '모든 인간을

그들이 행한 공로대로 판단한다면, 그 누가 화를 면할 것인가?'
인간의 가장 신성한 부분을 파고들기란 어려운 법이다.

　이런 식으로 나와 돔나 플라토노브나는 언제나 사이좋게 지
내며 우정을 나누었다. 그녀는 자주 나를 찾아왔고, 또 언제나
일 때문에 어디론가 서둘러 갔지만, 그래도 한 시간 정도는 머
물렀다. 나 역시 두세 번 정도는 즈나멘스카야 교회 근처에 있
는 돔나 플라토노브나의 집을 찾아가, 레카니다 페트로브나가
자포자기할 때까지 은신했던 작은 방을 보았고, 또 돔나 플라
토노브나가 그녀를 달래려고 카스텔라 빵을 샀던 그 빵집을 보
았다. 그리고 끝으로 행복을 찾아 페테르스부르크에 왔다가 돔
나 플라토노브나의 집 '레카니다의 자리'에 머물게 된, 두 명의
젊은 '처자'들도 보았다. 그러나 나는 결코 돔나 플라토노브나
가 어떤 여정을 거쳐 지금의 상황에 이르게 되었는지, 그리고
또 언제나 자기 자신만이 옳고, 다른 모든 것은 기만일 뿐이라
는 그녀 특유의 확신에 이르게 되었는지를 알아낼 수는 없었다.
돔나 플라토노브나가 언제나 하는 말, '애, 걔-걔-걔! 자네 나
와 싸울 생각일랑 말게. 이건 내가 자네보다 더 잘 알고 있으니
까', 라는 그 말을 하기 전에 그녀에게 과연 어떤 일이 있었는지
몹시 궁금했다. 또한 나는 주샤강(오카강의 지류로 므첸스크 군을
경유한다―옮긴이)의 축복 받은 상인 가정이 과연 어떠했을지 궁
금했다. 어떤 가정이었기에 거기서 자란 이 둥글둥글한 돔나 플

라토노브나에게서 기도와 금욕과 그녀가 자랑하는 고유한 순결함과 또 사람들에 대한 동정심이, 뚜쟁이의 능숙한 거짓말과 사랑을 위한 결혼이 아니라 잇속을 위한 짧은 계약 결혼을 성사시키는 교묘한 능력 같은 것들과 함께 나타날 수가 있을까 궁금했다. 나는 어떻게 이 모든 것들이 한 사람의 마음속에, 그 살찐 가슴속에 스며들어 저토록 놀랍게 융화될 수 있었을까 생각해보았다. 어떻게, 울고 있는 레카니다 페트로브나의 따귀를 올려붙이기 위해 손을 들어 올리고서도, 그녀에게 카스텔라를 사 주기 위해 다리를 움직이는 두 가지 감정이 공존할 수 있었을까? 레카니다 페트로브나의 엄마가 그녀를 얼마나 정결하게 키웠는지 꿈속에서 보며 고통스러워하던 마음, 그 마음이, 어떻게 돼지 같은 남자를 데려와 레카니다 페트로브나를, 더 이상 걸어 잠근 문 안에서 자신을 보호할 수 없게 된 이 여인을 더럽히게할 때도 똑같이 고요하게 고동칠 수가 있었을까!

　나는 돔나 플라토노브나가 이 일을 사업 삼아 하는 것이 아니라는 것을 깨달았다. 그러니까 그녀는 페테르스부르크식으로 여자가 궁핍에서 벗어나려면 스스로 타락하는 것 외에 어쩔 도리가 없다고, 그것이 거스를 수 없는 법이라고 간주했던 것이다. 그럼에도 돔나 플라토노브나, 당신의 정체는 무엇인가? 도대체 누가 당신에게 이 모든 것을 알려 주었고, 이러한 길로 들어서게 했는가? 그러나 돔나 플라토노브나는 그렇게 말하는 것을 좋아하면서도 자신의 과거에 관계된 일은 한마디도 입 밖에 내지 않았다.

그러나 전혀 예기치 않게 기회가 찾아왔다. 내 쪽에서 전혀 수를 쓴 것도 없는데 돔나 플라토노브나가 나에게, 그녀가 얼마나 단순했는지, 그리고 '사람들이' 그녀에게 어떤 가르침을 주어, 그녀가 지금처럼 콩으로 메주를 쑨다고 해도 믿지 않게 되었는지를 얘기해 준 것이다. 친애하는 독자들이여, 돔나 플라토노브나의 이 이야기에서 결코 완결될 것을 기대하지 마라. 이것은 페테르스부르크에 사는 이 활동적인 여성의 지적 발전 과정에 대해서도 해명해 주는 것이 별로 없을 것이다. 내가 여러분에게 돔나 플라토노브나의 이야기를 전하는 이유는 약간의 재미를 주기 위해서이며, 어쩌면 당신들에게 분명하게 드러나지는 않아도 무서운 힘을 지닌 '페테르스부르크의 물정'에 대해 한번쯤 생각할 기회를 주기 위해서다. '페테르스부르크의 물정'이라는 것은 돔나 플라토노브나나 그와 비슷한 존재를 생성시키고 발달시킬 뿐만 아니라 동시에 무턱대고 물속으로 뛰어드는, 레카니다 같은 사람들을 그녀의 손아귀에 넘겨주는 그러한 것을 말한다. 그런 '페테르스부르크의 물정' 때문에 다른 곳 같으면 레카니다 같은 여인에게 천하디 천한 사람, 기껏해야 재담꾼 정도밖에 되지 못할 돔나 같은 여자가 페테르스부르크에서는 전제군주와 같은 존재가 되는 것이다.

# 5

페테르스부르크에서 나는 병이 들었었다. 당시 나는 콜롬나에 살고 있었다. 나의 집은, 돔나 플라토노브나의 표현대로, '약간 특이했다.' 그 집은 고풍스러운 나무집으로 두 개의 큰 방이 있었는데, 주인은 작고 나무처럼 비쩍 마른 상인의 아내였다. 그녀는 최근 매우 신앙이 깊었던 남편을 여의고, 미망인으로 고리대금업을 하면서, 그녀가 이전에 침실로 썼던, 3인용 침대가 있는 방과 그 방에 붙어 있는 응접실을 세놓았는데, 그 응접실에는 그녀의 죽은 남편이 그 앞에서 매일 기도하던 엄청나게 큰 성상제단이 있었다.

나는 홀이라고 불리는 곳에 살았는데, 그곳에는 진짜 러시아 가죽 소파와, 완전히 색이 바랜 보라색 플러시 천에 비단술이

달린 식탁보로 덮은 둥근 탁자와, 구릿빛 흑인 형상이 달린 탁상시계와, 양각으로 형상이 새겨진 벽난로가 있었는데, 그 벽난로의 벽감에는 약초술이 놓여 있곤 했다. 그리고 또 상품의 유리로 된 긴 거울이 있었는데, 거울의 위쪽 테두리에는 청동 하프가 달려 있었다. 벽에는 고故 알렉산드르 1세의 유화 초상화가 걸려 있었고, 그 옆에는 석판화가 있었는데, 이것은 아주 무거운 금색 틀을 두른 유리 액자 안에 들어 있었다. 이 석판화는 제노베바 여왕(약 422-502년. 프랑스 파리의 수호성인—옮긴이)의 생애를 담은 네 개의 장면을 묘사한 것이었다. 보병 군복을 입은 나폴레옹 황제와 기병 군복을 입은 나폴레옹 황제도 있었다. 그리고 어떤 산의 정상, 자기 집에서 물장난을 치는 개와 안나 흉배에 메달을 단 상인의 초상화가 있었다. 가장 구석진 곳에는 세 개의 커다란 성화상으로 이루어진 3단의 높은 제단이 있었고 도금을 해서 번쩍이는 그 금속 테두리 안에서 성화 속의 어두운 얼굴이 무섭게 쏘아보고 있었다. 제단 앞에는 신앙심이 깊은 나의 미망인이 언제나 조심스레 불을 붙이던 작은 램프가 매달려 있었다. 반면 그 성화상 밑에는 반원형의 문들이 달리고 청동으로 테를 두른 장이 놓여 있었다. 이 모든 것들은 페테르스부르크가 아니라 자모스크보레치에(모스크바의 구시가지—옮긴이)나 오히려 므첸스크 한가운데 놓여 있는 것 같이 보였다. 내 침실은 더더욱 므첸스크 같았다. 심지어 내가 털 이불에 파묻혀 자는 3인용 침대도, 침대가 아니라 꼭 페테르스부르크 안에 숨어 있는 므첸스크 시 같았다. 나는 그냥 이 털 물결 속에 잠기기만 하면 되었다. 그러면 바로 잠을 몰고 오는 양귀비 이불이 내 눈을 덮고, 그와 함께 온 페테르스부르크가 흥겨운 권태와 권태로운 흥겨움으로 감싸였다. 이곳에서, 이 안정된 므첸스크의 분위기에서 나는 다시 돔나 플라토노브나와 맘껏 환담을 나눌 수 있게 된 것이다.

나는 감기가 걸렸고, 의사가 침대에 누워 있으라고 처방을 했다.

잿빛의 3월 어느 날 나는 낮 12시 정도까지 누워 있었는데, 감기도 회복되는 중이고, 계속되는 독서에 신물이 난 상태여서, '누군가 찾아와 준다면 좋을 텐데'라는 생각을 하고 있었다. 그런데 이런 생각이 들자마자, 마치 누군가 나의 소원을 듣기라도 한 듯이, 내 방문이 삐거덕거리면서 돔나 플라토노브나의 쾌활한 목소리가 들렸다.

"자네, 아주 근사한 곳에 살고 있네! 성화상과 신의 가호 앞에 번쩍이는 밝은 빛도 그렇고, 너무 너무 멋지네."

"돔나 플라토노브나 아주머니, 당신이군요?" 내가 말했다.

"나 말고 또 누구겠어, 친구." 그녀가 대답했다.

우리는 인사를 나눴다.

"앉으세요!" 나는 돔나 플라토노브나에게 말했다.

그녀는 침대 맞은편에 있는 안락의자에 앉아 하얀 손수건을 든 작은 손을 무릎 위에 올려놓았다.

"어디가 그렇게 아픈데?" 그녀가 물었다.

"감기에 걸렸어요." 내가 말했다.

"요새는 자기 몸에 대해 불평하는 사람들이 아주 많지."

"아니에요. 나는 내 몸에 관해 불평하지는 않아요." 내가 말했다.

"자네가 몸에 대해 별 불만이 없다면, 감기는 그냥 그렇게 지나갈 걸세. 그런데 집이 아주 좋은데."

"괜찮죠, 돈나 플라토노브나." 내가 말했다.

"멋진 집이야. 이 집 여주인, 류보피 페트로브나는 오래전부터 알고 지내던 사람이지. 뛰어난 여자야. 이전에는 형편없이, 소리나 빽빽 질러대는 여자였는데, 이제는 아닌 것 같네."

"모르겠어요. 그녀가 소리치는 건 거의 들어보지 못했는데요." 내가 말했다.

"그건 그렇고, 여보게, 나한테 정말 슬픈 일이 생겼어!" 돈나 플라토노브나가 불쌍한 목소리로 말했다.

"무슨 일이에요, 돈나 플라토노브나?"

"아, 이런 슬픈 일이, 정말이지, 무서운 일이야. 슬픔과 불행이 함께 닥친 거야. 봐봐, 내가 어디다 물건들을 담아 왔는지."

내가 침대에서 몸을 들어 살펴보니, 탁자 위에 돈나 플라토노브나의 레이스가 보였는데, 그것은 흰색 바이어스를 두른 검은 실크 보자기에 싸여 있었다.

"상을 당했나요?" 내가 물었다.

"아, 이 사람아, 상은 상이지만, 어떤 상인지 보게!"

"그런데, 아주머니 가방은 어디 있나요?"

"그래, 바로 그거야. 가방 때문에 내가 이렇게 슬픈 거야. 사라져 버렸어. 내 가방이 말일세."

"어떻게 사라져 버렸죠?" 내가 물었다.

"그냥 그렇게 사라져 버렸어. 요 이틀 동안 그 생각만 나면 계속 이렇게 탄원했어. 오, 주여, 당신이 이런 시련을 주실 만큼, 정말 내가 그렇게 죄 많은 여자입니까? 그런데 이 일이 얼마나 신기하게 벌어졌는지 한번 들어보겠나? 꿈을 꿨는데, 어떤 신부가 나에게 커다란 둥근 빵을 주는 거야. 그런 빵은 우리 고향에서는 수수죽으로나 굽는 거야. 그 신부가 말했지. '하느님의 여종아, 여기 커다란 둥근 빵이 있다.' 내가 말했지. '신부님, 왜 제게 이런 빵을 주시나요?' 그런데 이제 알겠어. 그 빵이 무얼 의미하는지. 바로 분실을 뜻하는 거지, 뭐야."

"어떻게 그런 일이 생기는 거지요, 돔나 플라토노브나?" 내가 물었다.

"정말 신기한 일이지 뭔가, 친구. 자네 코쉐베로바라는 상인 부인, 아나?"

"아니요. 모르는데요." 내가 말했다.

"뭐, 몰라도 상관없어. 그녀와 나는 친구지간인데, 아니 어떻게 보면 꼭 친구라고는 할 수 없지. 그녀는 정말이지 교활하게 짝이 없는데다가 비열하기까지 한 여편네거든. 그러니까 그냥 아는 사이라고 하면 될 거야. 자네와 나처럼 말이야, 알겠지. 얼마 전 저녁에 나는 불행하게도 그녀 집을 들렀다가, 시간 가는 줄도 모르고 앉아 있었지 뭔가. 그녀는 계속해서 나보고 더 앉아 계세요, 더 앉아 계세요, 돔나 플라토노브나, 라고 말했지. 이것저것 가지고 오면서 말이야. 그런데 그 뚱보가 무엇 때문에 괴로워했는지 알아? 남편이 자기한테 관심을 보이지 않는다는 거야. 그런데 어떻게 관심을 보일 수가 있겠어. 상통이라고는 정말이지 겁날 정도인데다가, 혓바닥은 꼭 앵무새처럼 엄청나게 커다랗거든. 그녀가 하는 말이, 치통이 있었는데, 의사가 아픈 이에 거머리를 집어넣으라고 처방해 줬다는 거야. 그래서 의사 보조가 그녀 혀에 거머리를 놓았는데, 그 이후로 혀가 그렇게 부어올랐다는 거지. 그날 저녁에 나는 또 다른 약속이 있었어. 5번 가에 사는 상인을 만나기로 했었거든. 그 사람도 결혼을 하고 싶어 했지. 그런데 그 코쉐베로바란 여자가 나를 붙잡고는 놓아 주질 않는 거야.

'잠깐 기다려 봐요. 키예프 산 과실주나 한잔합시다. 곧 파제이 세묘노비치가 저녁 미사를 마치고 올 거예요. 함께 차나 한

잔 하죠. 어디를 그렇게 급히 가려고 그래요?'

어쨌든 나는 그래서는 안 되는 줄 알면서도 마냥 그곳에 머물렀어. 그랬더니 보드카가 나오고, 과실주가 나오고, 그렇게 부어 댔어. 내 머릿속엔 마귀 백 마리가 생난리를 치는 것 같았어.

'자, 미안해요, 바르바라 페트로브나, 이렇게 대접해 줘서 정말 고맙지만 더 이상은 못 마시겠어요.' 나는 그녀에게 말했어.

그런데도 그녀는 고집을 부리면서 한 잔 더 따르더라고. 그래서 내가 말했지.

'더 이상 따르지 않는 게 좋겠어요. 내 주량은 내가 아는데, 절대로 더 이상은 안 마실 거예요.'

'남편이 올 때까지만 기다려 줘요.' 그녀가 말했어.

'당신 남편을 기다릴 수는 없어요.'

나는 계속해서 가겠다고, 더 이상은 안 된다고 버텼지. 왜냐하면 머릿속이 벌써 난리가 난 느낌이 팍팍 오더라고. 그래서 마침내 집밖으로 나왔지. 라즈예즈자야 거리로 접어들면서 생각했어. 마차를 타자. 마침 구석에 마부가 서 있었어. 그래서 내가 말했지.

'젊은이, 즈나멘스카야 교회까지 얼마지?'

'15코페이카입죠.'

'뭐라고, 15코페이카라고! 5코페이카라면 모를까.' 내가 말했어.

그래서 그냥 라즈예즈자야 거리를 걸어갔지. 사방이 환했어. 가로등이 빛나고 있었고, 상점에는 가스등이 커져 있었거든. 걸어가자, 라고 생각했지. 나쁜 놈, 이 짧은 거리를 가는데 5코페이카로 안 된다면 걸어가고 말지.

그런데 갑자기 내 앞에 어떤 신사 한 명이 불쑥 나타난 거야. 망토에 모자를 쓰고 고무덧신을 신었더라고. 한마디로 신사 양반인 거지. 그런데 어디서 갑자기 이 양반이 튀어나왔는지는, 자네가 날 때려죽인다고 해도, 모르겠는 거야.

'말 좀 묻겠습니다, 부인(그런데 이 비열한 놈이 한 술 더 떠 나를 부인이라고 부른 거야). 여기 블라지미르 거리가 어딘지 말씀해주시겠습니까, 부인?'

'저기, 신사 양반, 똑바로 가시다가, 오른쪽에 골목이 나오면……'

이 말을 하면서 그에게 방향을 가리켜주기 위해 팔을 드는 순간, 그가 내 가방을 가로채지 않겠어.

'이거 초면에 실례하겠습니다.' 그러고는 사라져 버린 거야.

'어, 이런 나쁜 놈이 있나! 이런 불한당 같은 놈!' 내가 말했어.

그때까지만 해도 나는 아직 그 사람이 짓궂은 장난을 치는 걸로만 생각했지. 그런데 이 말을 하고 보니까, 아니, 내 가방이 없는 거야.

'사람 살려! 사람 살려! 도와주세요! 저 도둑놈을 잡아 주세요! 저 나쁜 놈을 잡아 주세요!' 나는 목청이 떨어져라 소리치고는 뛰어갔어. 여기저기 사람들과 부딪히면서 말이야. 사람들의 팔을 끌어당기며 말했지.

'도와주세요, 살려 주세요. 어떤 도둑놈이 방금 내 가방을 훔쳐갔어요!'

나는 달리고 또 달렸지. 더 이상 다리가 움직이지 않을 때까지 말이야. 그런데 그 나쁜 놈은 자취도 없이 사라져 버리고 말았어. 하긴 내가 어떻게 그런 바짝 마른 개 같은 놈을 잡을 수 있겠어! 나는 사람들을 보면서 소리쳤어.

'이 나쁜 놈들! 뭘 그렇게 멍청히 바라보는 거야! 당신들은 양심도 없는 거야, 뭐야?'

그러고는 뛰고, 또 뛰다가, 마침내 멈춰 섰지. 멈춰 서서는 울부짖었어. 목이 터져라 울부짖었지. 실성한 여자처럼 말이야. 난간에 앉아서는 그냥 울부짖었어. 주위로 사람들이 모여들었어.

'분명히 술 취한 여자야.'

'당신들, 이 나쁜 사람들 같으니! 당신네들이야말로 취했지. 나는 지금 쥐고 있던 가방을 도둑맞았다고.'

이때 순경이 다가와서 말했어.

'갑시다. 아주머니, 지서로.'

순경이 나를 지서로 데려가자마자 나는 또 소리를 질렀어.

그때 파출소장이 나오더니, 말했어.

'여기서 왜 이렇게 시끄럽게 구는 거야?'

'도와주세요, 경찰 나리, 이리저리해서 지금 도둑을 맞았답니다.'

'서류를 작성하시오.' 그가 말했어.

작성했지.

'이제 가 보시오.'

나는 파출소를 나왔어.

이튿날 나는 다시 파출소를 찾아갔어.

'내 가방은 어떻게 되었나요, 나리?'

'서류가 전달됐으니, 가서 기다리시오.'

기다리고 또 기다렸지. 어느 날 갑자기 경찰서로 오라는 연락이 왔어. 도착하니 나를 큰 방으로 데려갔는데, 거기에 가방들이 많이 놓여 있었어. 경찰서장은 아주 친절하고 잘생긴 남자였는데, 내 가방이 있는지 살펴보라고 그러더군.

살펴보았지. 그런데 내 가방은 없었어.

'없어요, 경찰 나리, 여기에는 제 가방이 없어요.' 내가 말했어.

'이 여자에게 증서를 주시오.' 그가 지시를 했어.

'대체 무슨 증서인데요, 나리?' 내가 물었어.

'당신이 도둑을 맞았다는 증서요.' 그가 말했어.

'이 증서로 뭘 어떻게 해야 합니까, 나리?' 내가 계속 물었어.

'아주머니, 내가 더 이상 할 수 있는 일은 없군요.'

그는 내가 정말로 도둑을 맞았다는 증서를 주면서 치안 본부로 가보라고 그러는 거야. 오늘 치안 본부에 가서, 그 증서를 제출했어. 곧바로 어떤 제복을 입은 관원이 나오더니 나를 어떤 방으로 데리고 가더라고. 거기에는 엄청나게 많은 가방들이 있었어.

'살펴보시죠.' 그가 말했어.

'봤습니다만, 나리, 제 가방만은 보이지가 않네요.'

'그렇다면 기다리십시오. 곧 장군께서 당신 서류에 서명을 해 주실 겁니다.'

앉아서 기다리고, 기다리고, 또 기다렸지. 장군이 왔어. 사람들이 그에게 내 서류를 주니까, 그가 서명했어.

'내 서류에 장군이 무슨 서명을 한 거죠?' 내가 관리에게 물어봤어.

'당신이 도둑을 맞았다는 서류에 서명을 한 겁니다.' 그가 대답하더라고.

나는 이 서류를 아직 가지고 있어."

"잘 가지고 계세요. 돔나 플라토노브나." 내가 말했다.

"혹시 가방이 발견될 경우에 대비해서 말이지."

"불행 앞에는 장사가 없다니까요."

"오, 바로 그거야, 불행 앞에는 장사가 없는 법이지! 나에게 이런 일이 생길 줄 알았다면, 그 여자, 그 코쉐베로바 집에서 밤을 샜을 텐데."

"그리고 또, 그 마부에게 그렇게 인색하지만 않았더라도 좋았을 텐데요." 내가 말했다.

"그 마부에 대해서는 말하지 마. 마부들도 불한당인 건 매일 반이야. 그들은 모두 그 비열한 놈들하고 계약을 맺은 한통속이야."

"어떻게 그들이 모두 한통속일 수 있겠어요! 그렇게 적은 인원도 아니잖아요. 안 그런가요?" 내가 말했다.

"나와 다툴 생각하지 마! 그 사기꾼들은 내가 더 잘 알아."

돔나 플라토노브나는 꽉 쥔 주먹을 높이 쳐들고는, 모종의 자부심을 가지고 그것을 쳐다보았다.

"내가 아직 어리석었을 때, 어떤 마부 놈이 나한테 훨씬 심한 짓을 했었어." 그녀는 손을 내리면서 말을 시작했다. "그 비열한 놈이 달리는 마차에서 나를 내동댕이치고는 죄다 털어간 거야."

"내동댕이치다니요, 어떻게요?" 내가 물었다.

"그냥 그렇게 내팽개쳤다니까. 겨울이면 나는 페테르스부르크 외곽으로 다니곤 했는데, 한번은 어떤 귀부인에게 만틸라 레이스를 갖다 주러 사관학교에 갔었어. 키가 작았던 그 귀부인은 성품이 부드러워 보였는데, 일단 흥정이 시작되면 엄청 소리를 지르는, 그야말로 프리마돈나였지. 내가 그 여자, 그 귀부인 집에서 나왔을 때는 벌써 어두워지고 있었어. 자네도 알겠지만 겨울에는 일찍 어두워지잖아. 나는 가능한 한 빨리 프리쉬프트에 도착하려고 급히 서둘렀지. 그런데 길모퉁이에 웬 덥수룩한 농부같이 보이는 마부가 있더라고. 그런데 그가 싸게 태워 준다는 거야. 그래서 즈나멘스카야 교회까지 15코페이카를 주기로 했어."

"와, 정말 어떻게 그렇게 싸게 갈 수가 있죠, 돔나 플라토노브나!" 그녀의 말을 끊고 내가 말했다.

"어떻게 그렇게 쌀 수 있는지 곧 알게 될 거야.

'가장 빠른 길로 가도록 하죠.' 그가 말했어.

아무려면 어때! 나는 썰매 마차에 앉았어. 그 당시만 해도 아직 가방은 없었어. 보자기에다 모든 걸 싸 가지고 다녔지. 그 마부 놈은 나를 가장 빠른 길로 데려다 준다면서, 요새 뒤편 어딘가를 지나서, 네바강을 가로질러, 계속 얼음 위로, 얼음 위로만 달리더니, 갑자기 강변 바로 앞에서, 그러니까 리체이나야 거리 바로 앞에서 나를 움푹 파인 웅덩이로 내동댕이쳐 버리는 거야. 마치 밑에서 누군가 나를 뻥 하고 찬 것처럼 나는 날아올랐어. 나는 한쪽 방향으로 날아갔는데, 내 보따리는 어디로 날아갔는지 모르겠더라고. 나는 완전히 젖은 채로 몸을 일으켰어. 왜냐하면 여기저기 웅덩이마다 물이 고여 있었으니까 말이야.

'이 나쁜 놈! 도대체 나를 어떻게 만든 거야, 이 나쁜 놈아?' 나는 소리쳤어.

그랬더니 그가 하는 말이, '이게 바로 가장 가까운 길입니다요. 이런 식으로 달리지 않고는 안 되지요'라는 거야.

'뭐라고, 이 폭군 같은 놈. 이걸 운전이라고 하는 거야?' 내가 말했어.

그런데 그 불한당 놈이 또 한다는 말이, '이곳에선 언제나 그런 식으로 날아다닙니다요, 부인. 그러니까 내가 15코페이카만 받고, 가장 빠른 길로 모신다고 했잖아요.'

도무지 말이 안 되는 놈이었어! 나는 몸을 털어 내고, 주위를 둘러보면서, 내 보따리가 어디 갔는지 찾아보았어. 나와는 완전히 다른 방향으로 날아갔으니까. 그런데 갑자기 어디선가 장교 아니면 유산계급인 듯한 수염을 단 사람이 나타나더니, 이렇게 말하는 거야.

'이런 몹쓸 놈이 있나! 이 나쁜 놈! 이런 풍만한 부인을 태우고 어떻게 그렇게 마구잡이로 달릴 수가 있나?' 그러면서 그는 마부에게 바짝 다가가 위협을 하는 거야.

'앉으시죠, 부인, 앉으세요, 제가 단추를 다시 채워드리죠.' 그가 말했어.

'내 보따리가 없어졌어요, 친절하신 신사 양반, 저놈이 나를 내동댕이치는 바람에요.'

'여기 있소. 당신 보따리요.' 그가 이렇게 말하면서 보따리를 주는 거야.

'출발해, 이 나쁜 놈, 그리고 앞으로 조심해!' 그는 마부에게 소리쳤어. 그러더니 다시 날 보고 얘기하는 거야. '그건 그렇고, 부인. 다음에 또 저놈이 당신을 내동댕이치면 사정 볼 것 없이 그냥 면상을 한 대 날려 버리세요.'

'어떻게 우리 같은 연약한 아낙네가 저런 거세한 수말 같은 남자들을 상대할 수가 있겠어요?' 내가 대답했지.

그리고 우리는 출발했어.

그렇게 가가린스카야 거리까지 왔는데, 마부가 무슨 이유에 선지 웃는 게 아니겠어.

'너 이 약은 놈아, 왜 또 그렇게 이를 드러내고 그래?'

'일전에 유대인을 한번 그렇게 싼값에 태워 줬는데, 생각할 때마다 웃음을 참을 수 없어요.' 그가 말했어.

'뭐가 그렇게 웃긴데?' 내가 물었어.

'어떻게 웃지 않을 수 있겠어요. 그 사람 상판이 곧바로 웅덩이에 떨어졌는데, 바로 뛰어오르더니 와 하고 소리를 지르면서 계속 맴을 도는 게 아니겠어요.'

'왜 그 사람이 그렇게 와 하고 소리쳤지?' 내가 물었어.

'아마 그게 그 사람들의 종교적 관습인가 봐요.' 그가 말했어.

그래서 나도 웃기 시작했지.

그 유대인이 뛰어다니며 와와 하고 소리치는 것을 생각만 해도 웃음을 참을 수가 없는 거야.

'정말 어처구니가 없는 종교구먼.' 내가 말했어.

우리 집에 도착해 마차에서 내리면서 내가 말했어. '너 같은 인간 말종은 벌로 5코페이카를 제하는 게 당연하겠지만 적선하는 셈 친다, 옛다, 여기 15코페이카.'

'어여삐 여겨줍쇼, 부인, 저도 어쩔 수 없는 일입니다. 가장 빠른 길로 가려면 어쩔 수 없이 내동댕이쳐질 수밖에 없었다니까요. 아무 일도 생기지 않았잖습니까, 아주머니, 세상 공부하신 셈 치세요, 뭐.'

'너 이 몹쓸 놈, 몹쓸 놈 같으니라고! 아까 그 신사 양반이 네 따귀를 한 대 올려붙이지 않은 것이 유감이다.' 내가 말했어.

그랬더니 그가 이렇게 대답하는 거야.

'점잖으신 부인, 그 사람이 당신에게 준 거나 잃어버리지 않게 잘 간수하슈.'

이 말과 함께 그는 '이랴'하더니 가버리더라고.

나는 집에 들어와 사모바르를 올려놓고는 보따리를 풀었어. 물건들이 행여 젖지나 않았는지 걱정이 되었던 거야. 그런데 보따리를 열고 안을 들여다본 순간 나는 거의 실신할 뻔했어. 다시 말하지만 완전히 기절초풍할 지경이었다니까. 소리를 내려고 해도 목소리가 나오질 않았어. 일어나려고 했지만 다리가 움직이질 않았어."

"도대체 뭐가 들어 있었는데 그래요, 돔나 플라토노브나?"

"무엇이 있었냐고? 말하기도 부끄러운 것이었어. 추악한 것이었지."

"어떤 추악한 것이었는데요?"

"어떤 추악한 것이었냐 하면, 바로 누군가 입던 바지가 들어 있었던 거야."

"어떻게 그런 일이 벌어졌죠?" 내가 물었다.

"어떻게 그런 일이 생겼는지 지금 한번 잘 생각해 봐. 처음에 내가 깜짝 놀란 것도 바로 그 때문이었어. 어떻게 그 사람이 바지를 벗어서 보따리에 넣을 수 있었는가. 보면서도 내 눈을 믿을 수가 없었다니까. 나는 지서로 달려가서 소리쳤지. 여러분, 이건 내 보따리가 아니에요, 라고 말이야.

'보따리가 말을 못한다는 것은('내 것이 아니라'는 표현 немой 의 띄어쓰기를 무시하고 '말을 못한다 немой'로 말장난을 하고 있음— 옮긴이) 우리도 알고 있으니, 차근차근 설명을 해 봐요.' 그러더라고.

설명을 해 줬지.

그들이 나를 수사과로 데려다줬어. 거기서 다시 설명을 했지. 그러니까 수사관이 웃음을 터뜨리는 거야.

'틀림없이 그 나쁜 놈은 목욕탕에서 나오는 길이었을 거야.' 이렇게 말하면서 말이야.

그놈이 어디서 왔는지 알 게 뭐야. 그렇지만 어떻게 그놈이 감쪽같이 보따리에 바지를 넣었을까?"

"어둠 속에서는 별로 어려운 일이 아니잖아요, 돈나 플라토노브나." 내가 말했다.

"아니야, 나는 그것보다는, 마부가 한 말을 이야기하는 거야. '그 사람이 넣어 준 것을 잃어버리지 않게 잘 간수하라'고 했던 거 말이야. 넣어 줬다는 그 말, 잘 생각해 봐, 무슨 뜻일지 말이야."

"아주머니가 썰매 마차에 타자마자 그 보따리를 살펴보았어야 했었는데요." 내가 말했다.

"여보게, 보든지 안 보든지 상관없이 그들은 어떤 식으로든 결국은 사기를 친다니까."

"하지만 아주머니, 그건 너무……." 내가 말했다.

"애, 걔-개-개! 아니야, 그건 자네도 인정을 해야 해. 눈 뜨고 코 베이는 세상이야. 내가 눈 뜨고 어떤 경우를 당했는지 이야기해 주지. 한번은—그때는 내가 고향을 떠나 이곳에 온 지 얼마 되지 않았을 때였어—아프락신 가를 지나고 있었어. 그때 그 거리는 정말 좁았어. 지금 같지 않았다니까. 화재가 난 후에 지금은 아주 멋지게 변했지. 그때는 정말 보잘것없었어. 어쨌든 내가 길을 가는데 갑자기 어디선가 잘생긴 청년이 나타났어.

'아주머니, 루바슈카 사세요.'

그래서 보니까 손에 사라사 루바슈카를 들고 있었는데, 아주 새 거였어. 아주 최고급 사라사였는데, 한 아르쉰에 아무리 적게 줘도 60코페이카 정도는 줘야겠더라고.

'얼마예요?' 내가 물었어.

'2루블 반이요.'

'반은 깎아줄 거죠?' 내가 물었어.

'어떤 것에서 반이요?'

'아무거나요.' 내가 말했어. 왜냐하면 나는 모든 물건을 흥정할 땐 언제나 반만 줘야 한다는 걸 알고 있었거든.

'안 돼요. 아줌마, 좋은 물건 볼 줄 모르는군.' 그가 그렇게 말하더니 내 손에서 루바슈카를 빼앗아 가는 거야.

'그러지 말고 이리 줘 봐요.' 내가 말했어. 왜냐하면 자세히 보니 아주 좋은 루바슈카라서 사려면 3루블 정도는 줘야겠더라고.

'여기 1루블 받아요.' 내가 말했어.

'이거 봐요, 부인!' 그는 이렇게 말하고는 내 손에서 루바슈카를 빼내더니 둘둘 말아서 자기 옷 속에 집어넣고는 주위를 살피지 않겠어. '이제야 알겠다. 훔친 거군.' 나는 생각했어. 그러고는 길을 갔지. 그런데 그가 갑자기 모퉁이에서 튀어나오는 거야.

'좋아요, 아줌마, 빨리 돈 줘요. 정말 하늘이 도와서, 아줌마 운수 대통했네요.'

나는 그의 손에 1루블짜리 지폐를 쥐어 줬고, 그는 나한테 바로 그 둘둘 만 루바슈카를 줬어.

'여기 가져요. 아줌마.' 그는 이렇게 말하곤 잽싸게 뒤로 돌아서 사라져 버리더라고.

나는 주머니에 지갑을 넣고는, 루바슈카를 펼쳐 보았어. 그랬더니 뭔가 툭 하고 발밑으로 떨어지는 거야. 봤더니 가구를 닦을 때 쓰는 낡은 수세미였어. 그때만 해도 페테르스부르크 물정을 잘 모를 때라, 놀라고 말았지. 이게 뭐지? 그리곤 내 손을 보니까 천 조각이 있지 않겠어! 그 루바슈카의 사라사 천이 맞긴 한데 반 아르쉰 정도밖에 안 됐어. 상점에서 점원들이 마구 떠들었지.

'아줌마, 우리한테 오시죠. 우리는 정확히 재서 팔아요. 아무리 멍청한 여자들도 가져갈 게 있다고요.'

어떤 사람은 나한테 다가와서 이렇게 말했어.

'아줌마, 우리한테 아줌마를 위한 아주 멋진 중고 수의(壽衣)가 있는데 한번 보시죠.'

나는 들은 척도 안 하고 생각했어. '니들 맘대로 지껄여라.' 그런데 지금 자네한테 하는 이야기지만 그때 나는 완전히 제정신이 아니었어. 갑자기 너무 무서워졌어. 이 천 조각이 도대체 어디서 났을까? 분명히 루바슈카였는데, 갑자기 천 조각이 되어 버렸으니. 알겠지, 친구. 그들은 모든 것을 자기 맘대로 할 수가 있어. 자네, 예구포프 부대장을 아는가?"

"아니요, 몰라요."

"아니, 어떻게 모를 수가 있지! 그 잘생긴 배불뚝이 말이야. 멋있는 남자지. 전쟁터에서 그가 타던 말 아홉 마리가 죽어 나갔는데, 그 사람은 살아남았어. 이 이야기는 신문에도 나왔었다고."

"그래도 모르겠는데요, 돔나 플라토노브나."

"어떤 나쁜 놈이 나하고 그 사람한테 무슨 짓을 했는지 알아? 이건, 소설이야, 아니, 소설도 그런 소설은 별로 없어. 정말이지 극장에서나 있을 법한 일이라니까."

"아주머니, 그만 뜸들이고 빨리 이야기나 해 주세요!" 내가 말했다.

"이 얘기는 정말이지 들어둘 만한 이야기라니까. 그 사람 이름이 뭐였더라? ……측량기사인데…… 쿠모베예프였나 아니면 마카베예프였나, 이즈마일로프 가 7번 지역에 살았는데."

"하느님이 그와 함께 하시길."

"뭐, 하느님이 그와 함께 하시라고? 천만의 말씀, 하느님이 아니라, 악마가 잡아가야 될 사람이야. 그게 그 사람에게 훨씬 더 잘 어울린다고."

"그건 그냥 이름 때문에 그런 것뿐이에요."

"그래, 이름은, 그건 그래. 이름은 나쁘지 않지. 순박한 이름이야. 그런데 사람은 정말이지 불한당이라니까. 우리 수도에서 제일가는 불한당일 거야. 그놈이 나한테 와서는, '나 결혼 좀 시켜 주시오, 돔나 플라토노브나!'라고 하더라고.

'그럴까요, 결혼시켜 드리죠. 왜 안 되겠어요? 시켜 드릴게요.' 내가 말했어.

그 짐승 같은 놈은 보기에는 멀쩡했다니까. 흰 얼굴에 콧수염이 아주 볼만했어.

그래서 나는 그의 상대를 찾기 시작했지. 아주 힘들긴 했지만, 이리저리 다니면서 겨우 그에게 맞는 상인 가문의 처자를 하나 찾아냈지. 페스키 가에 집이 있고, 또 처녀도 괜찮았어. 풍만한 게, 홍조를 띤 빰하며. 단지 코에, 바로 여기 양미간 가운데에 아주 작은 흉터가 있었는데, 뭐 그렇게 나쁘지는 않았어. 임파선 혹 때문에 생긴 거니까. 나는 그 불한당을 데리고 왔지. 그랬더니 벌써 일이 기름을 친 듯 진행되는 거야. 그때부터 나는 당연히 그 사람을 아주 철저히 감시하기 시작했어. 왜냐하면 말이지 이런 일은 아주 빈틈없어야 되거든. 또 소문이 들려오기를, 그가 이미 한 번 상인 가문의 처녀하고 약혼을 했었다는 거야. 혼수자금으로 온 200루블을 받고는 서면으로 작성된 혼인 약정서를 주었는데, 이 약정서가 허위라는 사실이 밝혀져서 바로 끝장이 났다는 거야. 이런 말을 듣게 되면 두 눈을 크게 뜨고 그 사람을 살펴보게 되는 게 당연하지. 아니 할 수만 있으면 찾아가서 직접 알아봐야지. 그래서 한번은 그를 찾아갔지. 자네가 알아 둬야 할 것은 그가 방 두 개를 빌려 쓰고 있었는데, 하나는 침실이었고, 다른 하나는 응접실과 비슷했어. 내가 갔더니 응접실에서 침실로 통하는 문이 잠겨 있는데, 어떤 신사가 창가에 있더라고. 그의 어깨에 탄띠가 매여 있는 것을 보니까 여행에서 막 돌아온 게 틀림없었어. 그는 안락의자에 앉아서 파이프 담배를 피우고 있었어. 이 사람이 누군가 하니 바로 그 부대장 예구 포프였다.

'저, 주인이 집에 없나요?' 나는 그 사람에게 물어봤어.

그랬더니, 그는 아주 험상궂게 고개를 흔들면서 아무 대답도 하질 않는 거야. 그래서 나는 측량기사가 집에 있는지 없는지 알 수가 없었어.

어쩌면 지금 그가 다른 여자랑 같이 있을지도 모르겠다고 생각했어. 결혼을 앞두고 있지만, 뭐 그럴 수도 있지. 나는 자리에 걸터앉았어. 그런데 그렇게 아무 말 없이 앉아 있는 것은 보기에 별로 좋은 일은 아니지. 말도 못하는 사람이라고 생각할 수도 있잖아.

'오늘은 날씨가 정말 좋군요.' 내가 말했어.

내가 이 말을 하자 그 사람이 눈을 치켜뜨더니, 무슨 나무통에서 나오는 것 같은 목소리로 고함을 치는 거야.

'뭐가 어째?'

'날씨가 참 좋다고요.' 내가 다시 말했지.

'무슨 그런 헛소리를, 온통 뿌옇기만 한데.' 그가 말했어.

정말 뿌옇기는 했어. 하지만 그래도 그렇지. 나는 무슨 이런 사람이 다 있나, 하고 생각했어. 도대체 어디서 굴러온 사람이기에 이렇게 퉁명스럽게 으르렁거리는 거야?

'저, 스테판 마트베예비치와는 어떻게 되시죠? 친척인가요, 아니면 그저 아는 친구 분인가요?' 내가 다시 물었어.

'친구네.' 그가 대답했어.

'멋진 사람이죠, 스테판 마트베예비치 말이에요.' 내가 말했어.

'일급 불한당이지.' 그가 말했어.

스테판 마트베예비치가 집에 없는 게 확실하군, 하고 생각했어.

'그를 아신 지 오래되었나요?' 내가 물었어.

'그렇지. 아낙네가 아직 숫처녀일 때부터 알았으니까.'

'내가 그 사람을 알게 된 후로도, 나리, 아낙네가 된 숫처녀들이 한둘이 아니었지요. 하지만 내가 그 사람에게서 무슨 결점을 발견했다고 하면, 벌 받을 말일 거예요.' 내가 대답했어.

그러자 그가 나를 내려다보며 말했어.

'그래, 대체 자네 골통에는 뭐가 들어 있는 거요, 지푸라기라도 들었나?'

'죄송하지만, 신사 나리, 내 어깨 위에는, 조물주 덕택에, 아직 골통은 없고, 머리가 달려 있지요. 그리고 그 속에는 지푸라기가 아니라 다른 사람들하고 똑같이, 하느님이 정해 주신 것이 들어 있습니다요.' 내가 말했어.

'입은 살아가지고!' 그가 이렇게 말하는 거야.

무식한 놈 같으니라고. 평생 무식하게 살다 가겠군, 나는 속으로 생각했어.

그런데 그가 갑자기 이렇게 물어보는 거야.

'자네, 그 사람 형 막심 마트베예프를 아나?' 그가 물었어.

'모르겠는데요, 나리. 나는 모르는 사람을 안다고 거짓말하고 싶지는 않아요.' 내가 말했어.

'여기 이자는 사기꾼이야. 그런데 그 형은 훨씬 더 심하지. 귀머거리라고.' 그가 말했어.

'무슨 말씀인가요, 귀머거리라뇨?' 내가 물었어.

'완전히 귀머거리라니까. 한쪽은 귀가 먹었고, 다른 쪽은 임파선 종양이 있지. 그래서 두 귀 모두 들리지 않는다니까.' 그가 말했어.

'그래요! 거 참 희한한 일이네요.' 내가 말했지.

'희한할 일이 뭐가 있어.' 그가 말했어.

'아니, 형제 하나는 그렇게 잘생겼는데, 다른 형제는 귀머거리라니 하는 말이에요.'

'그래도 희한할 건 전혀 없지. 내 여동생도 낯짝에 빨간 자국이 있다고. 꼭 무슨 개구리가 앉았다가 간 것처럼 말이야. 근데 내 얼굴에도 그런 것이 있는가?'

'분명히 모친께서 임신 중에 크게 놀란 일이 있을 거예요.'

'하녀가 끓는 사모바르를 어머니 배에 쏟아버렸지.' 그가 말했어.

여기서 나는 예의 바르게 안됐다는 표시를 했지.

'경솔한 하녀들이 사고를 치는 게 어디 하루 이틀 일인가요.'

그런데 그 사람이 다시 말을 시작하는 거야.

'자네가, 바보가 아니라면 어디 한번 생각해 보게. 그 사람, 그 귀머거리 형이란 작자는 말을 바꾸는 데 완전히 환장을 했지.' 그가 말했어.

'아, 그래요.' 내가 말했어.

'그래서 내가 한번은 그의 버릇을 고쳐 주려고, 그에게 눈 먼 말을 한 마리 데려다 줬지. 그놈은 자기 대가리를 난간에 갖다 박는 놈이었다고.'

'아, 그렇군요.' 내가 말했지.

'그 다음 나는 그에게서 산 황소 한 마리를 그에게 사육해 달라고 했다네. 그런데 알고 보니까 그게 황소가 아니라 거세한 소더라고.'

'하느님 맙소사, 어떻게 그런 일이! 그건 아무짝에도 쓸모가 없죠.' 내가 말했어.

'그러게 말이야. 거세한 소라니, 말도 안 되지. 그래서 나는 그 귀머거리에게 본때를 한번 보여 줄 작정일세. 내게는 그 동생, 그러니까 스테판 마트베예비치 앞으로 된 100루블짜리 채무 증서가 있는데, 그들은 돈이 없어. 이제 그 작자들에게 내가 어떤 사람인지 본때를 보여 줄 거야.' 그가 말했어.

'그럼요, 당연하지요. 본때를 보여 줘야죠.' 내가 말했어.

'자네도 이 막심 마트베예프란 놈이 사기꾼이라는 것을 알아야 돼. 내가 이놈을 잡기만 하면, 당장 감옥에 처넣고 말 거야.'

'저는 이 사람들에 관해서 그렇게 자세히는 모릅니다요. 하지만 그 사람 중매를 서는 입장에서, 그를 욕할 수는 없죠.'

'중매를 서 준다고!' 그가 소리를 쳤어.

'그래요, 그렇다니까요.'

'어휴, 어리석은 여편네 같으니! 자네 그가 결혼한 사람이라는 것을 정말 모르는가?'

'절대 그럴 리가 없는데요!' 내가 말했어.

'애가 셋이나 딸려 있는데 그럴 리가 없다니, 무슨 소리야.'

'아이고, 여기 좀 앉아 차근차근 말씀해 주세요!' 이렇게 말하고 나는 생각했어. '스테판 마트베예비치, 당신이 나에게 이런 못된 장난을 치다니!' 그러고는 말했지.

'이제 보니 그 사람, 정말로 완벽한 사기꾼이로군요!'

그런데, 이 사람, 부대장 예구포프가 한다는 말이, '자네가 누구 중매를 서고 싶다면, 내 중매를 서 주는 게 가장 현명한 일일 걸세'라는 거야.

'여부가 있겠습니까.'

'아니, 농담이 아니라, 진심으로 하는 말이라고.' 그가 말했어.

'암요, 여부가 있겠습니까. 여부가 있겠습니까!' 내가 대답했어.

'자네, 날 믿지 못하는 것 같은데?'

'그럴 리가 있습니까, 무슨 그런 말씀을. 이것은 정말 그렇습죠. 사람이 더 이상 마구잡이 생활을 하고 싶지 않으면 참한 처자에게 장가를 가는 게 상책이지요.'

'아니면 과부라도 좋지. 단 돈이 있어야 돼.' 그가 말했어.

'그렇습죠. 과부라도 좋지요.'

이렇게 나는 그와 이야기를 계속했지. 그는 자기 주소를 알려 주었고, 나는 그의 집에 오가게 되었어. 내가 그 독사 같은 놈에게 얼마나 시달렸는지! 그는 정말 무서울 정도로 몸집이 큰데다, 제멋대로 상상을 하는 사람이었어. 그는 얼마나 변덕스러운지, 모든 사람을 자기 내키는 대로 대했어. 물론, 사람마다 다양한 특성이 있기 마련이지. 그러나 그 남자, 그 예구포프 같은 사람은 결코 결혼을 해서는 안 되는 사람이야. 그는 자주 눈깔을 부라리면서, 꼭 빈대처럼, 피가 솟구쳐 새빨개진 얼굴로 호통을 치곤 했다고.

'네놈을 거꾸로 매달아 속을 뒤집어 놓고 말겠다!'

만약 누군가 그가 광분하는 모습을 보면, '누군지 몰라도 정말 그에게 엄청난 모욕을 주었군!' 하고 생각할 거야. 그런데 알고 보면, 소털을 제 방향으로 빗지 않았다거나 하는 걸로 화를 내는 거야. 자, 사정이 이런데도 나는 그에게 상인의 과부를 소개시켜 주었어. 그에게 꼭 맞은 여자였는데, 꼭 무슨 주문이라도 해서 맞춘 듯한, 그렇게 참을성이 많은 뚱보 여자였어. 어쨌든 그렇게 선을 보고는, 약혼 날짜가 잡혔어.

나는 그와 함께 약혼식에 갔어. 손님이 많았지. 신부 측 친척들과 지인들, 모두들 훌륭하고 명망 있는 가문 출신이었다고. 그런데 한쪽 구석에 바로 측량기사 스테판 마트베예비치가 앉아 있는 게 보였어.

그가 여기 있다는 사실이 맘에 몹시 걸렸지만 나는 아무 말도 하질 않았어.

틀림없이 누군가 그를 감옥에서 풀어 주었고, 여기에 온 것은 친분 때문이라고 생각했지.

어쨌든 모든 것이 순조로웠어. 혼인 서약이 끝나고, 성화에 입을 맞추었고, 모든 것이 문제없이 잘 되었지. 그런데 갑자기 신부될 사람의 삼촌인 상인 세묜 이바느이치 콜로보프가 술이 잔뜩 취해 나타나서는 헛소리를 지껄이기 시작했어. 그가 하는 말이, 신랑이 부대장은커녕 목욕탕 때밀이 표도르바의 아들이라는 거야.

'이자는, 누군가 혀를 잘못 놀려 조금이라도 자기 흉을 보기라도 하면, 바로 사람을 패는 습관이 있어. 난 이 사람을 잘 알고 있다고.' 그가 계속 떠들었어.

‘이자가 견장을 달고 다니는 건 과시를 하기 위해서야. 내 당장 저 견장을 떼어 낼 테다.’

하지만 사람들이 겨우 그를 말렸지. 그리고 세묜 이바느이치를 바로 차가운 빈 방으로 데려갔어.

그런데 바로 축도가 진행되고 신부의 아버지가 막 성화상을 높이 치켜들었을 때였어. 갑자기 홀에서 무슨 울부짖는 소리가 들리지 않겠어! 아버지가 다시 성화상을 치켜드니까, 홀에서 또 우우 하는 소리가 나는 거야! 그러더니 갑자기 아주 뚜렷한 목소리가 들려왔어.

‘마누일이 태중에 있는데, 이사야가 어찌하여 기뻐 노래하느냐.’

하느님 맙소사! 모두 망연자실했어. 신부는 어쩔 줄 몰라 했고, 내가 보니까, 예구포프도 두 눈을 부라리며 나를 노려보고 있는 거야.

왜 그래, 왜, 내가 생각했어. 왜 그렇게 악마가 신부를 노려보듯이 나를 보는 거야?

홀에는 다시 신음하는 듯한 소리가 들려왔어.

‘저 들판 하늘에서 흙먼지가 몰려온다. 결혼한 신랑에게로 아내가 달려온다. 하느님께 기도하며 쓰디쓴 눈물을 흩뿌리면서.’

사람들이 이리저리 흩어지고, 아무도 남질 않았어.

오, 하느님, 이게 도대체 무슨 일입니까! 신부 아버지가 성화상을 내려놓고는 내게로 돌진해 오려 했어, 나를 치려고 말이야. 나는 무슨 일이 닥칠지 직감하고 꽁지가 빠지게 달아났지. 예구포프는 한 번도 결혼한 적이 없다고 하느님께 맹세를 하면서, 조사를 해 보라고 했지. 그런데 계속해서 똑같은 목소리가 들려왔어. 모든 사람들이 다 들을 수 있을 정도로.

'하느님의 종들이여, 죄 없는 소녀를 부정한 결혼으로 이끌지 마라.'

모든 게 허사가 되었지! 자네는, 이게 도대체 뭐였다고 생각해? 이 일이 있은 지 일주일 후에 예구포프가 나를 찾아왔어.

'돔나, 그 못된 측량기사가 배꼽으로 말을 한 거야!' 그가 말했어."

"무슨 말이에요, 돔나 플라토노브나, 배꼽으로 말하다니요?"

"배꼽으로 말했든지, 배때기로 말했든지, 그 나쁜 놈이 무슨 짓을 했는지, 내가 어떻게 알겠어. 내 말은, 오늘날에는 사람들이 서로를 속이면서 나쁜 일을 꾸민다는 거야. 자네도 곧 보게 되겠지만 그들이 온 나라를 엉망으로 만들고 헐벗게 만들 거야."

완전히 예상을 깨고 돔나 플라토노브나의 입에서 러시아의 운명이 위험하다는 말이 나왔을 때, 나는 당혹감에 사로잡혔다. 돔나 플라토노브나는 물론 이것을 눈치 챘고, 그녀가 노렸던 효과를 맛보고 싶어 했다.

"암, 당연하지, 하느님께 맹세코!" 그녀는 더욱 강한 어조를 말했다.

"요즘 사람들이 얼마나 교활한지, 자네도 한번 곰곰이 생각해 보게. 어떤 사람은 하늘을 날아다니기도 하는데, 그것은 원래 새에게만 정해 준 일이지. 그리고 어떤 사람은 물고기처럼 수영을 하면서 바다 밑바닥까지 내려가고 있어. 그리고 또 유황불을 삼키는 사람이 있는가 하면, 배로 말하는 사람도 있고, 그렇게 사람들은 사람이 해서는 안 될 일을 하고 있다고. 하느님 맙소사! 악마가 왔다가 형님하고 울고 갈 정도라니까.

그런데 이 모든 것이 도움이 되는 게 아니라 화만 불러일으킨다고. 나도 악마한테 조롱당한 일이 있지."

"아주머니, 정말로 그런 일이 있었어요?" 내가 물었다.

"그럼."

"그럼 사람 조급하게 만들지 말고, 어서 이야기해 주세요."

"오래전 일인데. 아마 12년 전쯤 될 거야. 그 당시 나는 젊고 세상 물정을 잘 몰랐는데, 남편을 잃고 장사를 시작하기로 결심을 했지. 그러고는 무슨 장사를 할까 생각했어. 여자에게는 아마포 장사보다 더 좋은 게 없지. 왜냐하면 무슨 천이 어디에 들어가는지는 여자가 훨씬 잘 알고 있으니까 말이야. 그래서 시장에서 아마포를 사서 성문 어귀의 벤치에 앉아서 팔기로 했어. 나는 장에 가서 아마포를 샀어. 그리고 이것을 집으로 가져가야

했어. 그런데 어떻게 집으로 가져간다? 고민하고 있는데 여인숙 앞으로 웬 삼두마차 한 대가 우당탕 달려오는 거야.

'우리는 키예프에서 왔어요. 삼두마차 일곱 대에 호두를 싣고 왔는데, 호두가 그만 오는 길에 축축해지고 말았지 뭡니까. 그래서 그것을 다 제하고 나니까 남은 것도 없이 집으로 돌아가는 길이라오.' 마부가 말했어.

'동료들은 어디 갔나요?' 내가 물었어.

'동료들은, 다 자기 잘 곳으로 갔다오. 나는 혹시 태울 사람이라도 있을까, 하는 생각에 이리로 온 거요.' 그가 말했어.

'어디, 어느 지방에서 왔어요?' 나는 계속 물어봤어.

'나는 쿠라키노 사람이오. 쿠라키노에서 왔습니다요.' 그가 말했어.

그러니까 그는 내가 가야 할 곳을 지나가야 했던 거야. 그래서 내가 말했지.

'여기 당신 첫 손님이 있습니다요.'

나는 그와 흥정해서 운임을 1루블로 정하고, 가는 길에 승객들을 더 모으기로 했어. 그리고 출발은 다음날 아침 일찍 하기로 했지.

그런데 그 다음날 마당으로 한 사람이 나오더니, 또 한 사람이 나오고, 다섯 명, 여덟 명이 몰려오더라고. 그 남자들은 전부 장사꾼인데 한결같이 뚱뚱하고 잘 차려입은 사람들이었어. 보

니까 어떤 사람은 자루를, 어떤 사람은 손가방을, 또 어떤 사람
은 트렁크를 들고 있었는데, 심지어는 총을 들고 있는 사람도
있더라고.

'이 사람들을 전부 어디다 쑤셔 넣으려고 그래요?' 내가 마부
에게 물어봤어.

'걱정 마세요. 자리는 충분해요. 마차가 좀 넓어요. 백 푸드를
싣고도 끄떡없답니다.' 그가 말했어.

나는 솔직히 말하면 정말이지 남고 싶었어. 하지만 1루블을
이미 줘 버린 데다가, 달리 타고 갈 것도 없었어.

정말 화가 나고 마음에 들지 않았지만, 어쩔 수 있나, 출발했
지, 관문을 지나자마자 승객 중 한 명이 말하는 거야.

'주막에 들렀다 갑시다!'

그들은 거기서 엄청 마셔 댔어. 마부에게도 술잔이 돌아갔지.
그리고 계속 갔어. 1베르스타쯤 갔을까, 또 한 사람이 소리치는
거야.

'잠깐, 여기 이반 이바느이치 욜킨이 살고 있소. 그 사람을 그
냥 지나쳐서는 절대 안 됩니다.'

이런 식으로 그 사람들이 전부 자기 이반 이바느이치 욜킨을
만나야 한다고 해서 한 열 번은 멈춰 섰어.

보니까 벌써 밤이 깃드는데, 마부는 취해서 곤드레만드레인
거야.

'더 이상 함부로 술을 마실 생각은 하지 마쇼.' 내가 말했어.

'뭔 소리를 하는 거요? 함부로 마실 생각을 하질 말라니. 나는 함부로 뭘 하는 사람이 아니라고요. 어떤 것도 함부로 하지 않는단 말이요.' 그가 대답했어.

'당신 정말 무식한 양반이군요.' 내가 말했어.

'그래 내가 무식해서 어떻단 말이요! 어쨌든 내게는 보드카만 있으면 돼.'

'그래도 자기 동물 아낄 줄은 알아야지, 이 어리석은 양반아.' 내가 훈계를 했지.

'그래요. 내가 내 말을 얼마나 아끼는지 보여드릴까요.'

이렇게 말하더니 그는 채찍을 휘둘러 말을 몰기 시작하는 거야. 마차가 엄청 흔들렸어. 마차가 뒤집히기만 하면 우리는 끝장날 지경이었다니까. 그런데도 술에 취한 사람들은 계속 신난다고 소리치는 거야. 한 사람이 손풍금을 연주하니까, 다른 사람은 큰소리로 노래를 부르고, 또 어떤 사람은 총을 쏘아 대질 않나. 나는 계속 기도만 했지.

'성 파트니차 프로스코베아여, 저를 불쌍히 여기사 구해 주소서.'

우리는 그야말로 전속력으로 달리고 또 달렸어. 마침내 말이 지칠 대로 지쳐 더 이상 달릴 수 없을 때가 되어서야 마차는 다시 천천히 달리기 시작했어. 밖은 벌써 꽤 어두워졌어. 비가 오지는 않았지만, 안개가 거의 비처럼 뿌리고 있었지. 나는 어찌나 마차를 꽉 붙잡고 있었는지 손이 완전히 굽어버린 데다 퉁퉁 부어 버렸어. 그래도 마차가 완전히 달리기 시작했을 때 정말 너무 기뻤지. 나는 아무 소리도 내지 않고 가만히 앉아 있었어. 거기서 나는 사람들이 나누는 이야기를 들었어. 한 사람이 이 길에는 강도들이 출몰한다고 말하니까 다른 사람이 자기는 강도들이 무섭지 않다고 대답했어. 왜냐하면 자기 총으로 한꺼번에 두 발을 발사할 수 있다는 거야. 누군가 또 시체에 관한 이야기를 시작했어. 그 사람 말이, 자기는 죽은 사람의 뼈를 가지고 있는데, 그 뼈로 누구든 건드리기만 하면 바로 죽은 사람처럼 잠이 들어 더 이상 깨어나지 못한다는 거야. 그리고 또 다른 사람은, 자기는 시체의 비계로 만든 초를 가지고 있다고도 했어. 나는 그 모든 것을 듣고 있었지. 그런데 누군가 갑자기 내 코를 쓰다듬는 것 같더니, 잠이 쏟아지면서 금방 잠이 들고 말았어.

물론 깊게 잠들 수는 없었어. 왜냐하면 우리는, 마치 호두를 체로 치듯이, 계속해서 이리저리 흔들렸기 때문이지. 꿈속에서 무슨 소리가 들렸는데, 꼭 누군가 이렇게 말하는 것 같았어.

'이 악마 같은 여편네를 어디 던져 버리지, 도저히 다리를 펼 수가 없네그려.' 하지만 나는 계속 잤어.

그런데 갑자기 비명과 째지는 소리, 왁자지껄하는 소리가 들리는 거야. 이게 무슨 소리지? 둘러보니까 밤이더라고. 마차는

서 있었고, 마차 주위로 뭔가가 소리를 지르면서 맴을 돌고 있는데, 무슨 소리를 지르는지 도무지 알아들을 수가 없더라고.

'슈를레-무를레, 시레-미레-크라베르미르.'

누군가 고함을 쳤어.

우리 중에 총을 가지고 있던 사람이 방아쇠를 당겼어. 뇌관은 터졌는데 발사가 되질 않았어. 그래서 다른 총의 방아쇠를 당겼지. 또다시 뇌관이 터졌지만, 이번에도 발사가 되질 않는 거야.

이때 갑자기 이상한 소리를 내던 것이 다시 소리를 지르기 시작했어. 시레-미레-크라베르미르! 이 말과 함께 그놈이 갑자기 내 겨드랑이를 붙잡아 들어 올리더니 들판으로 던져 버리고는 내 주위를 빙빙 도는 거야. 오, 하느님, 도대체 이게 무슨 일입니까! 이렇게 생각하면서 아무리 주위를 살펴봐도 온통 시커먼 호밀뿐이었는데, 그것들이 내 주위를 빙빙 돌면서 계속 소리를 지르는 거야. 시레-미레! 그러고는 내 다리를 잡고는 나를 이리저리로 흔드는 게 아니겠어.

'아이고 아버지! 므첸스크의 성 니콜라이여! 세 동정녀의 순결한 신랑이시여! 순결한 수호자시여! 그들이 나의 미천한 알몸을 보지 않게 해 주소서!' 나는 속으로 기도를 드렸어. 도무지 이런 일은 생전 처음 겪는 일이었거든.

그런데 내가 이 기도문을 외우자마자, 갑자기 내 주위가 이해할 수 없을 정도로 조용해진 거야. 꼭 어느 들판, 에메랄드빛의 초원에 누워 있는 것처럼. 그리고 내 앞, 내 발 앞에 작은 호수가 흐르고 있는데, 그것은 아주 깨끗하고 투명했어. 그리고 무성하고 연한 갈대가 그 주위를 술 장식처럼 에워싼 채 아주 조용히 흔들리고 있었어.

나는 기도하는 것도 잊어버리고 계속 갈대를 바라보았어. 마치 생전 처음 보는 듯이 말이야.

그런데 불현듯 내 눈으로 들어오는 저것은 무엇일까? 나는 호수에서 안개가 피어오르는 것과, 그 가벼운 회청색 안개가 꼭 무슨 수의처럼 온 들판을 뒤덮는 것을 보았어. 그런데 그 안개 아래, 정확히 호수의 한 가운데에 갑자기, 마치 한 마리의 물고기가 철석거리기라도 한 것처럼, 작은 동그라미가 생기더니, 그 속에서 한 사람이 튀어나오는데, 얼마나 작은지, 크기는 아마 수탉만 했을 거야. 아주 작은 얼굴에, 암청색 카프탄(예전에 러시아 남자들이 외투처럼 입던 길고 헐렁한 상의—옮긴이)을 입고, 머리에는 녹색 모자를 쓰고 있었어.

'참 신기한 사람이네, 꼭 예쁜 인형 같아.' 이렇게 생각하면서 나는 눈을 떼지 않았지. 전혀 무섭지 않더라고. 정말이지 일말의 공포도 느끼지 않았다니까.

그런데 그게 조금씩 올라오더니, 나에게 가까이 다가오는 거야. 그러더니 급기야는 내 가슴으로 곧바로 뛰어오르는 게 아니겠어. 정확히 말하면 내 가슴 위가 아니라, 가슴 위쪽 허공에 서서는 몸을 숙였어. 그러고는 아주 진지하게 모자를 벗더니 인사를 하는 거야.

정말 웃겨 죽을 뻔했어. 나는 생각했지. '아니 도대체 어디서 이런 웃긴 녀석이 튀어나온 거지?'

그런데 그놈이 다시 모자를 척 쓰더니, 뭐라고 말을 하는 거야……. 그런데 말이지 그게 무슨 말을 했는지 알아!

'돔나 아줌마, 우리 사랑 한번 할까요!'

나는 웃겨서 속이 다 뒤집힐 뻔했어.

'에고, 얘 꼬마야! 네가 어떻게 나랑 사랑을 하려고 그러니?' 내가 말했어.

그랬더니 갑자기 그놈이 내 뒤로 돌아가서 젊은 수탉 같은 소리를 내는 거야.

'꼬끼오 꼬꼬!'

그러더니 갑자기 딸랑거리는 소리, 두들기고 연주하는 소리가 들리는 거야. 거기에 신음소리까지 들렸어. 하느님 맙소사, 내가 생각했어. 이게 무슨 일이지? 개구리들, 잉어들, 붕어들, 게들이 나와서 어떤 놈은 바이올린을, 어떤 놈은 기타를, 어떤 놈은 작은북을 치는 게 아니겠어. 이놈은 춤을 추고, 저놈은 뜀뛰기를 하고, 또 다른 놈은 공중으로 뛰어오르는 거야!

'아이고, 이건 나쁜 징조야! 아이고, 이건 불길한 징조라고! 기도로 나를 지켜야겠다.' 나는 생각했어. 그래서 하느님이 부활하셨다, 라고 기도문을 외우려는데, 내 입에서 이런 말이 튀어나오는 거야.

'뛰어 올라, 더 높이 뛰라고.'

이와 동시에 내 배에서 이런 소리가 들리는 거야. 붐부룸붐, 붐부룸붐.

'어떻게 된 거지? 타르반(또는 토르반. 줄을 퉁겨 소리를 내는 러시아의 고대 현악기—옮긴이)인가, 뭔가?'

그래서 보니까, 정말로 내가 타르반이 된 거야. 그리고 내 위에 아까 그 작은 인간이 서서는, 쓰레질을 하고 있는 게 아니겠어.

'아이고, 성자들이시여! 아이고, 거룩한 순교자들이시여!'

그런데 그놈은 계속 활로 나를 톱질하듯 문질러 대면서 왈츠도 연주하고, 또 온갖 종류의 카드리유를 다 연주하는 거야. 그런데 다른 놈들은 더 성화였어.

'더 거칠게 연주해, 더 거칠게 하라고!'

자네에게 하는 말이지만, 배가 참을 수 없을 정도로 아팠어. 그런데도 나는 계속해서 끙끙거려야 했어. 그놈들이 나를 그렇게 밤새도록 두들겨 댔다니까. 동이 틀 때까지 온 밤을 세례 받은 인간인 내가 그놈들, 그 악마들에게 타르반 대용으로 놀림을 당한 거야."

"무서운 일이네요." 내가 말했다.

"정말 무서운 일이지, 친구. 그런데 더 무서운 것은, 그놈들이 나를 가지고 마음껏 음악을 연주하고, 날이 밝아 아침이 되었을 때였어. 주위를 살펴보니, 내가 전혀 모르는 장소더라고. 초원이 있고, 꼭 호수 같은 커다란 웅덩이가 있었어. 그리고 갈대도, 다른 모든 것도 내가 본 그대로였어. 그런데 하늘에서는 태양이 옷 밖으로 드러난 내 살을 구워삶을 듯이 내리쬐고 있었어. 보니까 내 아마포 보따리와 가방도 그 자리에 있었어. 모든 게 다 그대로 있더라고. 멀지 않은 곳에 마을이 보였어. 나는 일어나 겨우 겨우 마을까지 갔어. 거기서 농부를 한 명을 고용해서 저녁녘에 집에 올 수가 있었지."

"그런데 돔나 플라토노브나, 당신은 정말 이 모든 일이 실제로 일어났다고 확신하세요?"

"그게 아니면, 자네 혹시 내가 거짓말하고 있다고 생각하나?"

"아니에요. 내 말은, 정말로 모든 일이 꼭 그랬었냐는 거예요."

"모든 게 내 말대로라니까. 자네는, 내가 어떻게 그들에게 알몸을 보여 주지 않고 견뎌냈는지가 더 궁금하겠지."

그 말에 나는 정말로 놀랐다.

"그래, 이렇게 나는 악마도 견뎌냈다고. 하지만 교활한 인간들 앞에서는 상황이 전혀 달랐어."

"무슨 일이 있었는데요?"

"잘 들어봐. 한번은 어떤 상인 부인을 위해 고로호바야 가에서 이사를 나가는 사람들에게서 가구를 산 적이 있었어. 서랍장, 탁자, 침대 그리고 바닥을 끈으로 엮은 어린이용 침대도 있었지. 나는 13루블을 지불하고 가구들을 모두 복도에 세워 두고는 마부를 부르러 갔지. 1루블 40에 니콜라이 모르스카야 교회까지 가기로 하고 짐마차를 하나 빌렸어. 마부와 함께 가구를 실으러 갔지. 그런데 내게 가구를 판 사람들이 그 사이에 나가 버리고는 문을 잠가 놓은 거야, 글쎄. 그런데 갑자기 어디선가 관리인들이 나타났는데, 타타르인들이었어. 그 사람들이 큰 소리로 쏼라쏼라 하면서 당신이 뭔데 가구를 함부로 가지고 가냐는 것이었어. 나는 이러저러해서 저기 갔다가 다시 이리로 왔다고 설명을 했지만 들여 보내 주질 않는 거야. 그러는 사이에 비가 오기 시작했고 마부는 더 이상 기다리고 싶어 하지 않았어. 오, 하느님! 나는 생각을 짜낸 끝에, 이렇게 말했어. 나를 지서로 데려가 달라면서, 나를 파출소장의 아내라고 얘기했지. 이 말이 떨어지자마자 내게 가구를 판 사람들이 마당으로 들어왔어.

'판 게 맞아요. 이 가구들은 이 여자에게 판 거예요.' 그들이 말했어.

'자, 앉으시죠.' 가구를 모두 실은 후에 마부가 말했어.

나는 생각했어. '그래, 맞아. 따로 마차를 불러 타고 가지 말고, 어린이용 침대에 앉아서 가자.' 그런데 그 침대는 높게 쌓아 올린 가구들 꼭대기에 놓인 서랍장 위에 올려져 있었어. 하지만 나는 어찌어찌 거기까지 올라가서 그 속에 앉았지. 자 무슨 생각이 드나, 자네? 마차가 마당을 벗어나기도 전에, 내 아래에서 찌지직 소리가 들리는 거야.

'아이고, 아버지, 이거 빠개지겠네!' 이렇게 생각하면서 일어서려는데, 와지끈 소리가 났어. 내가 밑으로 빠져 버린 거지. 그야말로 꼭대기에서 무슨 기병처럼, 어린이용 침대의 끈 위에 기마 자세로 앉게 된 거야. 자네니까 하는 말이지만, 정말 창피해서 죽는 줄 알았어! 옷이 전부 찢어져서, 서랍장 위로 맨다리가 흔들거렸지. 사람들이 깜짝 놀라고, 집 관리인들이 소리쳤어.

'몸을 가리세요, 파출소장 사모님.'

그런데 가릴 게 있어야지. 못된 놈들 같으니라고!"

"못된 놈이라니요, 누굴 말하는 거예요?" 내가 물었다.

"아 그 마부 놈 말이야. 말 위에 앉아서 하품을 쩍쩍 하면서, 승객이 어떻게 되었는지는 쳐다볼 생각도 안 하더라고. 정말 고로호바야 거리를 거의 다 돌아다닐 뻔했다니까, 만약 순경이 멈춰 세우지 않았더라면 말이야. 정말 고마운 순경이지.

'이게 무슨 추잡한 짓이오? 그런 것을 보여 주는 것은 금지되어 있다는 것을 몰라요?' 그 순경이 말했어. 그리하여 내 알몸을 세상에 보여 주게 된 거였지."

# 6.

"돔나 플라토노브나! 오래전부터 묻고 싶던 것이 있는데 말이에요. 당신은 젊어서 남편을 잃고 혼자가 되었는데, 정말로 한번도 다른 사람에게 마음을 준 적이 없었나요?" 내가 말했다.

"마음을 주다니, 무슨 말이야?"

"그러니까, 누군가를 사랑한 적이 없었느냐고요?"

"정말 어리석은 소리를 하는군!"

"왜 어리석은 말이에요?" 내가 말했다.

"그게 왜 어리석은 말이냐 하면, 그런 사랑 이야기 같은 것은 도와주는 사람이나 살펴 주는 사람이 있는 사람한테나 걸맞은 것이기 때문이야. 혼자인 나는, 언제나 나 스스로를 부양하고, 언제나 절약을 밥 먹듯이 하며 살지. 그런 것은 전혀, 정말이지 생각조차 할 겨를이 없다니까."

"정말 생각조차 하지 않았다고요?"

"눈곱만큼도 없었지! 그리고 또, 자네니까 하는 말인데, 사랑이란 모두 쓸데없는 짓이야. 사랑에 빠졌다는 사람들은 이런 정신 나간 말들을 하곤 했지.

'아, 죽을 것 같아! 그 남자 없이는 혹은 그 여자 없이는 살 수 없어!'

그것뿐이야. 내 생각에 사랑이란 남자가 여자를 잘 도와주는 것, 그게 바로 사랑이라고. 그리고 여자는 모름지기 언제나 자기 몸 잘 건사하고 정숙해야 되고." 돔나 플라토노브나가 손톱을 비비면서 덧붙였다.

"그러니까, 말하자면 돔나 플라토노브나, 당신은 하느님께 아무 죄도 범하지 않았다는 말인가요?" 내가 물었다.

"내 죄가 자네와 무슨 상관이지? 내가 죄를 지었다고 한들, 그건 내 죄지, 자네 죄가 아니야. 그리고 자네가 사제도 아닌데 내 죄를 고백해야 하는 건 아니잖아."

"아니에요, 그저, 돔나 플라토노브나, 당신이 젊어서 혼자가 된데다, 젊었을 때는 정말 예뻤을 것 같아서 하는 말이에요."

"예뻤는지 안 예뻤는지 몰라도, 박색은 아니었지." 그녀가 대답했다.

"그러니까요. 지금 봐도 그런걸요." 내가 말했다.

돔나 플라토노브나는 눈썹을 가지런히 다듬고는 깊은 한숨을 쉬었다.

"내 자신도, 이런 생각을 한두 번 한 게 아니야. 하느님, 과연 제가 지은 죄가 무엇인가요? 그런데 어느 누구도 그 답을 주지 못했지. 한번은 어느 수녀가 내 모든 이야기를 글로 써서 사제에게 가져다주라고 그러더군. 그런데 수녀가 적어 준 것을, 교회로 가지고 가다가 그만 잃어버리고 말았지 뭐야." 그녀는 조용히 말했다.

"그게 무슨 죄였는데요, 돔나 플라토노브나?"

"나는 잘 모르겠어. 그게 죄였는지, 아니면 환상이었는지."

"환상이라도 좋으니, 이야기해 주세요."

"이건 아주 먼 옛날로 거슬러 올라가야 돼. 내가 아직 남편과 함께 살 때니까."

"남편분과는 어떻게 지내셨어요?"

"별 탈 없이 잘 살았어. 집은 크지 않았지만, 위치가 아주 좋았지. 금방 시장으로 나갈 수가 있었거든. 집안 살림을 위해 우리는 자주 시장엘 갔어. 별로 살 건 없어도, 시장에 나가는 것 자체가 대단한 일이었지. 우리는 풍족하지는 않았지만, 가난하진 않아. 우리는 생선도 팔고, 베이컨, 과자, 온갖 것을 다 팔았지. 내 남편 표도르 일이치는 젊었는데, 괴팍하고, 말랐었지. 그런데 입술이 아주 독특했어. 나는 그런 입술은 그 이후에도 보질 못했다니까. 그 사람 성격은 죽은 사람에 대해 나쁜 말을 하면 안 되지만, 아주 칼 같았어. 쌈꾼에다가 고집불통이었지. 나 역시 처녀 때는 쌈꾼이었어. 그래도 시집가서 처음에는 아주 고분고분 굴었는데도, 그 사람 기분을 전혀 맞출 수가 없더라고. 그 다음부터 우리는 매일같이 이른 아침부터 아주 격렬하게 싸워 댔어. 우리 사이에 각별한 사랑은 없었고, 진짜 쌈닭인 두 사람이 만났으니, 사이좋을 때가 드물었지. 그리고 또 그 사람하고 싸울 수밖에 없었던 이유가 있지. 내가 아무리 애교를 부려도, 그 사람은 언제나 나를 콕콕 쪼기만 했으니까. 하지만 우리는 헤어지지 않고 8년을 살았어. 물론 기분 나쁠 때가 한두 번이 아니었지만, 그렇다고 그렇게 자주 죽어라 주먹질을 해 댄 것은 아니야. 하긴 한번은 고인께서 내 뒤통수를 후려친 적이 있기는 하지만, 그때는 뭐 내가 약간 잘못을 했었거든. 내가 그 사람 머리를 깎아 주다가, 가위로 그만 귀의 살점을 잘라 버렸던 거야. 우리 사이에 아이는 없었어. 하지만 니쥐니브고로드에 대부와 대모 프라스코비야 이바노브나가 살고 있었어. 내가 그 집 아이의 세례 후견인이었지. 그들도 부자는 아니었어. 남자는 말이야, 스스로를 재봉사라고 말하면서 조합에서 조합원증까지 받았지만 재봉질은 전혀 하지 않고, 장례식에서 시편을 읽어주거나, 교회성가대에서 노래를 불렀어. 일거리가 있을 때, 훨씬 더 애를 쓰는 것은 부인이었지. 왜냐하면 그녀는 아주 솜씨

가 좋았거든. 아이들을 돌봐 주기도 했고, 죽은 사람의 뼈로 주문을 외우기도 했어.

그런데 언젠가, 그러니까 남편이 죽기 일 년 전이었지(이때 이미 모든 게 절벽에서 굴러 떨어지기 시작한 거야), 대모 프라스코비야 이바노브나가 명명일을 맞아서 잔치를 벌였어. 우리는 그곳에 갔지. 그런데 비가 오는 바람에 그 집에 머물게 됐어. 비가 어찌나 많이 오던지, 양동이로 퍼붓는 것 같더라니까. 난 머리까지 아팠어. 그 집에서 과실주 석 잔을 마신 탓이었지. 두통을 일으키는 데는 과실주 따라갈 술이 없다니까. 그래서 나는 다른 방에 가서 소파에 누웠어.

'여보시오, 대모, 손님들과 더 앉아 있어요. 나는 여기 잠깐 누워 있을게요.' 내가 말했어.

'어휴, 어떻게 이런 소파에 누우려고 그래요, 거기는 너무 딱딱해요. 침대에 누워요.' 그녀가 말했어.

그래서 나는 침대에 눕자마자 바로 잠이 들었어. 사정이 이런데 내가 무슨 잘못을 했겠어?"

"아무 잘못도 없지요." 내가 말했다.

"그런데 말이지, 한번 들어 보게. 잠을 자는데 누군가 나를 껴안는 것 같았어. 그런데 말이야, 장난으로 안는 게 아니더라고. 그래서 남편 표도르 일리치겠거니 생각했지. 그런데 남편이 아닌 것도 같았어. 왜냐하면 그이는 좀 마른 체형인데다가 비밀스러운 데가 있는 사람이었거든. 어쨌든 나는 정신을 차릴 수가 없었어. 실컷 잔 후에 일어나 보니까, 아침이었어. 그런데 대모의 침대에 누워 있는 내 옆에 대부가 누워 있는 게 아니겠어. 나는 단숨에 침대에서 내려왔지. 겁이 나서 온몸을 덜덜 떨면서 말이야. 그런데 보니까 바닥에 깔아놓은 이불에 대모가 누워 있는데, 그 옆에 나의 표도르 일리치가…… 나는 대모를 밀어버렸어. 그랬더니 그녀도 정신을 차리더니, 성호를 긋는 거야.

'이게 무슨 일이에요, 대모? 어떻게 된 일이죠?' 내가 말했어.

'아이고! 아이고, 내가 나쁜 년이지! 모든 게 내 잘못이라오. 이 두 양반이 손님을 바래다주고는, 남은 술을 다 마시겠다고 다시 자리에 앉지 뭐요. 그래서 나는 깜깜한 밤중에 당신을 깨울 생각은 하지 않고, 그냥 여기 당신들을 위해 마련한 잠자리에 누워 버렸지 않았겠소.' 그녀가 말했어.

나는 침을 뱉어버렸어(러시아에는 부정한 것을 만나거나, 부정한 일을 당했을 때 침을 뱉는 관습이 있다—옮긴이).

'이제 어떻게 하지요?' 내가 말했어.

그랬더니 그녀가 대답했어. '뭘 어떻게 하겠어요. 그냥 잠자코 있어야죠.'

그 후 수많은 세월이 흘렀지만, 이 이야기는 자네에게 처음 하는 거야. 그만큼 힘들었지. 그때 일만 생각하면 언제나 나는 내 잠버릇을 저주하곤 했어."

"돔나 플라토노브나, 너무 괴로워 마세요. 그 모든 게 당신의 의지와는 상관없이 일어난 일이잖아요." 내가 말했다.

"하긴 더 이상 어쩌겠어. 내가 이 때문에 얼마나 괴로워하고 시달렸는데. 그리고 불행에 불행이 겹쳐 왔지. 표도르 일리치가 얼마 안 있다가 죽어 버렸거든. 그 사람 명이 다해서 죽은 게 아니라, 해안에 쌓아 놓았던 통나무들이 무너져 내려, 거기에 깔려서 죽은 거야. 당시 나는 어떻게 기분을 풀어야 하는지, 페테르스부르크 물정에 대해선 전혀 몰랐거든. 지금도 기억이 나. 남편이 죽은 뒤, 저녁이면 종종 창가에 앉아서 노래를 부르곤 했지.

'황금일랑 모두 가져가고, 명예일랑 모두 돌려다오.'

눈물이 억수같이 흘러내렸지. 얼마나 울었는지 눈이 멀 정도였어. 다정한 내 친구는 축축한 땅 아래서 잠을 잔다네, 라는 가사가 생각날 때면 너무 힘들고, 너무 무서워서, 올가미가 있으면 목이라도 매고 싶을 정도였어. 그래서 나는 모든 것을 팔아 버리고, 모든 것을 청산한 뒤에 그곳을 떠나 버렸지. 더 이상 그 모든 것을 보지 않고, 듣지 않는 편이 낫겠다 싶어서 말이야."

"돔나 플라토노브나, 이해할 수 있을 것 같아요. 밀려오는 애수보다 참기 힘든 것은 없지요." 내가 말했다.

"고마워, 친구, 그렇게 말해 주니. 그것보다 참기 힘든 것은 없다는 말은 정말 맞는 말이야. 하늘의 여왕께서 이 말을 한 자네를 위로하고 기쁨을 주기를 바라네. 자네가 이 모든 것을 이해하고 공감을 할 수 있으니 말이야. 하지만 자네는 내가 겪은 애수와 고통을 전부 이해하지는 못할 거야. 만약 내가 일전에 당한 엄청난 치욕을 이야기하지 않는다면 말이야. 이것에 비하면 잃어버린 내 여행 가방이나 그 감사할 줄 모르는 레카니다는 그야말로 새 발의 피지. 이 세상에 태어나서 그런 날은 딱 한 번뿐이었다니까. 나는 그때 하느님께 기도를 했어. 뱀이나 전갈이라도 보내 주셔서 내 눈을 파먹고, 내 심장의 피를 빨아먹게 해 달라고 말이야. 그런데 누가 나를 모욕했는지 알겠나? 바로 그 이스폴라트카, 그 이교도, 그 터키인이라니까! 그런데 누가 그를 도와주었는지 알아? 바로 성유로 세례를 받은 내 친구들이었어."

돔나 플라토노브나는 쓰디쓴 눈물을 흘렸다.

이윽고 그녀는 눈물을 훔치며 말을 시작했다.

"내가 아는 여자 중에 심부름해 주는 여자가 한 명 있었는데, 네프스키 대로에 있는 로파친의 집에 살고 있었어. 그런데 포로로 잡혀온 이스폴라트카가 그 여자에게 접근을 한 거야. 급기야 그녀는 나에게 이런 부탁을 하더라고.

'돔나 플라토노브나! 아무 자리라도 좋으니 그 사람 취직 좀 시켜 주세요!'

'그런데 도대체 터키 사람을 취직시켜 줄 만한 데가 어디 있지? 하인 말고는 갈 데가 없겠군.' 나는 그렇게 생각하고 그에게 맞는 하인 자리를 알아봤어. 자리를 찾은 뒤 그들을 찾아가 말했지.

'이러저러하니, 가면 일을 시켜 줄 거요.'

그들은 고마워하며 한잔하자고 그러더라고. 그도 그럴 것이 그는 이미 그의 부정한 종교를 버리고, 세례를 받아서 포도주를 마실 수 있었거든.

'난 별로 생각이 없지만, 그러지요, 뭐.' 그런데 그만 너무 마셔 버린 거야. 멍청하게도 난 언제나 이렇다니까. 항상 처음엔 안 돼요, 라고 했다가 그 다음엔 너무 마셔 버리지. 그래서 또 그렇게 됐어. 과음을 하고는 그 집, 그 심부름꾼 여자 집에 머물게 된 거야. 그녀와 함께 침대에 누웠지."

"그래서요?"

"그래서긴, 그것으로 끝이지. 그리고 이제는 내 몸을 내가 꿰매 버리거든."

"꿰매 버리다니요, 어떻게요?"

"이렇게 말이야. 내가 어디서건 어쩔 수 없이 밤을 샐 일이 생기면, 나는 내 다리를 완전히, 꼭 자루에 넣은 것처럼 꿰매 버리는 거야. 자네니까 하는 말이지만, 내 그 몹쓸 잠버릇 때문에 다시 화를 입지 않기 위해, 지금은 매일 밤 나를 꿰매 버려."

돔나 플라토노브나는 무겁게 한숨을 쉬고는 근심에 차 고개를 떨어뜨렸다.

　"이제 자네도 알겠지만, 나는 페테르스부르크 물정을 잘 알고 있지. 그런데도 그런 일이 생기다니!" 한참 생각에 잠겨 있던 그녀는 이렇게 말하고는 작별인사를 하고 즈나멘스카야 가에 있는 자기 집으로 돌아갔다.

# 7

몇 년 후 나는 티푸스 환자를 위한 임시 병원에 어떤 가난한 사람을 입원시켜야 했다. 그를 침대에 눕히고, 나는 그에게 최소한의 친절과 관심이라도 베풀어 줄 사람을 찾았다.

"최고참에게 물어보세요." 사람들이 말했다.

"그렇다면, 그 최고참 좀 불러 주시겠어요." 내가 부탁했다.

빛이 바랜 얼굴색에 양 볼이 자루처럼 축 늘어진 여자가 들어왔다.

"어떻게 도와드릴까요?" 그녀가 말했다.

"돈나 플라토노브나 아주머니 아니세요?"

나는 소리를 질렀다.

"그래요, 신사 양반, 맞아요."

"어떻게 여기 계세요?"

"하나님의 뜻이지."

"제 환자를 좀 돌봐 주세요." 내가 부탁했다.

"내 친자식처럼 돌보도록 하지요."

"장사는 어떻게 됐나요?"

"이게 내 장사라네, 땅을 팔아서 하늘을 사는 게. 하던 장사는 접었고. 친구 양반. 날 따라와 봐요." 그녀가 속삭이듯 말했다.

나는 그녀를 따라갔다. 축축한 방에 가구도, 커튼도 없이 침대 하나와 사모바르가 놓인 탁자, 그리고 색칠한 궤짝 하나만이 있었다.

"차나 한잔 마실까." 그녀가 말했다.

"아니에요. 정말 고맙습니다만, 시간이 없어요." 내가 대답했다.

"그럼, 다음에 한번 들러요. 자네를 만나니 반갑군. 나는 망했다네, 친구 양반, 완전히 망했다고."

"대체 무슨 일이 있었는데요?"

"입에 올리기조차 힘들어. 내 마음도 너무 아프고. 제발, 묻지 말아 주게나."

"그런데 왜 이렇게 갑자기 마르셨어요?" 내가 물었다.

"말랐다고! 무슨 그런 당치도 않은 말을! 나는 조금도 마르지 않았는걸."

돔나 플라토노브나는 서둘러 호주머니에서 조그만 거울을 꺼내어 빛이 바랜 자기 뺨을 살펴보고는 말했다.

"전혀 마르지 않았는데 그래. 지금이 저녁이라서 그럴 거야. 아침에는 훨씬 생생해 보인다고."

나는 돔나 플라토노브나를 살펴보았지만, 그녀에게 무슨 일이 일어났는지 이해할 수가 없었다. 단지 뭔가 이상하다는 생각만 들었다.

그녀는 안색이 흐려지고 볼이 늘어진데다. 얼굴에 살짝 분을 바르고 화장을 한 것처럼 보였다. 더구나 말랐다는 말에 그렇게 흥분을 하다니…… 정말 알 수 없는 수수께끼 같았다.

이 일이 있은 후 채 한 달이 지나기도 전에 갑자기 병원에서 웬 군인 한 명이 찾아오더니, 당장 돔나 플라토노브나에게 가보라고 말했다.

나는 마차를 잡아타고 돔나 플라토노브나에게 갔다. 정문에 돔나 플라토노브나가 나와 있다가 직접 나를 맞더니, 바로 내 가슴에 파묻혀 흐느껴 울었다.

"귀한 양반, 제발 부탁이니 지서에 좀 가 줘." 그녀가 말했다.

"왜요, 돔나 플라토노브나?"

"거기서 누굴 찾아서, 좀 도와주시게. 그 은혜는 내가 나중에 꼭 갚을 테니."

"예, 그렇게 할 테니, 제발 울지 말고, 그렇게 떨지 마세요." 내가 말했다.

"떨지 않을 수가 없어. 내 속에서, 여기서 마구 방망이질 치는 걸. 이번에 도와주면 내 평생 잊지 않을 거야. 지금 나에게 남은 사람은 아무도 없어." 그녀가 대답했다.

"좋습니다. 그런데 누구를 찾아서 무슨 일을 해야 하나요?"

노파는 머뭇거렸고, 그녀의 빛바랜 뺨이 실룩거렸다.

"거기에 피아노 제조 견습생 하나가 잡혀 들어와 있을 걸세. 발레로치카, 발레리안 이바노프라고. 그 사람에 관해 알아보고, 그 사람을 도와줘."

나는 지서로 갔다. 정말로 발레리안 이바노프라는 젊은이가 체포되어 있었다. 그는 어느 피아노 제조인의 견습생인데, 주인의 물건을 훔치다가 현장에서 붙잡혀서 블라지미르스카야 험로(모스크바 동부로 난 간선도로. 이 길을 통해 시베리아 유형길이 이어짐―옮긴이)로 호송될 게 거의 확실하다는 것이었다.

"도대체 나이가 몇인가요?" 내가 물었다.

"이제 막 스물한 살이 됐답니다."

'이게 무슨 일인가. 발레리안이라는 청년은 돔나 플라토노브나와 무슨 관계일까?' 나는 생각했다.

나는 병원으로 돌아와 돔나 플라토노브나의 방에서 그녀를 만났다. 그녀는 팔짱을 끼고 침대 끝자락에 앉아 있었는데, 마치 죽은 사람 같았다.

"전부 다 알고 있으니, 더 이상 말하지 말아주게. 간호사를 보내 알아봤다고. 형벌의 불꽃이 내가 죽기 전에 내 영혼을 끊어버리고 있구먼."

보아하니 나의 쌈닭 아주머니는 완전히 정신이 나가 있었다. 한 시간 동안이나 쓰러져 거의 혼절한 상태로 있었던 것이다.

"오, 하느님! 사랑의 하느님! 저의 기도가 기둥이 되어 곧바로 당신에게 도달하게 하소서. 내게서, 이 늙은 바보에게서 영혼을 거둬 주소서, 그래서 이 내 미친한 가슴을 진정시켜 주소서." 병원 벽에 걸려 있는 초라한 성화상을 보면서 그녀가 기도했다.

"아주머니, 도대체 어떻게 된 일이에요?" 내가 물었다.

"어떻게 된 거냐고? ……여보게, 나는 그를 사랑한다네. 참을 수 없을 정도로 사랑하고 있다고. 정신을 못 차릴 정도로 사랑하고 있어, 이 늙은 바보가 말이야. 나는 그에게 신발을 신겨 주었고, 옷을 입혀 주었고, 그에게 먼지 하나라도 있으면 털어 주었어. 그는 연극광이었어. 집에 앉아 있는 법이 없었지. 언제나 서커스장으로, 극장으로 돌아다녔지. 나는 그에게 마지막 남은 것마저도 다 주었어. 이따금 내가, '발레로치카, 나의 친구! 나의 보물! 서커스 이제 그만 다녀. 서커스가 무슨 소용이 있어?'라고 말하면 그는 발을 꽝꽝 구르고, 소리를 지르면서, 손을 막 휘둘렀어. 정말 내 앞에서 서커스가 벌어지는 거야! 자기한테 말도 못 붙이게 했지. 그러면 나는 먼발치에서 그저 그를 바라보며 애원했지.

'발레로치카! 나의 생명! 나의 귀중한 보물! 아무하고나 어울리지 마라! 술도 그렇게 많이 마시지 마!'

그런데도 그는 내 말을 무시했어…… 내가 그 하인 녀석에게 돈을 주어 그의 소식을 알려달라고 하지만 않았더라면, 이런 슬픈 일은 몰랐을 텐데. 오, 사랑의 하느님! 주여, 도대체 이게 뭡니까? 어쩌려고 이러십니까!"

그녀는 소리를 질렀다. 그리고 이 말과 함께 성화상 앞에 무릎을 꿇고 엎드려, 허옇게 센 머리를 조아리며 더욱더 슬프게 울었다.

몇 분 후에 그녀는 다시 일어나서 사그라지는 눈으로 숨이 막힐 듯한 방을 둘러보며 다시 말을 꺼냈다.

"모든 것, 모든 걸 다 그에게 줘 버렸지. 나한테는 더 이상 아무것도 없어. 더 이상 그에게 줄 수 있는 것이 없다고, 내 사랑에게…… 한 번만이라도 그에게 가 볼 수 있다면……."

"그러면 한번 가 보세요……." 내가 말했다.

"그가 나에게 다시는 나타나지 말라고 그랬다네. 그에게 가면 안 돼." 이렇게 말하면서 그 불쌍한 늙은이는 온몸을 떨었다.

나는 잠자코 있었다. 그러고는 조금이라도 그녀의 신경을 다른 곳으로 돌리기 위해 물었다.

"돔나 플라토노브나, 지금 몇 살이에요?"

"무슨 말을 하는 건가?"

"몇 살이냐고요?"

"몇 살인지 모르겠어, 정말로……. 작년 2월에 마흔 일곱이었던 것 같아."

"그런데 그 사람은 대체 어디서 온 거예요? 그 발레로치카 말이에요. 아주머니는 도대체 어디서 그런 근심 덩어리를 알게 되었냐고요?"

그녀는 눈물을 훔치며 대답했다.

"우리 고향 출신이지. 내가 아는 대모의 조카야. 대모가 취직좀 시켜 달라고 보냈지."

쌈닭 아줌마는 다시 우는 소리를 했다.

"자네, 조금이라도 나를 불쌍히 여겨 줄 수 있겠는가? 이 멍청한 바보 여편네를 말일세."

"정말 가슴 아픈 일이군요." 내가 대답했다.

"하지만 다른 사람들은 가슴 아파하지 않을 게 분명해. 그들에겐 웃음거리일 뿐이지. 누구든 이 이야기를 들으면 비웃을 거야. 가슴 아파하는 게 아니라, 분명히 비웃을 거라고. 하지만 나는 아직 그를 사랑해. 기쁨도 없이, 행복이나 그 모든 것도 없이 그를 사랑한다고. 다른 사람들은 상관없어! 사람들은 이해하지 못해. 그런 것을 전혀 엉뚱한 때에 경험하는 사람이 얼마나 불

행한지 말이야. 내가 구교도인(17세기 후반 니콘 총주교의 종교의
식 개혁에 반대하여 이전의 의식을 신봉하는 러시아정교의 분파—옮긴
이)에게 갔더니, 이러더라고.

'사탄의 영이 네 육신으로 들어왔으니……, 외람되이 행동하
지 말라.'

그래서 사제에게 가서 이렇게 말했지.

'신부님, 저한테 이러저러한 일이 일어났습니다. 저도 제 자
신을 어쩔 힘이 없습니다.'

그랬더니 사제가 나에게 좋은 가르침을 주었어.

'하느님의 여종이여, 기도문을 외우시오. 나의 슬픔을 진정
시켜 주소서'라고.

나는 지금도 그 기도문을 외우고 있어. 그리고 더 이상 아무
런 마음의 동요가 일어나지 않도록 이곳에서 일을 하고 있는 거
야. 그렇지만…… 아, 발레로치카! 나의 병아리! 나의 소중한 보
물! 도대체 무슨 짓을 저지른 거야?"

돔나 플라토노브나는 창문에 머리를 기대고는 이마로 창틀
을 때리기 시작했다.

이런 비참한 상황에서 나는 나의 쌈닭 아줌마를 떠났다. 한
달 후 병원에서 사람이 찾아와서 돔나 플라토노브나가 갑자기
그녀의 쪼들린 삶을 마쳤다는 소식을 알렸다. 그녀는 급성 쇠약
증으로 죽었다. 작고 검은 관에 누워 있는 그녀는 너무 작고, 초

췌해서, 꼭 연골이 모두 쪼그라들고, 뼈들이 미끄러져 한데 모인 것 같았다. 그녀는 아무런 고통도 없이, 조용하고 평온하게 죽었다. 돔나 플라토노브나는 도유식(임종을 앞두고 몸에 성유를 바르는 정교의 의식—옮긴이)을 받으면서 마지막 순간까지 끊임없이 기도를 했다. 하지만 마지막 숨을 거둘 때, 그녀는 나에게 자기 궤짝과 베개 그리고 누군가에게서 선물로 받은 잼 한 병을 전해 달라고 부탁했다. 기회가 생기면 내가 이 모든 것을 '내가 알고 있는 그 사람에게' 전해 주어야 한다는 것이었다. 그 사람이란 다름 아닌 발레로치카였다.

시대를 앞서간 '미래의 작가',
니콜라이 레스코프

    아직까지 국내에선 거의 알려지지 않은 러시아 작가 레스코프. 그는 자신이 활동하던 19세기 후반 문단의 주류를 따르지 않은 독특한 문학세계로 인해 동시대인들에게서 작가로서의 역량을 제대로 인정받지 못했던 불운한 작가이다. 그러나 20세기에 들어와 서로 상반된 문학적 경향을 보이던 막심 고리키와 형식주의자들에 의해 그의 문학에 대한 재조명이 이루어지고, 또한 독일의 작가 토마스 만과 비평가 발터 벤야민 등에 의해 천재적인 스토리텔러로 인정을 받으면서, 레스코프의 이름은 러시아 문학사에 큰 획을 긋게 되었다.

    러시아의 저명한 문학사가 미르스키는 러시아를 진정 알고 싶은 사람은 도스토옙스키나 체호프보다 '러시아 작가 가운데 가장 러시아적인 작가' 레스코프를 읽으라고 권한다. 또한 그의 당대에 그의 뛰어난 문학성을 인정한 사람들 가운데 한 명인 러시아의 대문호 톨스토이는 이렇게 말했다.

"사람들이 도스토옙스키를 그렇게 많이 읽는 게 이상하다. 그 이유를 모르겠다. 또 그에 반해 왜 레스코프는 읽지 않는지 도무지 이해할 수 없는 일이다."

그렇다면 과연 레스코프는 누구인가? 레스코프의 작품이 우리에게 알려주는 러시아의 새로운 면모는 무엇인가?

## I. 어린 시절과 청소년기

러시아 문학의 양대 거목으로 꼽히는 도스토옙스키(1821-1881), 톨스토이(1828-1910)와 동시대를 산 레스코프는 1831년 2월 4일 중부 러시아의 오룔 현 고로호보 마을에서 태어났다. 그의 조상들은 대대로 지방의 하급 성직자를 지냈으나, 그의 아버지는 성직자의 길을 거부하고 공직자의 길을 택하여 후에 세습 귀족의 신분을 얻게 된다. 몰락한 관리 가문 출신인 어머니는 매우 신앙심이 깊었고, 어린 시절 외가에서 많은 시간을 보냈던 레스코프는 신앙심이 깊었던 외할머니와 함께 주변의 수도원들을 자주 방문했다. 성장기의 이러한 종교적 분위기는 훗

날 레스코프 문학에서 빼놓을 수 없는 특징인 지방 성직자들의 삶에 대한 구체적이고 사실적인 묘사의 토대가 된다.

레스코프가 여덟 살 때인 1839년, 부친이 상사와의 불화로 퇴직하자 그의 가족은 부친이 구입한 크로므이 현 파니노의 작은 영지로 이주했다. 이곳에서 농가 아이들과 유년시절을 보냈던 레스코프는 농촌과 농민의 생활을 속속들이 몸으로 체험하게 된다. 이때의 경험은 후에《불사신 골로반》(1879),《괴인》(1885),《험로》(1892) 등에 잘 그려져 있다.

1841년, 오룔 현의 중등학교에 입학한 레스코프는 잦은 체벌과 술에 취해 수업을 하는 교사 등 열악한 교육 환경에 만족하지 못하고 1846년, 학업을 중단한다. 이로써 그의 정규 교육은 끝이 난다. 학업을 중단한 그는 아버지의 주선으로 형사재판소의 말단기록원으로 근무한다. 이 시절 그가 직간접으로 경험한 사건들은 후에 작품 소재로 활용된다. 대표적인 예로《레이디 맥베스》의 엽기적인 살인 사건을 들 수 있다.


## II. 청년기

콜레라로 부친이 갑작스럽게 사망하고 1년이 지난 1849년, 레스코프는 키예프 대학의 의학부 교수로 재직 중이던 외가 친척의 주선으로 키예프 재무청에 근무하게 된다. 러시아 문명의 발생지인 동시에 우크라이나와 폴란드의 영향으로 서구적 특색이 강했던 대도시 키예프는 레스코프의 정신세계에 하나의 새로운 장을 마련해 주었다. 대학 교수인 친척집에서 그는 학구적인 분위기에 익숙해졌고, 다양한 지식 계층의 사람들을 알게 되었으며, 열정적인 독서를 통해 게르 , 포이어바흐, 뷔히너 등의 사상에 접하게 되었다. 또한 이 시절 그는 우크라이나와 폴란드 방언을 습득하고, 특히 키예프의 건축과 교회 미술에 많은 관심을 갖게 되었다. 레스코프의 작품들(특히 그의 중편소설 《봉인된 천사》)에 자주 그리고 심도 있게 언급되는 고대 러시아 미술에 관한 지식 대부분이 이 시기에 형성되었다.

키예프의 생활은 새로운 지식을 쌓아가고 대인관계를 넓혀가는 등 여러 면에서 성공적이었지만, 결혼 생활은 그렇지가 않았다. 1853년 부유한 상인 가문 출신의 젊은 올가 스미르노바와 결혼했지만 그들은 곧 파경을 맞고 만다. 신경쇠약증에 시달리던 부인과의 힘든 생활은 장편 《막다른 골목》(1864)의 주인공 로자노프 박사의 결혼 생활에 잘 반영되어 있다.

이후 러시아가 크림 전쟁(1853-1856)에서 패한 후, 많은 젊은이들이 관료 사회에 염증을 느껴 관직을 떠났고 이런 사회적 분위기에 따라 레스코프 역시 공직 생활을 접고, 새로운 일에 뛰어들었다.

# Ⅲ. 중장년기

## 1. 창작 초기

### 저널리스트 겸 작가의 삶을 시작하다

공직을 떠난 레스코프는 1857년부터 무역 회사에서 일을 시작했는데, 우연히도 이 일 이후 그가 작가로서의 삶을 시작하는데 기반을 제공한다. 레스코프의 이모부인 영국인 스콧은 무역업을 하면서, 러시아 전역에 엄청난 영지를 소유하고 있는 귀족의 영지 관리일도 함께 맡고 있었다. 그의 청탁을 받아 레스코프는 영지들을 방문하여 실태 조사서를 작성하는 일을 하게 되었고 이때 러시아 방방곡곡을 돌아다니며 다양한 문물과 진기한 풍습, 그리고 온갖 부류의 사람들을 만났다.

이때의 체험은 그가 러시아 전역에 펼쳐져 있는 다양한 인간 군상의 진기한 이야기들을 작품 소재로 활용하는 데 귀중한 토대가 되었다. 레스코프는 이러한 자신만의 경험에 대해 자부심을 갖고 다음과 같이 말하곤 했다.

"나는 민중과 그들의 생활을 알기 위해 책이나 정리된 자료 같은 것을 이용할 필요가 없었다. 직접 그 지방, 그 지역에서 체험했기 때문이다. 책은 물론 많은 도움을 주었지만, 나는 말처럼 그들이 사는 곳을 직접 찾아다녔다. 나는 그 어떤 학파에도 속하지 않는데, 이것은 내가 가르침을 얻은 곳이 학교가 아니라, 바로 스콧의 범선이었기 때문이다."

레스코프는 자신이 듣고 본 바를 스콧에게 편지로 보고했는데, 거기에는 후에 그의 작품에 묘사되는 소재들이 생생하게 그려져 있다. 이것을 계기로 그는 1860년부터 〈조국 연보〉 등의 잡지와 신문에 글을 기고하기 시작했다. 초기에 그가 쓴 기사들을 살펴보면, 민중의 알코올 중독 실태, 구교도의 결혼, 여성 해방, 서민 건강과 경제생활, 민간 처방, 유대인들의 권리 등 사회의 실제적인 문제들을 폭넓게 다루고 있다.

1861년 레스코프는 페테르스부르크 대학의 경제학 교수 베르나드스키(레스코프는 그가 발간하는 잡지에 글을 발표했었다)의 초청으로 당시 러시아 제국의 수도 페테르스부르크로 이주하여 본격적인 저널리스트로서의 활동을 시작하게 된다. 또한 그는 사회평론과 함께 짧은 문학적인 글들도 발표하며 상당히 성공적인 경력을 쌓아갔다. 그러나 신진작가로서 입지를 굳히려던 이 시기에 그의 삶에 치명적인 상처를 입힌 사건이 발생한다.

페테르스부르크 화재 필화 사건과 안티니힐리즘 경향의 소설

1860년대의 러시아는 이념 논쟁이 그 어느 때보다도 격렬했다. 슬라브주의자와 서구주의자, 보수주의자와 자유주의자 간

의 이전투구식 논쟁이 잡지와 신문 지상에 끊임없이 진행되었다. 이와 같은 사회적 상황 속에서 1862년에 페테르스부르크에 대규모의 화재가 발생했고, 이에 대해 혁명적인 성향의 학생들이 방화를 저질렀다는 소문이 나돌았다. 이때 레스코프는 경찰 당국에 이 소문의 진위 여부를 철저히 밝힐 것을 촉구하는 기사를 게재했다. 그러나 극도로 예민해진 자유 · 진보주의자들은 전혀 정치적 의도 없이 쓴 이 기사를, 학생들을 방화범으로 몰아 체포하도록 경찰을 충동질하는 기사로 해석하여 레스코프에 반대하는 캠페인을 벌이게 되었다. 이로 말미암아 신체적으로나 정신적으로 강한 충격을 받은 레스코프는 휴양을 위해 외국으로 떠났고, 이후 그는 스체브니쓰키라는 가명으로 혁명적 사회주의자들을 풍자하는 일련의 안티니힐리즘 소설을 쓰게 된다.

1864년 1월부터 신문지상에 발표된 그의 첫 장편소설《막다른 골목》은 또다시 커다란 스캔들을 초래했다. 진정한 사회주의자들과 함께 가식적이고 이기적인 가짜 사회주의자들의 형상을 그린 이 소설은 일종의 실화소설Schlüsselroman로서 당시 독자들이 알 만한 자유 진영의 인사들을 풍자적으로 묘사한 작품이었다. 이에 대해 급진적 성향의 지식인들(특히 비평가 피사례프)이 매우 격렬하게 반응하며, 레스코프가 비밀경찰의 사주를 받고 이 소설을 썼다는 소문을 퍼뜨렸던 것이다.

1870년 레스코프는 다시 비슷한 경향의 장편소설《견원지간》을 발표함으로써 자유 진영과의 적대관계가 더욱 심화되었다. 게다가《레이디 맥베스》(1865),《쌈닭》(1866),《플로도마소보 마을의 옛 시절》(1869) 등과 같이 이 시기에 발표된 다른 작품들은 뛰어난 문학성에도 불구하고 문단에 팽배해 있던 이념 갈등의 여파로 거의 주목을 받지 못하고 말았다.

## 2. 창작 중기

<u>성직자 소설에서 의인 시리즈까지 작가로서의 입지를 굳히다</u>

레스코프가 작가로서 대중의 인정을 받기 시작한 것은 그의 대표작으로 손꼽히는《성직자들》(1872)을 발표한 후다. 연대기 형식을 취한 이 소설은 러시아 지방 성직자의 생활을 애정 어린 필치로 그리고 있는데, 러시아의 돈키호테와 산초라고 할 수 있는 성직자 투베로조프와 아 힐라를 통해 러시아의 민족성을 긍정적으로 형상화하고 있다. 이후 연이어 발표된 중편《봉인된 천사》(1872)와《신들린 순례자》(1873)는 레스코프에게 작가로서의 입지를 굳히게 해준 중요한 작품이다.《봉인된 천사》는 빼앗긴 성화를 되찾기 위해 각고의 노력을 기울이는 러시아 구교도들의 모습을 보여주면서, 러시아 민초들의 신앙생활의 진기한 면모를 잘 그리고 있다. 그리고《신들린 순례자》는 러시아의

광대한 영토를 마치 파노라마처럼 펼쳐 보여주는 가운데, 뛰어난 말 조련사에서 광대, 남자 보모, 군인 등을 거쳐 수도사에 이르는 한 인간의 인생 역정을 그리고 있다.

1881년 발표된 《왼손잡이》는 거의 눈에 보이지 않을 정도로 작은 철제 벼룩의 발에 이니셜을 새긴 발굽을 박을 정도로 천재적인 기술을 가진 왼손잡이 대장장이에 대한 기상천외한 이야기다. 영국에서는 위대한 장인으로 대접받지만 정작 사랑하는 조국 러시아에서는 전혀 인정을 받지 못한 채 사회의 천민으로 냉대를 받으며 죽어가는 주인공의 비극적인 스토리가 레스코프 특유의 풍자와 유머를 통해 감칠맛 나게 전개된다. 후에 자먀친에 의해 희곡 《벼룩》(1926)으로 각색된 이 전설적인 이야기는 레스코프의 작품 가운데 러시아인들이 가장 사랑하는 작품으로 손꼽힌다.

이외에 레스코프의 창작 중기에 쓰인 작품으로 '의인 시리즈'를 들 수 있다. 이것은 1880년대 전후 가치관이 극도로 혼란해진 시기에 주변 환경에 아랑곳하지 않고 우직하게 자신의 의무를 다하면서 타인을 위해 헌신하며, 그리스도교적 삶의 이상을 실현하는 괴짜들에 관한 이야기를 담고 있다. 《외골수》(1879), 《불사신 골로반》(1880), 《사관학교 수도원》(1880), 《청렴한 기술공들》(1887) 등이 이 작품 군에 속한다.

## 교리 중심의 종교가 아닌 삶의 교훈으로서의 그리스도교

레스코프는 그의 창작 생활 전반에 걸쳐 러시아인들의 다양한 종교 생활에 관해 많은 작품을 썼다. 그래서 한때 서구에서는 그가 러시아 정교를 대표하는 작가로 알려지기도 했는데, 이것은 곧 잘못된 견해임이 드러났다. "그리스도교는 추상적인 교리가 아니라, 삶의 가르침이다. (……) 우리(러시아인)에게는 비잔틴주의가 있을 뿐, 그리스도교는 없다"라는 (1883년 10월 9일, 당시 유명 출판인 수보린에게 보내는) 그의 편지에서 잘 알 수 있듯이, 그는 교리와 종파를 초월한 삶의 교훈으로서의 그리스도교를 옹호했다. 이런 점에서 레스코프가 1880년대 이후 톨스토이가 주창한 윤리 · 도덕적 종교 사상에 많은 관심을 가지고 그에게 존경심을 표한 것은 지극히 자연스러운 일이라고 할 수 있다.

레스코프는 창작 중기 이후 점차 러시아 정교회의 형식적이고 교조화된 종교 의식에 대한 비판의 어조를 높였다. 《성직자들》에서 느낄 수 있었던 정교회에 대한 애정은 점차 사라지고, 《세상의 끝에서》(1875)에서는 그리스도교 교리를 전혀 모르는 시베리아 토착민이 교회의 주교보다도 도덕적으로 더 우월할 수 있음을 보여준다. 특히 성직자들의 부정적인 면들을 풍자적으로 묘사한 작품 《주교의 사생활》(1878)은 발표 10년 후에 국가의 검열에 걸려 그의 창작 활동과 건강에 치명적인 타격을 가했다. 즉 1889년 레스코프가 자신의 첫 전집을 발간하고자 했을 때, 이 작품의 내용이 문제가 되어 이 작품이 실린 제6권에 대한 발간 금지 조치가 내려졌고, 이미 발간되었던 것들은 회수되어 소각되는 불운을 겪게 된 것이다. 이후 레스코프는 정부 당국의 지속적인 검열 대상이 되면서 자연히 보수 진영에서 멀어졌고, 그 반면 이전에 불편한 관계에 있었던 자유 진영에서 자신의 작품을 출판하게 되었다.

## 3. 창작 후기

### 종교와 사회의 권력자에 대한 비판과 풍자

레스코프는 창작 후기에 초기 비잔틴의 그리스도교 전설들을 소재로 주옥같은 일련의 시리즈물을 썼다. 이것은 '프롤로그'라는 고대 러시아로부터 전해지던 성자전 모음집에 나오는 성자들의 삶을 현대적으로 각색한 일종의 창작 성자전인데, 제도화된 교회에 의해 왜곡된 그리스도교의 참모습을 찾으려는 레스코프의 의도가 문학적으로 잘 형성화되었다. 이 시리즈 가운데 많은 독자들에게 두루 읽혔던《광대 팜팔론》(1887)은 속세를 떠나 높은 석탑 위에서 자기 영혼의 구원만을 갈구하는 옛 집정관 예르미가 속세에 파묻혀 다른 사람들을 위해 헌신하는 광대 팜팔론을 만나 가르침을 얻기까지의 과정을 그린 작품이다.《산》(1890)은 '믿음이 산을 옮긴다'는 성경 구절에서 모티브를 빌려온 작품이다. 이 작품에서 레스코프는 그리스도교 초대 교회와 이집트 이교도 간의 대결을 경건한 귀금속 세공사인 제논과 그를 유혹하려는 절세의 미인 네포라 사이의 밀고 당기는 감정의 긴장과 사랑을 통해 드라마틱하게 묘사하고 있다.

창작 활동이 무르익을수록 레스코프의 작품은 종교와 사회의 권력자에 대한 풍자의 색채를 더욱 강하게 드러낸다.《야행성 기질의 사람들》(1891)은 당시 러시아 종교계에서 성자로 추앙을 받으며 막강한 영적 권위를 가졌던 크론슈타트의 주교 요한을 기다리던 화자가 자기처럼 요한을 기다리던 다른 사람들이 한밤중에 몰래 나누는 대화를 엿듣고 그의 실체를 알게 된다는 내용이다. 또한 풍자 소설인《겨울날》(1894)에서는 당면한 사회 상황을 넘어 인류와 문화, 그리고 인간의 삶 자체에 대한 보다 근본적인 회의가 나타난다. 이 작품에서 레스코프는 자신이 신뢰하는 톨스토이의 가르침을 이데올로기로 변질시키는 톨스토이주의자들에 관해서도 신랄한 비판을 가하는데, 이를 통해 마지막까지 어떠한 경향에도 속하지 않고 자신의 길을 가는 레스코프의 자유사상가적 면모가 잘 드러난다.

전집 발행과 관련된 검열의 충격으로 피폐해진 심신에 폐렴이 겹쳐 레스코프는 1895년 2월 21일 사망했다. 이로써 시대의

흐름에 역류하면서도 올곧게 자신의 길을 걷던 작가 레스코프
는 삶을 마감하게 되었다.


## IV. 레스코프 문학의 수용: '병든 재능'의 작가에서 '미래의 작가'로

동시대 비평가들에 의해 생전의 레스코프는 '병든 재능'의
작가로 불리며 정당한 평가를 받지 못했지만, 그의 문학은 체호
프와 고리키, 그리고 레미조프, 조센코, 자먀친 등 20세기 초반
의 문학 양식주의자들에게 적잖은 영향을 끼쳤다. 특히 그가 구
사했던 언어와 특이하고 실험적인 장르의 파격으로 인해 그는
형식주의자들로부터도 많은 주목을 받았다. 이와 함께 레스코
프의 문학에 있어서 빼놓을 수 없는 특색은 그의 문학을 언급할
때 항상 '스카즈ckaз' 장르가 함께 언급된다는 점이다. 스카즈
란 고골에서 시작된 것으로, 살아 있는 구어체를 재현하려는 일
종의 문체 양식이다. 이것은 레스코프를 거쳐, 20세기 레미조
프, 바벨, 조센코 등을 통해 페트루셰프스카야 등 현대의 여성
작가들에게까지 면면히 이어져 내려오고 있다. 레스코프는 스
카즈 기법을 거의 전 작품에 적용했는데, 그 중에서도 특히《쌈
닭》과《왼손잡이》는 스카즈 기법의 정수를 보여준다.

현재까지 레스코프는 러시아에서는 주로 '언어의 연금술사', 서구에서는 '천재적인 스토리텔러'로 알려져 왔다. 말년에 그는, 50년이 지나면 자기 작품이 언어적 아름다움 때문이 아니라 그 속에 들어 있는 사상 때문에 읽힐 것이라고 예언했다. 이것은 시간상으로는, 문학사가 미르스키가 지적한 대로 이미 빗나간 예언이 되어 버렸지만, 그 예상 자체를 완전히 틀린 것으로 보기에는 아직 이르다고 할 것이다. 현재 러시아에서 그의 전집이 왕성하게 발간되면서, 그의 문학의 새로운 면모들이 계속 밝혀지고 있다. 19세기 후반 사회와 문화의 주류에서 소외된 주변 요소들(지방 도시, 구교도, 괴짜, 촌부 등)에 집중하는 레스코프의 문학은 주류를 지향하는 집중화가 아닌 주변으로 관심을 분산시키고, 또 주류 문화에 대한 일종의 해체화를 지향한다는 점에서 포스트모더니즘이라는 현재 문예 사조와 일직선상에 섬으로써 그 가치가 더욱 드러날 수 있을 것이다. 이렇게 볼 때 레스코프를 가리켜 '미래의 작가'라고 말한 톨스토이의 예언적 비평은 아직까지 유효한 셈이다.

《레이디 맥베스》의 야수성과

《쌈닭》의 단순성

## I. 《레이디 맥베스》

러시아 여성에 대한 레스코프의 관심은 그의 시사 비평과 창작 전반에 걸쳐 두루 나타난다. 창작 초기에 그는 자신의 고향 오룔 부근의 여성들을 유형별로 분류하여 12편의 시리즈를 쓰려고 했으나, 이 계획을 실현하지 못한 채《레이디 맥베스》(1865)과《쌈닭》(1865)만을 발표했다.

《레이디 맥베스》는 1865년 도스토옙스키의 잡지 〈세기〉에 '우리 군의 맥베스 부인'이라는 제목으로 처음 발표되었으며, 작가의 어린 시절 체험과 형법재판소 사서로 일할 때의 경험을 토대로 한 작품이다. 레스코프의 회고에 따르면, 오룔에 살았던 어린 시절, 젊은 며느리가 나무 그늘에서 쉬고 있던 일흔 살의 시아버지 귀에 끓는 납을 부어 살해한 엽기적인 사건이 발생하여 많은 사람들을 놀라게 했다고 한다. 사건 직후 곧바로 체포된 그녀는 마을 광장에서 채찍질을 당하는 형벌에 처해졌는데, 이때 모든 사람들이 그녀의 미모에 다시 한번 놀랐다고 한다.

《레이디 맥베스》는 불륜의 사랑을 위해 세 차례에 걸친 끔찍한 살인을 범하고 마지막에 자신의 연적과 함께 스스로 목숨을 끊은 한 여인의 비극적인 삶을 그리고 있다. 여주인공이 주는 강렬한 인상, 고도로 압축된 구성, 역동적이고 극적인 줄거리 전개, 언어의 선명한 상징성 등을 통해 레스코프 초기의 대표작으로 손꼽히는 이 소설은 그 뛰어난 작품성으로 인해 20세기에 들어와 오페라, 연극, 무용, 영화 등을 통해 꾸준히 리메이크되고 있다. 그 중에서 특히 쇼스타코비치의 오페라 '카테리나 이즈마일로프'는 1934년 초연될 당시 노골적이고 적나라한 성적 묘사로 인해 '포르노포니'라는 비난과 함께 러시아 국내외적으로 엄청난 반향을 불러일으켰다.

《레이디 맥베스》의 줄거리는 다음과 같다. 처녀 시절 자유분방하게 지내다가 집안 사정 때문에 어쩔 수 없이 나이 많은 부유한 상인에게 시집온 카테리나. 그녀는 대를 잇기 위해 시집왔지만 결혼한 지 5년이 지나도 아이를 낳지 못한다. 그로 인한 시집의 따가운 눈총과 엄격한 가부장제의 속박을 견디며 커다란 저택에서의 단조로운 생활에 무료함을 느끼던 그녀는 남편이 집을 비운 사이에 하인 세르게이의 도발적인 유혹을 받고 결국 그와 정을 통한다. 이 사실이 시아버지에게 발각되자 그녀는 시아버지를 독살하고 세르게이와 계속 관계를 맺는다. 그 후 아내의 부정을 눈치 채고 몰래 야음을 틈타 돌아온 남편 역시 그녀와 정부에 의해 무자비하게 살해당한다. 눈앞의 모든 장애가 제거되고 재산을 모두 물려받은 카테리나는 세르게이와 함께 공공연히 집안을 다스리며 동거에 들어간다. 이때 전혀 예기치 않게 남편의 어린 조카가 공동 상속자로 나타나자 불확실한 미래에 위협을 느낀 그들은 급기야 어린 생명마저 살해하기에 이른다. 그러나 마지막 살해 장면이 지나가던 행인들에 의해 목격되고, 그들은 현장에서 체포된다. 그 후 겁에 질린 세르게이가 모든 범죄 사실을 실토함으로써, 그들은 함께 시베리아 유형에 처해진다. 유형길에서도 카테리나는 세르게이와 사랑을 유지하기 위해 온갖 노력을 기울이지만, 세르게이는 오히려 그녀를 증오하며 모욕을 준다. 세르게이와 그의 새로운 애인에 의해 많은 사람들 앞에서 공개적으로 수치를 당한 카테리나는 자신의 연적을 끌어안고 볼가강에 투신한다.

내용면에서 이 소설은 '죄와 벌'의 구성을 가진다. 2장에서 11장까지는 범죄의 부분을, 12장부터 15장까지는 그에 따른 형벌의 부분을 다룬다. 1장은 범죄를 저지르게 된 여주인공의 정황을 보여준다.

'죄와 벌'이라는 플롯 구성은 시간과 공간 구조에도 나타난다. 작품에서 흐르는 시간은 1년인데, 이 1년의 시간은 사계절의 변화를 통해 명시적으로 드러난다. 별다른 사건 없이 단조롭게 진행된 5년 동안의 결혼 생활이 1장에서 반복적인 행동을 통해 축약되어 묘사된 후, 2장에서 본격적인 행동이 전개된다. 카테리나와 세르게이의 첫 만남은 만물이 소생하는 봄에 이루어진다. 이와 함께 화자는 2장 초입에 제분소의 제방이 무너지는 사건을 간략히 언급하는데, 이것은 그동안 막혀 있던 카테리나의 원초적 본능이 마치 해빙기를 맞은 듯이 일시에 터질 것을 암시한다. 봄에 시작된 카테리나와 세르게이의 관계는 뜨거운 여름날의 정열적인 사랑으로 이어진다. 카테리나의 불같은 욕망은 특히 6장에서 사과나무 밑에서 벌어지는 뜨거운 정사를 통해 구체적으로 표현된다. 열정적인 밤이 지난 후 새벽의 냉기와 함께 남편이 돌아오고, 그는 곧 차가운 시신으로 변한다. 세 번째 살인은 겨울이 시작되는 성모궁입제 전야에 일어난다. 이는 시기적으로 보아 곧 닥쳐올 혹독한 추위와 형벌의 전조가 된다. 마지막 형벌 부분은 자연스럽게 엄동설한의 시기로 넘어간다. 이와 같이 이 소설의 전체적인 시간 구성은 만물이 소생하는 유혹적인 봄 분위기에서 시작하여 겨울의 혹독한 추위로 끝을 맺는다. 이러한 시간 구조는 죄(봄, 여름, 가을)와 벌(겨울)이라는 이야기 구조와 상응한다.

소설《레이디 맥베스》에서 공간 구성은 특히 큰 의미를 지니는데, 이것은 무엇보다도 플롯의 진행에 따른 여주인공 카테리나의 내적 변화와 밀접하게 연관되어 있다.

먼저 소설의 출발점으로서 카테리나의 상황은 '높은 담장과 사슬에 묶인 개들로 둘러싸인 폐쇄된 상인집의 별당'이라는 은유적 공간을 통해 표현된다. 한편 이러한 감옥과 같은 상황은 결혼 전 카테리나가 자유분방하게 행동했던 시골 냇가의 분위기와 현격한 대조를 이룬다. 새장에 갇힌 것과 같은 상황에서 벗어나기를 원하는 여주인공의 욕망은 자신이 속한 공간적 경계를 넘어 바깥으로 향하는 시선과 행동을 통해 표출된다.

> 어느 날 카테리나 리보브나는 아무 생각 없이 다락방 창문 곁에 앉아 연신 하품만 하다가 급기야 그것조차 부끄럽다는 생각이 들었다. 바깥 날씨는 참으로 매혹적이었다. 따뜻하고, 밝고, 쾌청했으며 정원의 초록의 나무 울타리를 통해 온갖 새들이 나뭇가지들 사이사이를 날아다녔다.

여기에서 카테리나는 '의미론적 장'으로 볼 수 있는 고립된 자기 방에서 울타리(경계)를 넘어 생동감이 넘치는 마당과 정원을 바라보는데, 외부로 향한 그녀의 시선은 곧바로 행동으로 이어진다.

'마당에 나가 산책을 하든지 정원을 둘러보자.'

마당의 분위기는 죽음보다도 더 고통스러운 권태가 지배하는 카테리나의 별당 분위기와 극단적인 대조를 이룬다. 웃음과 생기가 넘치는 마당에는 특히 사생아를 낳은 하녀 악시냐를 둘러싸고 남자 하인들 간에 성적인 농담이 오가는데, 마당에서 느낄 수 있는 이러한 활기와 생산성은 상인 가정을 지배하는 고요와 불임성과 확연한 대조를 이룬다.

이러한 상반된 공간으로의 이동과 함께 카테리나의 '끔찍한 드라마'가 시작되고, 드라마의 진행과 더불어 공간도 계속적으로 변화한다. 한편 카테리나의 삶에 나타나는 이러한 공간의 변화에서 문화/문명적 공간과 자연적 공간 사이의 이동을 확인할 수 있다. 즉 카테리나는 결혼 전에 자연적 공간(시골의 냇가)에 속해 있다가 결혼을 통해 문화적 공간(문명의 산물로서 상인의 저택)으로 이동했고, 여기에 적응하지 못한 카테리나는 다시 자연적 공간(자연에 근접한 정원과 마당)을 접함으로써 자신의 억압된 본능을 되찾는다.

세르게이의 유혹에 의해 촉발된 카테리나의 욕망과 본능의 분출, 그 이후의 살인과 그것을 통해 성취된 사랑, 이 모든 복합적 상황은 6장의 사과나무 정원이라는 공간에 이르러 정점을 이룬다. 카테리나가 낙원으로 느끼는 사과나무 정원은 에덴동산을 연상시키는데, 이것은 카테리나가 사랑을 통해 경험하게 되는 환희와 그 속에 숨겨진 어두운 욕망과 죄를 함께 암유하는 공간으로 나타난다.

> 황금 같은 밤이었다! 고요하고 청명했으며 향기가 넘쳐났고, 상쾌하면서 생기를 주는 따스함이 배어 있었다. 정원 뒤 골짜기 너머 먼 곳에서 누군가 낭랑하게 노래를 부르기 시작했다. 울타리 아래 무성한 벚나무 잎사귀 사이에선 꾀꼬리가 지절대며 나뭇가지를 흔들어 대기 시작했다. 높은 장대 위 새장 속에서 잠에 취한 메추라기가 잠꼬대를 시작했고, 마구간 담장 뒤에서 살찐 말 한 마리가 괴로운 듯 숨을 몰아쉬었다. 정원 울타리 너머로는 산바람이 난 듯 소리 없이 질주하던 개떼가 폐허가 된 낡은 소금 상가의 흉측하고 시커먼 그림자 속으로 사라졌다.

한편 이 사과나무 정원의 천국 같은 분위기는 12장 이후에 지옥과 같은 시베리아 유형길로 공간이 변화함으로써 극단적인 전환을 보여준다. 이와 같은 공간 이동은 여름과 겨울이라는 시간의 구성과 함께 죄와 벌의 플롯 구성에 상응하는 공간 구성에 따른 것이다. 이와 함께 소설 전반부에 등장하는 지방 소도시의 협소함은 후반부의 니쥐니노브고로드와 카잔을 아우르는 광활함과, 그리고 전반부의 적막한 상인집의 정적인 분위기는 후반부의 시베리아 유형길과 볼가강의 역동적인 분위기와 뚜렷한 대조를 이룬다.

여주인공의 특성을 살펴보자. 카테리나 리보브나 이즈마일로프의 성격은 이중적ambivalent으로 그려진다. 그녀는 느리고 게으르다가도 어느 면에서는 재빠르고 활력이 넘친다. 또한 뻔뻔스러우면서도 부끄럼을 잘 타고, 정열적이면서도 냉정하고, 단순하면서도 치밀하며, 잔인하고 냉혹하면서도 의지할 곳이 없어 안쓰러움을 유발한다. 이러한 카테리나의 이중성은 그녀의 몸매에도 잘 나타나는데, 그녀의 외모는 부드러움과 곧음, 흑과 백의 요소로 이루어져 있다.

그녀는 키가 큰 편은 아니었으나 균형 잡힌 몸매에 그야말로 대리석을 깎아놓은 것 같은 목, 둥근 어깨, 탄탄한 가슴, 섬세하고 오뚝한 코, 검고 활기 있는 눈동자, 희고 높은 이마와 푸른빛이 감도는 검은 머리칼을 지니고 있었다.

카테리나의 이중성은 또한 카테리나 리보브나에서도 발견된다. 화자는 그녀를 지칭할 때 시종일관 이름과 부칭을 함께 사용하는데, 이것은 결코 우연이라고 볼 수 없다. 먼저 그녀의 이름 카테리나는 당시 러시아의 독자들에게 오스트로프스키 (1823-1886)의 희곡《뇌우》(1859)의 여주인공 카테리나 카바노바를 연상시킨다. 두 인물 사이의 유사성은 상인 가문의 며느리라는 동일한 신분과 가부장제라는 억압적인 제도에 시달리다가 불륜의 사랑을 하게 되고 그 결과 자살하게 된다는 동일한 플롯 전개에서도 확인할 수 있다. 당대 러시아 사회에 커다란 반향을 불러일으켰던 오스트로프스키의 여주인공 때문에 카테리나라는 이름에는 억압적인 사회 구조의 '희생자'라는 의미가 내포되어 있었다. 레스코프의 여주인공은 그러나 희생자나 피해자의 면모만을 가지고 있는 것은 아니다. 그녀가 자신의 사랑을 위해 극악무도한 연쇄 살인을 자행했다는 점은 그녀의 또 다른 면모를 말해 준다. 여기서 그녀는 더 이상 희생자가 아닌 '가해자'로서 나타나는데, 이러한 점은 그녀의 부칭에 암시적으로 표현되어 있다. 즉 러시아어 사자Лёв에서 파생한 그녀의 부칭 리보브나Львовна의 의미는 '사자의 딸'이 되는데, 이것을 통해 《레이디 맥베스》의 야수적이고 가해자적인 특성이 드러나는 것이다.

여자 주인공의 이중적인 특성에 반해 남자주인공 세르게이는 명확하게 부정적으로 그려지고 있다. 그는 신체적인 면과 사회적인 면에서 일련의 장점들을 가지고 있다. 잘생기고 건장하여 성적인 매력이 있는데다 입심이 좋은 세르게이는 끊임없이 여성들을 유혹하여 자신의 육체적 욕망과 함께 사회적 야심을 채우려고 한다. 이미 상전의 젊은 부인을 유혹한 경험이 있는 세르게이에 대해 악시냐는 다음과 같이 경고한다.

"저 못된 세르게이란 놈은 처녀 잡아먹는 색마예요!" 악시냐가 카테리나 리보브나의 뒤를 느릿느릿 따라오며 말했다. "도둑놈이 갖출 것은 다 갖췄다니까요. 키며, 얼굴이며. 어떤 여자든지 원하기만 하면 저 비열한 놈은 금방 꾀어내어 결국 일을 치르고 말죠. 게다가 비열한 변덕쟁이라니까요."

세르게이가 카테리나를 통해 육체적 욕망의 충족뿐만 아니라 사회적 신분의 상승을 꾀한다는 사실은 텍스트에 몇 차례에 걸쳐 명시적으로 나타난다. 또한 이것은 카테리나를 유혹하기 위해 상전의 침실을 침범하는 행위와, 6장의 사과나무 정원에서 보여주는 그의 태도에서 암시적으로 드러난다.

카테리나 리보브나는 연분홍빛이 감도는 사과나무 꽃들 사이로 하늘을 계속 응시했다. 세르게이도 잠자코 있었다. 그러나 그는 하늘에는 관심이 없었다. 양팔로 무릎을 감싸 안은 채 그는 자기 장화만 뚫어지게 바라보고 있었다.

즉 여기에서 카테리나는 낙원과 같은 정원의 분위기에 도취되어 하늘을 바라보지만, 세르게이는 자신의 천한 신분을 말해주는 장화만 보고 있는 것이다. 위로 향한 카테리나의 시선과 아래로 향한 세르게이의 시선은 그들의 차이를 극명하게 보여준다.

한편 자신의 욕망을 이루기 위해 남편과 어린 조카를 살해하도록 암암리에 카테리나를 사주한 세르게이는 정작 살인을 하는 현장에서는 매우 소극적이고 겁이 많은 수동적인 모습을 보여준다. 또한 어린 조카를 살해한 후에는 급기야 두려움을 참지 못하고 거의 실성한 상태에서 소동을 벌이다가 체포된 후 스스로 모든 범행을 실토한다. 그리고 시베리아 유형길에서 카테리나에 대한 세르게이의 파렴치하고 비열한 행동은 위에서 말한 악시냐의 경고를 그대로 보여 주는 것이다.

이런 식으로 뛰어난 언변을 구사하고 인간적인 매력을 지니고 있지만 정작 실행의 차원에서는 나약하고 비겁한 모습을 보여주는 남자 주인공 세르게이는 러시아 문학의 전형적인 남성상인 '잉여 인간'의 패러디로 볼 수 있다. 한편 카테리나 리보브나는 자기감정에 충실하고 강한 러시아의 전통적인 여성상의 변형체로 볼 수 있을 것이다.

## Ⅱ.《쌈닭》

《레이디 맥베스》가 원초적이고 야수적인 본능에 사로잡힌 여성상을 그리고 있다면,《쌈닭》은 우둔할 정도로 강한 자기 확신을 가진 행동파로 나타나는 또 한 명의 독특한 므첸스크 군 출신의 여성상을 보여 준다.

돔나 플라토노브나의 독특함은 무엇보다 그 외모에서 두드러진다.

> 돔나 플라토노브나는 키가 크지 않았다. 크지 않은 정도가 아니라, 오히려 아주 작다고 말하는 편이 옳을 것이다. 그러나 전체적으로 그녀는 거대해 보였다. 이런 착시 현상은 돔나 플라토노브나가, 흔히 말하듯이, 주체할 수 없을 정도로 뚱뚱했기 때문인데, 높이로 자라지 못한 것을 넓이로 대신한 듯했다. 그녀가 앓는 것을 본 사람은 아무도 없었지만, 그래도 그녀의 건강하다고는 할 수 없었다. 그녀가 걸어 다니는 모습은 마치 산이 움직이는 듯이 보였다. 그녀의 가슴이 보이기만 하면 두려움이 생길 정도로 엄청났다.

풍만한 몸집의 그녀는 잠버릇 또한 독특하다.

"게다가 잠은 그야말로 누가 업어 가도 모를 정도로 잔다고. 눕기도 전에 곯아떨어져 버리거든. 그리고 나는 한번 잠들면, 누가 나를, 참새들이 있는 곳에 허수아비로 세워 놓는다고 할지라도, 양껏 다 자기 전엔, 결코 아무것도 느끼질 못해."

이러한 돈나 플라토노브나에게 누군가 여성적인 면에 관해 말이라도 꺼내면, 그녀는 주먹을 불끈 쥐어 보이면서, 이 속에 여성성이 있다고 말하곤 했다.

소설 《쌈닭》에는 특별히 기승전결의 플롯 규칙에 따른 줄거리가 없다. 단지 뚱뚱한 몸을 끌고 다니며 온갖 종류의 일에 다 간섭하는 오지랖 넓은 여자의 끊임없는 수다가 이어질 뿐이다. 주인공 돈나 플라토노브나의 공식적인 직업은 레이스 상인이다. 그러나 그 외에도 그녀가 하는 일은 매우 다양하다. 중매쟁이, 가구 구매 대행, 중고 여성 의류 판매, 자금 조달, 직업 알선, 비밀 편지 전달 등등. 한마디로 온갖 잡다한 일을 도맡아 해결해 주는 해결사인 셈이다. 그러나 사실 결코 넉넉지 못한 그녀가 이 많은 일을 하는 것은 돈을 벌기 위해서가 아니라, 일 자체에 대한 열정 때문이다. 단지 일을 위해 일을 하는 그녀의 생활은 그래서 항상 분주하고 쪼들린다. 화자는 돈나의 이런 일에 대한 열정을 그녀의 예술가적 기질에서 찾는다.

중요한 것은 돔나 플라토노브나에게 예술가적 기질이 있다는 사실이다. 그녀는 자기 작품들에 심취할 줄 알았다. 그녀는 그저 먹고살기 위해 일할 뿐이라고 했지만, 이 말은 사실이 아니었다. 돔나 플라토노브나는 자기 일을 예술가처럼 사랑했다. 다시 말해 뭔가를 배열하고, 모으고, 요리하고, 또 자기 손으로 만든 작품을 감상할 줄 알았다. 이것이 그녀에게 주가 되는 일이었는데, 이것을 위해, 현실적인 사람이라면 결코 가볍게 보지 않을, 돈이나 다른 모든 이익은 가볍게 여겼던 것이다.

《쌈닭》은 레스코프 특유의 '스카즈' 기법이 그의 창작 초기에 이미 최정상에 올라 있음을 보여준다. 돔나 플라토노브나라는 독특한 개인이 겪은 특수한 체험이 그녀의 제한된 시각 속에서 그녀의 입을 통해, 그녀의 독특한 말투와 사투리, 제스처와 함께 독자에게 전달된다. 거침없이 자신의 경험담을 쏟아내는 돔나 플라토노브나의 입을 통해 독자는 구수하면서도 아릿하고, 그러면서도 그 시대 대도시의 대로와 골목길에서 벌어지던 삶의 풍경을 살갑게 느끼게 된다. 그녀가 들려주는 이야기는 대략 이렇다. 위험에 빠진 아름답고 교양 있는 폴란드 출신의 젊은 여성을 나름대로 도와주려 노력하지만 결국에는 창녀로 만들어 버린 이야기, 젊은 시절 남편과 매일같이 격렬한 부부싸움을 벌인 이야기, 천형과도 같은 잠버릇으로 인해 다른 남자와 자게 된 이야기, 남편과 사별한 후 시골을 떠나 대도시 페테르스부르크에 와서 당한 사기 등등.

돔나 플라토노브나의 수다는 일정한 방향이나 의도가 있는 것이 아니라 그야말로 이야기를 위한 이야기의 형식으로 이리 튀고 저리 튀며 끊임없이 연결된다. 이러한 수다의 홍수에서 드러나는 것은 우둔할 정도로 단순한 여주인공의 성격이며, 그녀의 단순함을 세상 물정 다 아는 영악함으로 변질시킨 대도시 '페테르스부르크의 물정'이다. 이렇게 볼 때 소설 《쌈닭》의 표면에는 돔나 플라토노브나의 개인사가 이야기되지만, 그 심층에는 페테르스부르크에 관한 이야기가 진행된다고 볼 수 있다.

끝없이 이어질 것 같던 《쌈닭》의 이야기는 주인공 돔나의 갑작스런 몰락으로 끝이 난다. 평소 사랑에 대해 코웃음을 치던 돔나는 아들뻘 되는 고향 출신 청년을 상대로 강렬한 사랑에 빠진다. 마치 카테리나 리보브나가 세르게이에 대한 격정적인 사랑에 사로잡혀 몰락하듯이, 돔나 플라토노브나도 제어할 수 없는 늦사랑의 열정으로 인해 파멸에 이르는 것이다. 화자 역시 평소 패기만만하던 '쌈닭 아줌마'의 어처구니없는 최후에 놀라움을 금치 못한다. 전혀 뜻밖으로 진행되는 한 촌부의 대도시에서의 인생 항로에 대한 판단은 이로써 독자 개인의 몫으로 돌아갔다고 할 수 있다. 돔나의 이야기 전부를 뒤엎는 이 결과를 두고 과연 독자들은 어떤 생각을 할지 자못 궁금해지기도 한다.

《레이디 맥베스》와《쌈닭》을 비롯하여 레스코프가 그리는 러시아 여인들의 모습(예를 들어《한 촌부의 일생》(1863)이나《수유자 코틴과 플라토니다》(1867) 등)은 19세기 다른 러시아 작가들이 그리는 것과는 현저한 차이가 있다. 이지적이며 행동력 있는 '투르게네프의 아가씨들'이나, 도스토옙스키의 팜므파탈적인 여성들, 혹은 체호프의 다양한 아름다움을 지닌 여인들과는 달리 레스코프의 촌부들은 러시아 벽촌의 풍경과 함께 러시아인들의 원시적 특성을 여과 없이 보여 준다. 바로 이런 이유에서 문학사가 미르스키는 러시아를 알고자 하는 독자라면 도스토옙스키나 체호프가 아니라 '러시아 작가 가운데 가장 러시아적인 작가' 레스코프를 읽어야 한다고 추천했을 것이다.

'천재적인 이야기꾼' 레스코프. 그의 작품은 일단 재미가 있다. 이것은 문학은 무엇보다도 먼저 재미가 있어야 한다는 그의 문학관에서 나온 것이리라. 그가 풀어내는 이야기들은 광대한 러시아의 영토만큼이나 다양하며 변화무쌍하고 흥미진진하다. 그러나 그의 이야기들이 단순히 재기만을 전달해주는 것은 아니다. 거기에는 사회와 역사에 대한 심오한 통찰과 인생에 대한 교훈이 묻어져 나온다. 레스코프는 재미와 교훈이 담긴 이야기들을 소설의 형식이 아니라 살아 있는 인간의 육성을 통해 들려주려 한다. 발터 벤야민이 그에게 주목한 이유는 바로 그 때문일 것이다.

이와 함께 레스코프의 작품에는 언어 예술로서, 문학의 특징

이 다분하다. '언어의 마술사'라는 평에 걸맞게 그의 작품에는 사전에 나오지 않는 특이한 단어들이 많이 발견된다. 슬라브 문학의 대가 치젭스키에 의하면 그의 전 작품에 약 3000개의 진귀한 단어들이 발견된다고 한다. 이러한 요소들이 레스코프 문학의 가치를 더해 주지만, 다른 한편 단점으로 작용하기도 한다. 그만큼 번역하기가 어려운 것이다.

여기 레스코프의 초기 작품 가운데 두 편을 번역하여 조심스럽게 내놓는다. 조심스러운 이유는 레스코프 특유의 생동감 넘치는 구어적 문체를 전달하기 위해 나름대로 최선의 노력을 기울였지만 미진한 느낌을 떨칠 수가 없기 때문이다. 이것은 특히 《쌈닭》의 경우에 더욱 그렇다. 레스코프는 번역하기 가장 힘든 러시아 작가 가운데 한 명이라는 그간의 평가를 실감했다.

그럼에도 레스코프의 작품을 번역하여 내놓은 것은 그에 관한 박사 학위 논문을 쓰면서 그를 꼭 국내에 소개해야겠다고 결심했기 때문이다. 또한 그의 작품에서 이제까지 국내에 알려진 러시아 작가들의 작품과는 다른, 러시아의 숨겨진 모습을 발견할 수 있었기 때문이다. 욕심으로는 앞으로 레스코프의 대표작들을 가능한 한 많이 번역하여 소개하고 싶지만, 나 자신의 끈기와 역량이 얼마나 따라줄지, 그리고 독자들의 반응이 어떨지 모르겠다.

번역의 정확을 기하기 위해 독일의 번역본들을 일부 참조했음을 밝혀둔다. (독일은 레스코프의 문학적 가치를 가장 먼저 발견한 나라이기도 하다.) 1924-1927년 사이에 요하네스 폰 귄터에 의해 번역되어 아홉 권으로 출간된 레스코프 전집(N. Lesskow: Gesammelte Werke, Hg. J.V. Guenther, 9 Bde, München 1924-1927)과 레스코프 선집(N. Lesskow: Die Lady Macbeth von Mzensk und andere Erzählungen, München 1975) 등이 그것이다.

개인적인 느낌일 수도 있지만, 레스코프의 작품을 읽으면 읽을수록 18-19세기 러시아 사람들의 독특한 삶의 모습이 우리와 많이 다르지 않다는 인상을 받게 된다. 예를 들어《레이디 맥베스》는 우리나라 '전설의 고향'에 나오는 괴담 분위기가 느껴지고,《쌈닭》은 호남이나 영남 지방 출신의 오지랖 넓은 아낙네의 구수하면서도 드센 사투리 섞인 수다처럼 느껴진다. 독자들이 그러한 상상을 하며 이 소설들을 읽는다면 독서의 기쁨이 배가 되리라 생각한다.